O MEDIADOR

NORCROSS SECURITY LIVRO 2

ANNA HACKETT

Tradução:
ANDRÉIA BARBOZA

O Mediador

Série Norcross Security — Livro 02

Anna Hackett

Copyright de The Troubleshooter © Anna Hackett, 2020.

Copyright da tradução © 2021 por Andreia Barboza — LA Serviços Editoriais.

Copidesque da tradução: Luizyana Poletto.

Capa: Lana Pechercyzk

Fotografia: Wander Aguiar

ISBN (ebook): 978-1-922414-52-6

ISBN (paperback): 978-1-922414-53-3

Título original: *The Troubleshooter*

ISBN (ebook): 978-1-922414-12-0

ISBN (paperback): 978-1-922414-13-7

Texto revisado segundo o novo Acordo Ortográfico da Língua Portuguesa.

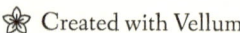 Created with Vellum

_____

CAPÍTULO UM

A noite *não* saiu do jeito que ela planejou.

Gia Norcross correu pela varanda, fazendo os saltos Aquazzura baterem no chão e o vestido Alberta Ferretti esvoaçar atrás de si.

Sem mencionar a Ruger na mão e o bandido que a perseguia.

Sim, a noite *não* ocorreu de acordo com o planejado.

Ela chegou às escadas de pedra e desceu correndo até um pequeno pátio sombreado nos fundos do Museu Hutton, em São Francisco. O local era cercado por árvores que começavam a perder as folhas, e havia uma fonte no meio.

Normalmente, era um local tranquilo. Gia almoçou ali algumas vezes com sua melhor amiga, Haven McKinney. A moça era curadora do Hutton, e o irmão mais velho de Gia, Easton, era o dono do museu.

Ela correu através das árvores e afundou nas sombras. Segurou a Ruger com firmeza. A arma era pequena e leve, o que a tornava fácil de esconder e usar.

Gia era uma Norcross. Sabia atirar. Os três irmãos eram ex-militares. Dois deles pertenceram a alguma equipe secreta das forças especiais. Eles não lhe deram muita escolha sobre ser capaz de atirar e se defender.

Respirou fundo para se acalmar e conter a adrenalina que corria por seu corpo. Essa noite deveria ter sido calma e agradável no museu.

Tudo começou bem. Ela ficou muito feliz ao ver Haven e o seu irmão mais novo, Rhys. Os dois estavam tão apaixonados que praticamente tinham pequenos corações de desenho animado flutuando ao redor de suas cabeças. Haven esteve em perigo recentemente, quando uma pintura multimilionária foi roubada do museu. Some-se a isso um péssimo ex-namorado e a máfia russa, e as coisas ficaram complicadas.

Era desnecessário dizer que quando Haven ficou em perigo, Rhys se aproximou para mantê-la em segurança. Sua amiga não pôde mais ignorar a forte atração entre ela e o Norcross mais novo.

Gia ouviu um som de arranhão e paralisou.

Uma grande sombra se moveu em sua visão periférica. *Merda.* Ele já estava aqui embaixo. Ela nem tinha ouvido.

O homem se movia de forma furtiva pelo pátio.

Caçando-a.

O pulso de Gia disparou, seguido pelo medo. Ela afastou o sentimento. Não tinha tempo para isso.

Este idiota havia ameaçado uma amiga de infância de Gia. Willow tinha errado, mas não a deixaria se machucar.

A moça a procurou em busca de um lugar para ficar.

Gia suspirou. Não conseguia dizer não para sua melhor amiga do ensino médio. Claro, Willow se esqueceu de mencionar que que havia roubado algo de um cara que não era *muito* legal. E ele enviou alguém que também não era muito legal para recuperá-lo.

Ele a encontrou e a ameaçou, mas Gia interveio com sua Ruger e o mandou embora.

Mas os olhos do homem prometeram retribuição.

E isso os trouxe ao momento atual.

Infelizmente, o bandido a encontrou no baile de gala. Ela o viu na multidão e sabia que precisava tirá-lo de lá antes que machucasse alguém.

Antes de seus irmãos se envolverem.

Seu estômago se agitou. Ela não esperava que o idiota apontasse uma arma para ela na varanda para que todos os convidados vissem.

Seus irmãos estariam aqui em minutos. Precisava cuidar disso.

Era isso o que Gia fazia. Dava um jeito nos problemas, ajudava as pessoas, acertava tudo. Sua empresa de relações públicas era a melhor de São Francisco, e havia gente e confusão mais do que suficiente para mantê-la ocupada.

O homem se virou.

Gia se lançou e o chutou. Ela sentiu o salto alto cravar em sua perna. Ele cambaleou e grunhiu.

Acertou outro chute, e ele caiu de joelhos.

Pressionou a arma em sua têmpora, e ele paralisou.

— Não se mova — ela avisou.

— Você não vai atirar em mim. — Ele tinha uma voz normal, não havia nada de distinta nela. Sua aparência

3

era igual. Comum. Provavelmente tornava mais fácil fazer o trabalho sujo do seu chefe quando se misturava à multidão.

— Você não me conhece — ela disse. — Não tem ideia de que sou capaz — falou com confiança e autoridade. Era sua voz profissional. — Deixe Willow e eu em paz.

— Meu chefe quer as joias de volta.

— Joias?

— Sim. Sua amiga pegou um saco de pedras preciosas. Safiras, esmeraldas e rubis.

Willow estúpida, estúpida. Ela só comentou com Gia que estava saindo com esse cara e que as coisas ficaram ruins. *Mas roubar pedras preciosas* dele? *Deus, Willow.*

— Vou conversar com ela.

— Isso não é o suficiente. O sr. Dennett precisa de mais.

— Vou *conversar* com ela. — Gia enfatizou as palavras. — Ele vai receber suas joias de volta.

— Acho que é melhor se você vier comigo. Te ver em risco pode convencer sua amiga.

O homem se levantou de repente. Arrancou a arma da mão de Gia, e ela caiu no pavimento de pedra.

Porcaria.

Ele correu em sua direção. Gia se esquivou, ciente de que o homem era maior e mais forte.

Mas ela era mais inteligente.

O homem estendeu a mão, empurrando seu ombro. Ela se deixou cambalear e soltou um suspiro.

Ele agarrou seu vestido. *Melhor não estragá-lo, idiota.*

— Por favor... por favor, não me machuque. — Ela se encolheu.

— Venha sem resistir e...

Gia bateu com a palma da mão em sua garganta. Ele a soltou e se engasgou.

Enfiou os polegares nos olhos do homem, que grunhiu e se inclinou. Em seguida, segurou sua cabeça e bateu com o joelho, acertando o nariz dele.

Ela ouviu um barulho, e ele xingou.

Tinha que admitir que sentiu um pouco de satisfação. Sempre odiou valentões que a intimidavam por seu tamanho.

Procurou sua arma. *Onde foi parar?* Localizando o brilho na luz fraca, correu até lá.

Ouviu um grito e o homem a atacou. Ele a agarrou e os dois caíram no chão com força.

O ar escapou de Gia, e ela sentiu a dor refletir em uma dúzia de lugares. *Ai.*

— Vadia, você vai pagar por isso.

Ela lutou, chutando-o. Ele a prendia embaixo de si. Seu vestido atrapalhou os movimentos.

— Você veio atrás de mim e está chateado por eu estar me defendendo? Cresça.

Ele se levantou e a pegou como uma bola de futebol, prendendo-a ao seu lado e soltou um grunhido irritado.

O homem caminhou pelo pátio, contornando algumas obras onde um muro baixo de pedra estava sendo reconstruído.

— Você não quer fazer isso — Gia afirmou. — Não vai querer conhecer os meus irmãos. — Onde é que eles estavam?

O bandido grunhiu.

— Não diga que não avisei — ela disse com tranquilidade.

— Cale a boca — o homem retrucou.

Ela tentou lhe dar uma cotovelada.

Seu golpe foi retribuído com um tapa no rosto. *Ai.* Ela levou a mão à bochecha. *Idiota.*

O ataque veio do nada.

Houve um pequeno lampejo de movimento e, de repente, Gia estava livre. E caiu de quatro no chão.

Seu agressor cambaleou enquanto uma sombra alta, escura e esguia o atacou.

O coração de Gia saltou na garganta. Ela observou os chutes violentos e socos metódicos. Seu salvador era quase elegante na maneira como se movia enquanto destruía o oponente.

Mas havia muito poder brutal nos golpes para ser elegante.

Mesmo na escuridão, ela sabia quem era.

Engoliu um gemido. Claro, tinha que ser *ele*. A ruína de sua existência.

Um raio de luz atingiu o rosto dele.

Aquela porcaria de rosto. Saxon Buchanan não era um de seus irmãos. Era o melhor amigo de Vander, e Gia o conhecia por quase toda sua vida.

Ele era alto, com um corpo musculoso que quase escondia sua força. Sua coleção de ternos bem cortados – que incluía o smoking de grife que estava usando – disfarçava o quanto ele era forte e musculoso. De alguma forma, minimizava seus ombros largos e pernas poderosas. O olhar de Gia se voltou para o rosto dele.

Saxon tinha servido o exército com Vander. Ele era

de uma família rica de San Francisco, que remetia a gerações anteriores, e eles o proibiram de se juntar ao Exército. Mesmo assim, ele foi.

Saxon fazia suas próprias regras.

Ele terminou de acertar o bandido, que se enrolou em uma bola no chão.

O melhor amigo de seu irmão ergueu a cabeça e a encarou. A luz atingiu seu cabelo, e ela não conseguia decidir se era loiro escuro ou castanho claro.

— Você tem algumas explicações a dar — ele determinou.

Ela fungou.

Sua boa linhagem transparecia no rosto mais bonito que ela já tinha visto – queixo forte, nariz reto, feições aristocráticas e olhos verdes. Esses olhos brilharam. Ele caminhou em sua direção e segurou seus antebraços.

Os longos dedos provocaram uma eletricidade em seus braços. Ela ofegou.

— Eu só precisava de um pouco de ar.

Um músculo pulsou na mandíbula forte.

— Agora não é hora para jogos e palavras espertinhas, Gia.

— Está tudo bem. Eu tinha tudo sob controle.

Saxon fez um som rouco.

— Sob controle? Ele estava prestes a te carregar para fora daqui.

Uau, Saxon estava mesmo chateado. Ele geralmente era o sr. Tranquilidade, por isso foi interessante ver a tensão em seu rosto e corpo.

— Estava tudo *certo*. — Droga, ele tinha o hábito de vê-la em seus piores momentos.

Ele bufou.

— No que você se meteu?

— Não é da sua conta. — Ficou cara a cara com ele. Gia odiava que ele se elevasse sobre seus míseros um metro e meio. — Você sempre tenta meter o nariz na minha vida. Já tenho três irmãos. Não preciso de outro.

Saxon a fulminou com o olhar.

— Acredite em mim, não me considero seu irmão.

Eles se encararam, com os olhares travados. Ele estendeu uma mão e segurou sua bochecha. Seu corpo traidor estremeceu.

— Acabei de te salvar e esse é o agradecimento que recebo?

— *Obrigada.* — Gia estava bem ciente de que não parecia muito grata. Ela lutou para se controlar. — Eu estava cuidando da situação.

Ele olhou para o homem, em seguida de volta para Gia.

— A Willow te arrastou para alguma coisa.

Gia ergueu o queixo.

— Como eu disse, não é da sua conta.

Saxon se inclinou mais perto.

— *Contessa*, depois de ver esse idiota atirar em você, isso se tornou da minha conta.

O quê?

— Não use esse nome ridículo.

— Que merda está acontecendo?

A voz profunda, com um tom letal, fez os braços de Gia se arrepiarem.

Virou a cabeça e viu Easton primeiro. Seu irmão mais velho usava um smoking e estava lindo. Sua herança ítalo-americana transparecia no cabelo escuro e na boa aparência de Easton. Ele tinha um ar de autoridade, cada centímetro de irmão mais velho e empresário de sucesso. Ele franziu a testa para o agressor, em seguida a examinou, e o alívio transpareceu em seu rosto.

Mas foi Vander quem falou. Ele ficou nas sombras, como se a escuridão quisesse se agarrar a ele.

Ele deu um passo à frente. Vander tinha a aparência de valentão profundamente enraizado em seu DNA, e estava lá desde quando era criança. Apesar de amá-lo demais, havia momentos em que ele a assustava.

Seu irmão era intenso e prosperava no controle, e ela estava bem ciente de que ele era perigoso.

Seu smoking não escondia nada disso.

Saxon lhe deu uma pequena sacudida. Ela o olhou e se assustou.

Percebeu que ele tinha o mesmo brilho perigoso em seus olhos verdes. Ele apenas o escondia melhor do que Vander.

Gia pigarreou. Estava na hora de encarar *as consequências*.

SAXON BUCHANAN ESTAVA puto da vida.

Ele viu o homem no chão se mover e lhe lançou um olhar furioso. O cara ficou quieto. O idiota havia atirado em Gia. Tentado sequestrá-la. Colocou-a em perigo.

Os dedos de Saxon flexionaram no braço dela. *Grande erro.*

Olhou para Gia. Como sempre, seu queixo teimoso

estava levantado quando enfrentou Vander. E, como de costume, Saxon sentiu a necessidade de acertar aquele queixo ou mordê-lo.

A ideia de morder Gia Norcross – em muitos locais – disparou seu sangue.

Puta merda

Afastou o pensamento. Tinha anos de prática. Tentou se lembrar dela como a garota de doze anos de quando a conheceu. Aos dezesseis, depois de ser expulso de sua cara escola particular, Saxon foi enviado para uma escola secundária local. Apesar de suas diferenças, ele e Vander se deram bem. Passou o máximo de tempo que pôde na casa da família Norcross. Tinha sido muito melhor do que o mausoléu sufocante que seus pais chamavam de lar.

Viu Gia se transformar de irmã chata de seu melhor amigo em uma mulher linda, corajosa e inteligente.

Foi desconfortável no início – os flashes de luxúria que sentiu quando os seios dela cresceram. Não tinha sido *nada* apropriado.

Mas, como sempre, ela estava fora dos limites – muito jovem e a irmã mais nova de Vander.

O irmão dela não era parente de sangue de Saxon, mas eram irmãos em todos os outros sentidos. Havia jurado que nunca, jamais cruzaria a fronteira com a irmã de seu melhor amigo.

Não ajudava que ele e Gia parecessem irritar um ao outro sem nem se esforçar. Porcaria, Saxon adorava ver aqueles olhos castanhos cor de chocolate arderem.

Ela não era mais menor de idade, mas depois de dez anos no exército, e muitos daqueles na Ghost Ops fazendo os trabalhos mais sujos, cruéis e difíceis que o governo precisava fazer...

Saxon soltou um suspiro. Sem mencionar sua família. Ele tinha uma bagagem que nunca, jamais descarregaria em uma mulher. Gostava de ter relacionamentos breves, descomplicados e simples.

E Gia sempre seria a irmã mais nova de Vander.

Mas ver aquele idiota apontar uma arma para ela...

Vê-la em perigo.

Algo dentro do Saxon se abriu. Ele faria de tudo para manter Gia segura.

A Willow está com um problema — ela comentou.

Vander praguejou, e Easton olhou para o céu noturno, com a mandíbula tensionada.

Saxon *sabia* disso. Essa mulher era um problema.

Vander inclinou a cabeça.

— A Willow te arrastou para essa confusão, que acabou com você sendo alvejada e quase sequestrada.

— Sim. — O queixo de Gia se ergueu mais um centímetro.

— Se afaste dela — Vander grunhiu. — Vou avisar a quem quer que esteja atrás dessa garota que você não está envolvida.

O homem no chão finalmente se afastou de seu torpor e ergueu a cabeça. Ele olhou para Vander e ficou imóvel.

— Você é Vander Norcross.

Vander apenas olhou para o bandido.

— E ela é a irmã dele — Saxon acrescentou.

— Puta merda — o homem murmurou. Em seguida,

ele se recompôs. — Isso não vai impedir meu chefe. Ele quer as joias de volta.

— Joias? — Saxon lançou um olhar para Gia.

Ela suspirou.

— A Willow estava saindo com um cara. Eles brigaram...

— Ele largou aquela viciada — o homem falou.

— Ela pegou um saco de pedras preciosas dele — Gia explicou.

— Jesus — Vander fez uma careta. — Se afaste dela.

— Vander, não. — Gia agarrou o braço do irmão. — Você sabe que ela teve uma infância difícil. Ela...

— É adulta — Saxon retrucou, interrompendo-a. — Ela não pode continuar usando isso como desculpa para ferrar com tudo.

Gia semicerrou os olhos.

— Você pode ter crescido com colheres de prata enfiadas na boca, mas ela, não.

— Ela é um problema, Gia — Easton disse. — Sempre foi, embora você não conseguisse ver. Sua lealdade é admirável...

— Não, não é — Saxon falou. — É estúpida.

Aqueles olhos castanhos – rodeados por cílios ridiculamente longos – brilharam acalorados.

— Você nunca perde a chance de me dizer que sou estúpida.

— *Contessa*...

— Não. — Ela balançou a mão. — A Willow não tem ninguém. De toda forma, ela já foi embora. Se ela ligar, direi para devolver o que roubou.

Merda. Saxon admirava a lealdade de Gia, mas ainda

estava irado. Sabia que quem quer que Gia amasse, ela protegia ferozmente.

Vander se agachou ao lado do homem.

— Quem é o seu chefe?

O homem não hesitou.

— Kyle Dennett.

Saxon mal controlou o sorriso de escárnio. Um oportunista tentando fazer seu nome no tráfico de drogas de San Francisco. O cara tinha alguns negócios legítimos – bares, um clube. Mas não era preciso cavar muito abaixo do verniz de homem de negócios para encontrar sujeira.

— Avise a ele para deixar a Gia em paz. Caso contrário, ele vai lidar comigo — Vander falou.

O homem assentiu.

Saxon se aproximou, então percebeu algo. Segurou o queixo de Gia e o ergueu.

— Ei, tire as mãos... — Ela tentou se desvencilhar de seu aperto.

— Sua bochecha está inchando.

Três pares de olhos masculinos se voltaram para o bandido. Ele parecia estar esperando que o chão se abrisse e o engolisse.

— Você bateu nela? — Saxon perguntou em voz baixa.

Gia pigarreou.

— Rapazes...

Ele agarrou a camisa do homem e começou a arrastá-lo pelo pátio.

— Saxon! — Ela se moveu para segui-lo, mas ele a ouviu fazer um som.

— Me solta, Easton!

Saxon deu um soco forte no rosto do homem. Ele gemeu. Saxon sentiu uma calma gélida e mortal se espalhar sobre si.

De repente, o homem saltou e o atacou. Chutou o joelho de Saxon, que cambaleou, mas recuperou o equilíbrio.

O homem se lançou contra Saxon. Claramente, o cara estava fingindo e não estava tão machucado quanto parecia.

— Faça alguma coisa! — Gia pediu.

— O Sax está com ele — Easton murmurou.

O homem de Dennett avançou, e Saxon o deixou acertá-lo no estômago. Mas isso o aproximou, e ele o seguiu com um soco forte no rosto e um golpe na nuca do bandido. Saxon colocou todas as suas forças nisso.

Com um gemido, ele caiu de joelhos. Havia sangue escorrendo pelo rosto e encharcando sua camisa.

— Machuque-a novamente, e isso vai parecer apenas um pouco de diversão — Saxon o advertiu.

Em seguida se virou, puxando a bainha do paletó e limpando-o.

Gia o estava encarando. Seu olhar percorrendo o corpo forte como se estivesse procurando por ferimentos. Então ela olhou para além de Saxon. Seu olhar mudou, e ele ficou tenso.

De repente, ela se libertou de Easton. Estava bem perto da obra, então pegou uma pedra e a jogou.

Por um segundo, Saxon pensou que ela estava jogando aquilo contra ele.

A rocha passou direto por ele e quando ele se virou, viu a pedra atingir o bandido entre os olhos.

Ele uivou e largou a arma que tinha puxado de algum lugar.

Os irmãos Norcross correram e logo colocaram o homem de barriga para baixo, com as mãos presas.

Saxon olhou para Gia. Ele viu o medo em seu rosto antes que ela o escondesse.

— *Bastardo* — ela grunhiu em italiano para o homem no chão.

Ele contraiu os lábios. A sra. Norcross era ítalo-americana e claramente havia ensinado alguns xingamentos a Gia.

Deus, ela era linda. Uma pequena deusa italiana.

— Gia. — Saxon queria desesperadamente tocá-la, mas não podia arriscar.

Ele queria mais.

Tinha certeza de que os irmãos dela não iam gostar se ele a beijasse na frente deles.

— Sorte que você era muito boa no *softball*, Gia — Easton comentou.

Vander e Easton levantaram o homem.

— Eu vou cuidar disso. — Vander lançou a Gia um olhar aborrecido. — Chega de proteger a Willow, Gia. Tire-a da sua vida.

Com uma mão segurando o braço do bandido grogue, Vander arrastou o homem para longe.

— Vou ver como o Rhys está — Easton comentou. — Ele está com a Haven e nossos pais de olho nas coisas lá dentro. Vou avisar a todos que você está bem. — Easton se virou e subiu os degraus de volta ao baile.

— Vou te levar para casa —Saxon falou.

Gia passou os braços em volta de si mesma. Seu rosto estava pálido.

— Estou com o motorista.

— Eu vou te levar para casa — ele repetiu.

— Não. — Ela balançou a cabeça. — Tive o suficiente por esta noite. Quero ficar sozinha.

— Você precisa se afastar da Willow, Gia.

— Não comece, Saxon.

Ele segurou o seu braço.

— Os problemas dela poderiam ter te matado. Esta noite poderia ter tido um fim muito diferente.

Gia parecia triste e cansada.

— Ela é minha amiga.

— Mas não é muito boa.

— Chega. *Deus*. Você está sempre questionando meu julgamento. Me deixe em paz, Saxon. Não sou uma boneca sem cérebro.

Não, ela era uma das pessoas mais inteligentes e espertas que ele conhecia. Mas não queria que ela se machucasse. Willow iria tirar vantagem dela, como sempre fazia.

— Eu nunca disse que você era burra, mas você faz escolhas ruins quando se trata de quem gosta.

— E você nunca me deixa esquecer. — Ela fechou as mãos em punhos. — Pare de pegar no meu pé!

Ele estendeu a mão e puxou um de seus cachos. Saxon amava sua espessa massa de cabelo escuro e cacheado.

— *Contessa*, se eu não pegasse no seu pé, você se sentiria carente.

Ela fez um som irritado e bateu no braço dele.

16

— Me deixe em paz, Saxon Buchanan!

Ele esperou um pouco. Ela geralmente era criativa quando começava a reclamar.

— Isso é tudo que você tem a dizer? — Droga, discutir com ela fazia seu sangue ferver.

Ela franziu o nariz.

— Eu esperava algo mais dramático, mas é o melhor que tenho. Estou cansada e dolorida. — Saiu furiosa, com o vestido flamejando atrás de si.

Saxon balançou a cabeça. Estava ficando cada vez mais difícil ignorar o que sentia por Gia. Vinha tentando dcixá-la em paz há anos. Ele flexionou as mãos.

Gia esteve fora dos limites por muito tempo.

Mas esta noite, isso mudou.

CAPÍTULO DOIS

E la ia precisar de mais corretivo.
No banheiro, seu pequeno santuário, Gia aplicou a maquiagem.

Ia para o trabalho em breve, tinha um dia cheio pela frente e precisava esconder duas noites sem dormir e os hematomas.

Não tinha dormido muito na noite após o baile e passou o domingo trancada em seu apartamento, ignorando o mundo e se preocupando com Willow. Todos ligaram para ver como ela estava, e fez o possível para tranquilizá-los de que estava bem. Na noite anterior, estava exausta e tinha certeza de que dormiria. Mas teve pesadelos com o bandido de Dennett perseguindo-a... enquanto ela corria, ele se transformava em Saxon, com olhos de aço, o que a assustou ainda mais.

Finalmente, Gia caiu em um sono agitado nas primeiras horas da manhã, e dormiu apesar do toque do despertador. O que significava que estava atrasada. *Odiava* se atrasar.

Soltou um suspiro e estudou seu reflexo. Isso teria que servir. Ela entrou no quarto só de sutiã e calcinha pretos. Adorava lingerie. Não tinha nenhuma calcinha de vovó e tinha mais conjuntos de sutiã e calcinha do que jamais poderia confessar. Colocou um vestido azul marinho elegante e prendeu o cabelo.

Vasculhou em seu guarda-roupa e encontrou um par scarpin azul marinho da Jimmy Choo.

Seu celular tocou.

Xingando, correu para a cozinha. Ela podia correr de salto tranquilamente. Era a mais baixa da família e tentava compensar isso há anos. Caramba, ela provavelmente podia correr uma maratona de salto. Bem, talvez não uma maratona, já que odiava correr.

Pegou o telefone da ilha da cozinha. Era Haven.

— Oi, amiga. Eu te disse ontem, estou bem.

— G, eu sou a rainha de dizer às pessoas que estou bem quando não estou. Não tente enrolar uma *enrolona*.

Gia suspirou.

— Tudo bem. Não dormi bem. Estou preocupada com a Willow

— Mas não consigo mesma — Haven apontou, em tom seco.

— E quero espetar o Saxon com um garfo e vê-lo sangrar.

— Humm.

Haven tinha um tom engraçado em sua voz.

— O que isso significa?

— Significa *humm*.

— Haven...

— Significa que depois de trinta segundos perto de

19

vocês dois, sinto vontade de fumar um cigarro. E eu nunca fumei na vida.

Gia fungou.

— Não tenho ideia do que você está falando.

— Você sabe, Gia. É a mulher mais inteligente que conheço.

— Ele é como um irmão mais velho irritante. — *Mentirosa, mentirosa, Gia Gabriella.* Nunca, nem uma vez, teve pensamentos fraternos sobre Saxon Buchanan.

— Humm — Haven repetiu.

— Vou te ignorar e desligar. Tenho que trabalhar.

— Não vou me esquecer. Uma noite dessas, vou te deixar bêbada com seu Syrah favorito e você vai me contar tudo sobre a tensão sexual com Saxon.

— Não tenho nada para contar. Tchau.

Escondendo todos os pensamentos sobre Saxon e fechando-os com um grande cadeado, Gia pegou suas coisas e saiu do apartamento.

Ela morava em um lindo prédio em SoMa. Entre seu apartamento e a empresa, devia muito ao banco, mas felizmente, Easton era um gênio das finanças. Depois de deixar os Rangers, ele se dedicou a ganhar dinheiro. Administrava todos os investimentos dela, e a Firelight PR teve um lucro considerável.

O carro estava esperando na frente do prédio. Seu motorista, Rob – um homem forte de quarenta e poucos anos – abriu a porta para ela.

— Bom dia, srta. Norcross.

— Bom dia, Rob. Como está a Katie hoje?

O homem sorriu.

— Aquela florista que você sugeriu fez o milagre. Ela amou as flores e me perdoou.

— Notícia maravilhosa. — Gia se acomodou no banco de trás da Mercedes.

Rob havia perdido sua primeira esposa há cinco anos para o câncer. Ele achou difícil voltar a namorar, mas acabou se apaixonando pela professora de quarenta e poucos anos que morava ao lado de sua casa.

O carro entrou no trânsito. O escritório de Gia ficava no centro da cidade, então não era muito longe, mas ela trabalhava no telefone durante o percurso.

Gia estava feliz por Rob e Katie. E Haven e Rhys. Ela não tinha tempo para um homem e ainda não tinha conhecido alguém que pudesse acompanhá-la. Muitos se sentiam intimidados, carentes ou competitivos. O último cara com quem namorou não conseguiu lidar com o fato de que ela ganhava mais do que ele.

Pegando seu telefone, abriu os e-mails. O trabalho era tudo de que ela precisava.

Começou a separar as coisas urgentes que precisavam de sua atenção. Selecionou vários para a assistente responder. Sua equipe da Firelight PR era ótima. Gia *amava* seu trabalho.

Trabalhava para Easton, especialmente para o Hutton. Fazia alguns trabalhos para Vander quando ele permitia. A Norcross Security tinha um site, mas para sua consternação, nenhuma presença nas redes sociais. Vander deixou bem claro que nunca postaria nada.

Ela viu um e-mail de Kenneth Grahame e paralisou. Era o autor de uma antiga história infantil inglesa chamada *Wind in the Willows*. E uma boa forma de disfarçar quem realmente estava escrevendo.

Willow.

Abriu a mensagem. Havia apenas duas palavras. *Estou bem.*

Gia fechou os olhos. Sua amiga estava bem. Claro, Willow não tinha pensado em perguntar sobre ela.

Willow sobreviveu a uma vida familiar difícil. A mãe era alcoólatra e o pai era um pessoa ruim. Não eram pobres, mas estavam no último degrau da classe média e se apegavam a ela desesperadamente. Willow sempre se ressentiu por sua condição financeira. E quando os tempos ficavam mais difíceis, o pai passou a ser agressivo com ela e a mãe.

Sua amiga sempre teve uma inquietação, como se estivesse procurando de onde o próximo golpe poderia vir ou a sua próxima rota de fuga. Ela era selvagem.

Mas agora, só estava preocupada com a amiga. Elas não eram tão próximas quanto antes. Willow tinha problemas com drogas, e Gia pagou sua reabilitação duas vezes. Seu coração se apertou. A garota ficou quatro dias na primeira vez e dois na segunda.

Seus irmãos e Saxon queriam que Gia se afastasse, mas se fizesse isso, Willow não teria ninguém.

Ela se lembrou de que foi a moça quem a ensinou a usar maquiagem. As duas riram juntas falando sobre garotos. A amiga a ajudou a se vingar de Nancy Butler, que beijou seu namorado na escola. Muito papel higiênico foi usado para isso.

Sorriu, se lembrando daqueles dias. Willow também era a única pessoa para quem Gia confessou ter uma queda profunda pelo melhor amigo do irmão. Sim, ela tinha se apaixonado perdidamente pelo lindo e maravilhoso garoto de ouro, Saxon Buchanan... por cerca de trinta segundos. Ela tinha doze anos e estava cheia de hormônios em desenvolvimento. Ele tinha dezesseis e aproveitava todas as oportunidades para provocá-la – pelo seu cabelo, por estar na equipe de debate, seus namorados... por tudo.

Argh, ele a fazia perder a cabeça mais rápido do que qualquer pessoa que já havia conhecido. Durante os últimos anos dele e de Vander na escola, Saxon se tornou seu inimigo. Sempre que estavam na mesma sala, discutiam. Ele a provocava, e ela gritava com ele. O homem achava que era melhor do que todos os outros e era muito mandão. Ela o viu namorar com todas as líderes de torcida da escola com uma facilidade ridícula. Gia jurou fazer de tudo para evitar que seu ego crescesse a proporções épicas.

Tinha derramado uma lágrima ou duas quando Saxon se alistou com Vander e os dois entraram para o exército. Não que ela *fosse* contar isso a ele.

Se viam ocasionalmente, quando ele e seus irmãos estavam de licença da Delta Force. Mesmo então, Saxon era excelente em irritá-la pra caramba. O homem sabia exatamente o que falar, aquele arrogante sabe-tudo.

Gia afastou os pensamentos quando o carro parou.

— Obrigada, Rob.

— Me chame se precisar de mim.

Ela entrou no prédio. Amava o saguão bem iluminado e arejado. A Firelight PR ocupava dois andares do lugar.

Continuou digitando em seu telefone enquanto subia de elevador.

— Bom dia, Janine — disse à recepcionista na mesa alta e polida da recepção.

— Bom dia, srta. Norcross. — A loira simpática retribuiu o sorriso.

Gia caminhou pela área de plano aberto. Os telefones tocavam, os teclados batiam e várias pessoas estavam ao redor de um quadro branco, tendo uma conversa animada.

Ah, sim, ela amava seu trabalho.

Se aproximou de sua sala no canto e, do lado de fora, Ashley Wu, sua assistente, se levantou da mesa. Ela era dois anos mais velha do que Gia, com o corpo longo e esguio de uma dançarina. Também era a mulher mais organizada do planeta.

— Bom dia. — Ashley lhe estendeu um copo descartável de café.

— Sabia que havia uma razão para ter te contratado. — Gia deu um gole e gemeu.

— Noite longa? — O cabelo comprido e escuro de Ashley era preto no topo, mas lentamente mudava de cor para um rosa prateado nas pontas.

— Noite difícil — Gia corrigiu. — A cafeína será meu deus hoje.

— Como foi o baile?

— Excelente.

Ashley tirou um jornal da mesa.

— Sem intercorrências?

Gia viu a manchete. *Tiroteio no baile de caridade do museu.*

— Humm. — Gia bebeu mais um pouco de café.

— Diz que uma mulher com um lindo vestido azul Alberta Ferretti e um homem sacaram as armas e atiraram um no outro.

Ah, droga.

— Sério?

— Gia, eu te ajudei a escolher aquele vestido. Estou supondo que Easton fez de tudo para que seu nome não aparecesse aqui. — Ashley apontou para o jornal.

— Meus irmãos cuidaram disso.

Ashley tinha uma expressão sonhadora e distante no rosto.

— Ash?

— Me desculpe, só estava sonhando com seus irmãos cuidando de mim. Os três, ao mesmo tempo.

— Eca, pare de fantasiar com meus irmãos. — Gia havia sofrido a vida inteira por ter três irmãos gostosos. — E Rhys está comprometido agora.

— Eu odeio a Haven — Ashley disse bem-humorada. — Aquela vaca sortuda.

Sorrindo, Gia foi até seu escritório.

Era arejado, elegante e com toques de cor. As janelas em uma das extremidades deixavam entrar muita luz. Atrás de sua ampla escrivaninha de madeira clara, havia prateleiras que flanqueavam uma pintura colorida em tons de rosa, amarelo, azul e verde. Duas cadeiras brancas confortáveis, mas elegantes, ficavam na frente de sua mesa. Na outra extremidade do espaço havia um sofá *chesterfield* feminino e elegante, com muitas almofadas coloridas.

Ela largou a bolsa na mesa.

— Não quero falar do museu. Está tudo bem.

Ashley franziu o nariz.

Gia levantou uma sobrancelha.

— Certo, o que temos hoje?

— Reuniões, reuniões e mais reuniões. — Sempre eficiente, Ashley ergueu seu tablet. — Você tem uma ligação às nove da manhã a respeito da conta da Rivera. Uma nova cliente potencial virá às dez. Ela está expandindo sua rede de bares esportivos e quer um plano de ação completo para o lançamento e a marca. Às onze da manhã, *workshop* com a equipe. E depois você tem uma reunião no almoço. — Ashley estremeceu.

Gia se sentou.

— Com?

— Neil Robinson.

Gia gemeu. Já teve reunião com Robinson. Ele era um empresário promissor e a convidou para sair umas trinta vezes durante a reunião. Ela disse não repetidamente, e enfatizou que não se relacionava com clientes. Para a próxima reunião, ele exigiu um jantar, mas Gia conseguiu convencê-lo a almoçar.

— Precisamos mesmo da conta dele? — Ashley perguntou.

— Posso lidar com ele.

A manhã de Gia foi um turbilhão. Ela se saía bem nisso. Adorava trabalhar com pessoas. Amava resolver problemas. Gostava de ser produtiva.

Ao meio-dia e vinte e cinco, ela entrou no restaurante EPIC Steak à beira-mar no Embarcadero. O lugar tinha boa comida, muito couro e detalhes em metal industrial, e uma vista incrível.

Neil Robinson se levantou de uma mesa perto das janelas, com a Bay Bridge atrás dele, e um largo sorriso no rosto.

Era um homem bonito e pomposo. Tinha talvez um metro e oitenta de altura, com um corpo esguio que ele claramente mantinha em forma. Mas Gia passou um bom tempo com homens que se mantinham em forma militar. Ela tinha uma obsessão secreta por coxas fortes, abdomens rígidos e braços musculosos. Sem mencionar tatuagens.

Bonito e arrumadinho não a atraía, a menos que escondesse certa rebeldia.

— Gia, que prazer. Você está linda.

Argh. Neil simplesmente não conseguia colocar "reunião de negócios" na cabeça.

— Neil.

Ela se sentou e ele se acomodou ao seu lado.

— Vou pedir uma bebida para você. Vinho?

— Não bebo em reuniões de negócios.

Seu sorriso vacilou, depois mudou.

— Ah, mas isso é negócio e prazer.

— Quero uma soda com um toque de limão, por favor.

Ele não parecia feliz, mas passou o pedido para a garçonete.

— Bem, vamos ao que interessa — Gia falou.

Neil sorriu e, por baixo da mesa, colocou a mão em sua coxa.

Ela manteve o rosto neutro e afastou a mão dele. Seria um almoço longo e desagradável.

SAXON CAMINHOU em direção à entrada de porta dupla do EPIC Steak.

A assistente de Gia disse a ele onde encontrá-la. Fez uma careta. Ela deveria ter ficado em seu escritório. Foi ao apartamento dela esta manhã e seguiu seu motorista até o escritório.

Vander mandou uma mensagem muito clara para Dennett ficar longe de Gia. Mas até que Willow devolvesse as joias, ou Dennett confirmasse que não estava mais mirando em Gia, Saxon não a consideraria em segurança.

Uma morena escultural passou por ele e lhe deu um olhar demorado.

Ele a ignorou e seguiu em frente. Passou a manhã desenterrando sujeira sobre Kyle Dennett. Não gostou do que havia encontrado.

A Norcross Security operava nos dois lados da linha da legalidade. Ocasionalmente, tinham que trabalhar com a escória para conseguir as informações de que precisavam para realizar um trabalho com sucesso. Saxon não tinha escrúpulos em fazer o que precisava. Seu tempo no exército, especialmente na Ghost Ops, lhe ensinou que o certo e o errado podiam ser muito subjetivos em situações complicadas. Ele tinha seu próprio código e o seguia.

— Saxon.

A voz fria feminina o fez lutar contra um suspiro. Olhou para a mulher que tinha acabado de sair do restaurante.

— Mãe.

Alta, incrivelmente magra e enfeitada de Chanel, sua mãe parecia dez anos mais jovem do que era. Seu cabelo loiro estava perfeitamente penteado e alcançava um centímetro acima de seus ombros.

Ela olhou para as mangas dobradas e as tatuagens com desgosto.

— Acabei de almoçar com amigas do country clube. O que está fazendo aqui?

Era segunda-feira, o que ela achava que ele estava fazendo?

— Estou trabalhando.

Ela franziu o nariz.

Saxon sabia que ela estava prestes a começar um discurso inflamado. Seus pais já haviam deixado bem claro o que sentiam por ele trabalhar, especialmente na área de segurança.

Não, eles preferiam que ele se sustentasse com seu fundo fiduciário, se casasse com uma socialite e não fizesse nada.

— Sinto muito, mãe, estou ocupado. Tenho que ir. — Ele beijou sua bochecha com obediência. — Você está fabulosa, como sempre.

Vanessa Buchanan tinha um cirurgião plástico maravilhoso.

— Muito bem. Você deveria vir jantar algum dia.

Com aquele convite amoroso e sincero, ele assentiu e empurrou as portas.

A recepcionista, uma ruiva de vinte e poucos anos vestida com elegância, lhe deu um sorriso de boas-vindas.

— Olá, bem-vindo ao EPIC Steak.

— A reserva de Norcross.

O sorriso da mulher esmaeceu.

— Eles estão sentados perto da janela, mas acredito que todos os convidados já chegaram.

Saxon avistou Gia imediatamente. Seus cachos estavam domados em um coque, expondo seu pescoço esguio. Sexy pra caramba.

Caminhou em direção a eles. Então viu o idiota de terno com cabelo brilhante se aproximar dela. Saxon teve a linha de visão perfeita para ver o homem passar a mão em sua perna.

Seu olhar voltou para o rosto de Gia. Ela estava em um encontro?

Não. Seu rosto estava composto, sua aparência, profissional. Só alguém que a conhecesse bem sabia que seu temperamento estava esquentando.

Ela moveu a mão do idiota, tentando claramente redirecionar a conversa.

Saxon se aproximou, vindo por trás deles.

— Neil, esta é uma reunião de negócios. Espero que você aja profissionalmente se quiser trabalhar com a Firelight PR. Por favor, mantenha suas mãos para si.

— Gia, você deve sentir nossa atração. — O homem se inclinou. — Quero você nua. Quero te comer. — Ele enfiou a mão debaixo da mesa novamente.

Saxon se enfureceu.

Ele agarrou o idiota e o puxou para fora da cadeira.

O homem gritou e a cadeira tombou. Os frequentadores das mesas próximas ficaram boquiabertos.

Gia ficou de pé.

— Saxon!

— Ela mandou tirar as mãos, idiota.

O homem de terno se endireitou.

— Quem é você?

— O cara que vai se certificar de que você mantenha suas mãos para si mesmo.

O *sr. Cabelo Brilhante* franziu a testa e olhou para Gia.

— Você está com esse cara? Todos com quem falei disseram que você era solteira.

Gia fez um som que Saxon conhecia bem. Ela estava a ponto de perder a paciência.

— Se estou saindo com alguém ou não, não é da sua conta, Neil. Como já disse *várias vezes* e você não ouviu, não estou interessada em um relacionamento pessoal, apenas profissional.

— Então você está transando com ele?

Saxon grunhiu e deu um passo à frente. Gia bateu com a mão em seu peito.

— Nem mais um passo, Saxon. — Ela se virou para o homem. — Não importaria se eu estivesse dormindo com todo o time do San Francisco 49ers. Não é da sua conta com quem durmo. — Ela respirou fundo. — Não acho que você seja a pessoa certa para a Firelight PR, Neil. Eu ficaria feliz em lhe dar algumas recomendações de outras empresas.

— Vá se foder. Perdi semanas com você.

Saxon avançou e deu um soco no cara de dentes brilhantes.

Com um grito, Neil voou para trás e derrubou várias cadeiras. Ele caiu no chão.

— Que maravilha. — Os olhos castanhos focaram em

Saxon. — Você não pode resolver tudo com as mãos, sabia?

— Por que não?

Ela lançou um olhar fulminante para ele, então se virou e jogou o guardanapo sobre o homem no chão.

— Adeus, Neil. Não me ligue de novo.

Em seguida, Gia pegou a mão de Saxon e o arrastou para fora do restaurante.

Ela acenou para a recepcionista que estava de boca aberta.

— Peço desculpas pelo drama. Por favor, coloque as bebidas na minha conta.

Gia levou Saxon para fora e se virou para enfrentá-lo.

— Por que você está aqui? Como ousa invadir minha reunião de negócios e bater no meu cliente em potencial?

— Ele era um idiota.

— Estou ciente disso.

— Preciso falar com você.

— Então use o telefone.

— Você teria atendido?

Ela franziu o cenho.

— Talvez. — Suspirou. — Me deixe ligar para o meu motorista.

— Estou de carro. — Ele apoiou a mão nas costas de Gia, provocando um formigamento de eletricidade em seus dedos. Ela era pequena e cheia de curvas. Saxon desejou soltar seus cachos do coque arrumado em que estavam presos.

— Você gosta de ter clientes em potencial colocando a mão em você? — Havia um tom rude em sua voz, mas ele não conseguiu diminuir o tom.

— Não. Eu estava lidando com a situação.

— Como estava lidando com coisas no sábado à noite?

O olhar de Gia era quente o suficiente para derreter metal.

— A sutileza leva tempo, Saxon. Não é preciso recorrer à violência em um milissegundo.

— Você não deveria ter saído do escritório.

— Deus, você é tão mandão.

— Seu ponto?

— Aproveite o tempo para *falar* com as pessoas, Buchanan. Pergunte, explique, use gentilezas e agradecimentos. Sabe como é, aja como uma pessoa legal.

Ele ergueu uma sobrancelha.

Ela bufou.

— Você é *insuportável*.

— Assim como você, *Contessa*.

— Por que eu não deveria ter saído do escritório? — ela perguntou, com paciência exagerada.

— Ainda não é seguro. Até que a Willow devolva as joias, ainda há risco de o Dennett mirar em você.

Saxon parou ao lado do seu Bentley Continental GT azul-escuro.

Gia o encarou.

— O Dennett sabe que não estou com as joias e que ele corre o risco de enfrentar o Vander e a Norcross Security se tentar algo. Ele não virá atrás de mim de novo, e é por isso que Vander não me disse para ficar no escritório.

Saxon a prendeu entre ele e o carro.

— Esse não é um risco que estou disposto a correr, Gia.

Ela engoliu em seco, e o ar entre eles ficou carregado.

Ah, sim, Gia Norcross gostava de irritá-lo, mas sentia a atração incessante e sempre fervente entre eles.

Saxon se inclinou um centímetro mais perto e sua respiração se misturou à dela.

— Farei o que for preciso para te manter em segurança.

Ela olhou para os lábios dele.

— Por que sou a irmã do Vander?

— Sim. E porque eu te conheço há uma vida. E porque quero manter esse corpinho curvilíneo inteiro.

Ela apoiou a mão em seu peito.

— Dê um passo para trás.

Ele hesitou, mas fez o que ela pediu. Estavam expostos na rua, mas logo, muito em breve, ele pegaria Gia sozinha e deixaria as coisas claras para ela. Passou por ela e abriu a porta do carro.

Depois que a fechou, ele deu a volta e entrou.

— Por que você está tão preocupado com esse tal de Dennett? — ela perguntou.

Saxon entrou com habilidade no tráfego.

— Ele está tentando ficar famoso.

— Como?

— Um pouco de cada coisa. Drogas. Prostituição.

— Deus, por que existem tantos idiotas no mundo? — ela resmungou.

Saxon notou que ela estava acariciando o assento de couro. Observou aquelas unhas bem pintadas e pensou nelas acariciando outras coisas.

— Gostou do carro?

— É um bom veículo. — Ela o olhou. — Apenas o melhor para Saxon Buchanan.

Todo mundo gostava de criticá-lo por gostar do melhor. E daí se ele gostava de carros caros, ternos feitos sob medida e lençóis de mil fios? Podia pagar e passou dez anos em missões, dormindo com roupas que usava por dias, cheirando mal, no meio de zonas de guerra.

— Bem, eu não compraria um carro ruim.

Ela bufou.

— Então o Dennett está tentando fazer seu nome?

— Provando a si mesmo. Tentando causar impressão nas pessoas com quem gostaria de trabalhar. O que o torna imprevisível. Se souberem que sua ex-namorada viciada roubou um saco de pedras preciosas, sua reputação sofrerá um baque.

— Hum. — Gia bateu as unhas no painel.

— E o saco de pedras vale duzentos e cinquenta mil.

— O quê? — Sua boca se abriu.

— Sua amiga não roubou algumas bugigangas.

Gia olhou pela janela.

— Puta merda, Willow.

— Ela entrou em contato com você?

Gia tocou o lóbulo da orelha. Uma mania.

— Gia — ele grunhiu.

— Ela enviou um e-mail para me informar que estava bem.

Ele grunhiu novamente.

— Willow só pensa nela mesma.

— Nem sempre foi assim.

— Sempre foi. Essa garota sempre teve inveja de você.

— O quê? — Gia franziu a testa.

Saxon parou na frente do prédio em que ela trabalhava.

— Entre, Gia. Chega de encontros para o almoço. Vá direto para casa depois do trabalho e assim que o Vander tiver a confirmação de que você está livre do Dennett, poderá passear pelas ruas.

— Você adora dizer às pessoas o que fazer, não é?

Ele considerou por um segundo.

— Sim.

Ela abriu a porta e sorriu. Não foi gentil.

— Alguma outra ordem, Mestre Buchanan?

Ele sorriu.

— Sim, pode me chamar de Mestre Buchanan o tempo todo, a partir de agora.

Ela saiu, exibindo as pernas torneadas, que seu pênis definitivamente notou. Gia lhe deu mais um olhar e então bateu a porta.

Ele a observou entrar, com os quadris balançando. Soltou um suspiro e segurou o volante.

Sua fome por Gia Norcross não estava mais sob controle. Uma vez que ela estivesse segura, ele a faria sua, de uma forma ou de outra.

CAPÍTULO TRÊS

Deus, ela estava cansada.

Depois do almoço *adorável* com Neil e do confronto com Saxon, Gia voltou para uma tarde de problemas. Um cliente pego em uma confusão no Twitter. Outro se envolveu em um escândalo com uma mulher que não era sua esposa.

Gia estava cansada pra caramba e seu rosto latejava.

Ela destrancou a porta do apartamento. Pelo menos, a sua aparência não estava tão ruim quanto a de Haven. Durante um assalto no museu, quando um Monet foi roubado, sua amiga foi espancada. Os hematomas de Haven duraram dias.

Haven conseguiu seguir em frente apesar das dificuldades, e agora tinha Rhys ao seu lado.

Gia tomaria uma taça de vinho tinto e depois ia dormir. Seguiria em frente amanhã.

Jogou suas coisas na ilha da cozinha e tirou os sapatos.

Lar. Ela amava o belo apartamento de dois quartos.

Possuía uma cozinha linda que não tinha tempo suficiente para usar. Um banheiro tipo spa que era seu cômodo favorito. E uma varanda com excelente vista.

Sorriu, sentindo uma sensação de paz tomar conta. Tinha escolhido cada coisinha dali. Seu apartamento era seu santuário. O lugar onde ela podia deixar de lado a sua persona de relações públicas poderosa e ser ela mesma. Não havia nada a provar, nem ninguém para impressionar.

Uma *batida* rápida na porta a fez franzir o cenho. Alguém havia passado pelo porteiro.

Verificou o olho mágico e seu pulso disparou.

Willow.

Gia abriu a porta com força.

— Will.

Sua amiga entrou. A expressão em seu rosto demonstrava nervosismo e seus olhos azuis brilhavam. Ela empurrou o cabelo para trás. No colégio, era grosso e loiro, agora era pegajoso e da cor de água suja.

Willow era alta e magra demais. A garota entrou no apartamento de Gia e se virou.

Gia observou o rosto da amiga com cuidado e soltou um suspiro.

— Você está chapada.

— Estou cheia de problemas, Gigi. Precisava relaxar um pouco, afastar as preocupações.

— Você se colocou nessa situação ao roubar duzentos e cinquenta mil dólares em joias que não são suas.

Willow remexeu os pés nos tênis de corrida surrados.

— O Dennett tem muito dinheiro. Por que eu não deveria pegar algumas?

— Porque pertence a *ele*. — Mesmo que viesse de negócios escusos. — Você roubou dele.

A garota deu de ombros.

— Achei que você ficaria do meu lado.

Merda, Gia estava do lado de Willow há anos. Desculpando as escolhas erradas da amiga. A voz de Saxon soou em sua cabeça.

Deus, ela estava apoiando Willow?

— O capanga do Dennett veio atrás de mim — Gia falou. — Ele me ameaçou. Você precisa devolver as joias.

Willow ficou em silêncio, mordendo o lábio.

— Você está bem.

— Ele me apontou uma *arma* e atirou em mim.

— Seus irmãos não vão deixar que nada te aconteça. E aquele menino de ouro esnobe levaria um tiro por você.

— Saxon?

— Sim — Willow zombou. — Ele não vai deixar nada acontecer com sua princesa preciosa.

— O Saxon é só...

— Ele te deseja desde que era uma adolescente.

As palavras provocaram um choque em Gia.

— Aquele idiota de sangue azul sequer me olhou, mas você... — A inveja envolveu a voz de Willow.

Gia respirou fundo. O que estava acontecendo agora não tinha a ver com Saxon.

— Olha, se concentre no Dennett. Você precisa...

— Os capangas dele estão me seguindo o dia todo. — Willow passou a mão pela boca. — Eu preciso de...

Gia se endireitou.

— Eles te seguiram até aqui?

— Tenho certeza de que os despistei. — Willow

puxou uma bolsinha preta do bolso. — Olha, Gigi, preciso esconder isso aqui. Só um pouco.

— Willow, não. — Seus irmãos e Saxon ficariam loucos.

— Preciso resolver as coisas. *Por favor*. É só escondê-las por algumas horas e vou cuidar disso, Gigi.

A moça lhe deu um abraço apertado. Ela estava tão magra que Gia se desesperou.

— Tudo bem. — *Você é uma idiota, Gia Norcross.* — Só por algumas horas, Will.

— Obrigada. — Sua amiga sorriu como a antiga Willow.

Gia pegou a bolsinha. Parecia leve demais para duzentos e cinquenta mil dólares.

— Vou resolver isso. — A moça abriu a porta. — Você vai ver.

Então ela se foi.

Gia se deixou cair no sofá de camurça. A tentação era demais e ela abriu a bolsa.

Ela ofegou. *Ah, uau.*

Sentiu as pedras frias na palma de sua mão. Rubis vermelho-sangue, esmeraldas verde-escuras, safiras azuis e algumas grandes rosa-claro.

Ela se deu um segundo para imaginar um conjunto de brincos de rubi ou um lindo colar de esmeraldas.

Em seguida, colocou as joias de volta na bolsa. Foi até a prateleira na parede da sala de estar. Abriu um painel na lateral e enfiou a bolsa para dentro da madeira oca. Depois colocou o painel de volta no lugar.

Ela realmente queria aquela taça de vinho, mas se

seus irmãos descobrissem que estava com as joias e não tinha contado a eles...

Se Saxon descobrisse, ficaria no pé dela por dias.

Precisava ir até a Norcross Security.

Os avisos de Saxon ecoaram em sua cabeça. Ela mordeu o lábio. Não acreditava que Dennett fosse estúpido o suficiente para ir contra seus irmãos. Ainda assim, precisava ser inteligente. Ia se trocar e pegaria um Uber direto para o escritório da Norcross.

Correndo para o quarto, ela tirou o vestido de trabalho e soltou o cabelo do coque. Vestiu sua roupa de ioga: legging preta, blusa lilás e moletom com capuz favorito que só usava em casa. A malha cinza se ajustou de forma confortável ao seu redor. Ninguém esperaria que a estilosa Gia Norcross usasse moletom.

Enquanto andava pela sala de estar, olhou para a prateleira e sentiu o peso daquelas porcarias de joias. Queria que aquilo desaparecesse e que Willow ficasse em segurança.

Gia pegou as chaves e o telefone. Decidiu ser extremamente cuidadosa e descer pelas escadas. Droga, Saxon a fazia imaginar o bicho-papão em toda parte.

No saguão, puxou o capuz sobre o cabelo e abriu o aplicativo do Uber no celular.

O carro chegou e, pelo que percebeu, não havia ninguém prestando atenção nela.

Foi uma curta viagem até South Beach, onde Vander havia comprado um antigo armazém há vários anos para abrigar o escritório da Norcross. Depois disso, ele o derrubou completamente e o reconstruiu. Agora, o andar de baixo do armazém abrigava a frota de SUVs BMW que a equipe da Norcross usava, uma academia de alta tecnologia e celas. Bem, tecnicamente, eram salas de espera. O andar seguinte era quase em todo plano aberto, com escritórios com paredes de vidro que os caras mal usavam. Cada vez que ela ia até lá, os homens da Norcross estavam em campo fazendo segurança e investigações. Se sentar em uma mesa não era algo que eles preferissem fazer.

Ela ajudou Vander a decorar o interior do escritório. O lugar tinha uma vibração industrial de concreto e aço que combinava com seu irmão. O andar superior e o terraço eram o domínio privado e a casa de Vander.

Gia saiu do Uber com um agradecimento e desceu a rua, olhando rapidamente para o armazém.

De repente, um corpo pequeno e magro correu para fora de um beco e se chocou contra ela.

— Ei! — ela resmungou.

O homem, apenas alguns centímetros mais alto que ela, puxou uma faca.

— Me dê a bolsa.

— Eu não tenho bolsa.

— As joias — ele grunhiu.

Ah, merda. Ele devia ser um dos caras que estava seguindo Willow.

— Ela as deu a você — o homem retrucou. — Eu as quero.

Gia enrijeceu. Então, em sua voz mais arrogante, ela disse:

— Não tenho ideia do que você está falando.

A faca a atingiu, e Gia sentiu uma pontada de dor no antebraço.

A raiva explodiu dentro dela. Seu dia foi péssimo. Sua mãe gostava de dizer que Gia havia herdado dela seu temperamento italiano impetuoso.

Ela o atacou. Bateu a mão no braço de seu agressor. Com um grito, a faca caiu no chão.

A moça o chutou na virilha, mas ele desviou no último segundo e ela acertou sua coxa. Continuou atacando. Havia sido bem ensinada, mas sabia que nunca seria tão forte quanto um agressor. Tinha que atacar rápido e forte antes que ele percebesse que ela não estava para brincadeira.

Bateu o cotovelo em seu pescoço, e ele tossiu. O homem estendeu a mão e agarrou seu capuz e cabelo e puxou.

Uau. Uau. Uau. Lágrimas se formaram em seus olhos. Seu couro cabeludo parecia estar em chamas. Ela ergueu os braços de forma violenta, impedindo o aperto dele e provavelmente perdendo alguns fios no processo.

Mas então ele a atacou com força total.

O corpo do homem atingiu o dela, empurrando-a contra uma parede de tijolos próxima. Isso a deixou sem fôlego.

Ele pegou a faca do concreto e a pressionou contra a garganta da moça.

Gia paralisou. Ah, merda. Sentiu a ardência no pescoço. Sua primeira preocupação foi sobre quais germes e sujeira poderiam estar na lâmina.

Os olhos do homem brilharam de raiva. *Ele que se*

danasse. Ela bateu o joelho entre as pernas dele. Com muita força.

O bandido fez um som horrível, e ela quase sentiu pena. Ele largou a faca novamente, e ela se afastou.

O homem ergueu a cabeça, e ela viu a promessa assustadora de retribuição em seu rosto.

— Ei! — uma voz profunda masculina rugiu.

Seu atacante se virou e saiu correndo de forma desajeitada, curvado e mancando.

Gia pegou o canivete.

— Vou ficar com isso, seu idiota.

Um homem alto apareceu ao seu lado.

Ace Oliveira, o guru de tudo o que se referia a tecnologia e eletrônica da Norcross, não se parecia em nada com qualquer geek que ela já tinha visto. Ele era alto, moreno e brasileiro. Seu cabelo longo e escuro estava preso em um rabo de cavalo sexy, mostrando os ângulos de seu rosto bonito. Seu corpo era longo, esguio e musculoso.

— Gia, você está bem?

— Sim. — Mas começou a tremer. — Estou.

Seus olhos escuros estavam preocupados.

— Você está sangrando.

Ela passou a mão pelo pescoço.

— Hum, acho que vou para casa.

Ace semicerrou os olhos.

— Você pode... hum, esquecer que viu isso?

— Não. — Ele segurou seu braço com firmeza e a conduziu em direção ao escritório da Norcross.

Merda, ela estava com medo.

SAXON TINHA ACABADO algumas pesquisas no computador – acessando alguns bancos de dados privados quando ouviu o som perigoso da voz de Vander.

— Que merda é essa?

Se afastando de sua mesa, Saxon entrou na área aberta central do escritório da Norcross.

Ace e Vander estavam carrancudos, olhando para uma pequena mulher de costas para Saxon, que estava com um capuz sobre a cabeça.

Mas ele reconheceria aquele bumbum curvilíneo em qualquer lugar. Puta merda, ele sonhava com isso constantemente.

— Gia?

Ela se virou.

Saxon gelou.

Seu pescoço e um dos braços estavam manchados de sangue.

Ele avançou, e ela ergueu a mão.

— Estou bem...

Saxon cruzou o espaço em alguns passos. Ele segurou sua bochecha, inclinando sua cabeça para trás.

— Um cara com uma faca a atacou aqui na frente — Ace disse.

O sangue de Saxon ferveu.

— Eu disse para você ficar no seu escritório ou em casa.

Ela respirou fundo.

— Eu sei...

— Avisei que você ainda estava em perigo.

— Você disse que eu *poderia* estar em perigo. — Ela ergueu o queixo. — Peguei um Uber e usei roupas diferentes.

Saxon observou a linha que cortava seu pescoço delicado e sentiu um nó horrível no estômago. Se o cretino a tivesse cortado mais profundamente...

Ele agarrou seu braço.

— Como foi essa experiência para você?

A raiva em sua voz a fez enrijecer.

Vander franziu a testa.

— Saxon...

— Vou limpá-la. — Ele a guiou pelo escritório. Gia tentou puxar o braço. — Não me teste agora.

Vander os estava observando e seu olhar era como um laser.

— Acho que preciso enviar uma mensagem mais clara ao Dennett. — Vander subiu a escada e desapareceu como fumaça.

Gia arregalou os olhos.

— O que isso significa?

— Não se preocupe. — Saxon a puxou para uma salinha onde mantinham suprimentos médicos. Eles não costumavam se machucar, mas acontecia, e nenhum deles gostava de ir até o pronto-socorro.

Havia uma cama encostada na parede, e ele a fez sentar.

— Não precisa se preocupar com o Vander.

— Mas eu me preocupo. Ele é meu irmão. — Seus olhos castanhos encontraram os dele. — E sei que você se preocupa também. Ele é tão...

— Valentão?

— Fechado. Controlado. Ele quase nunca sorri.

Sim, bem, Saxon estava bem ciente das coisas que Vander tinha feito como membro da Ghost Ops. As decisões que foi forçado a tomar. Os homens que perdeu.

— Ele está em casa. — Saxon puxou o kit de primeiros socorros. — E tem a sua família.

Quando olhou para cima, ele a encontrou o observando.

— Sua família te ajuda? — ela perguntou baixinho.

Saxon bufou.

— Tento vê-los o mínimo que posso.

Algo se moveu nos olhos escuros de Gia.

— Achei que... bem, você é filho único e sua família é rica. Achei que você fosse mimado e indulgente.

— Por que você acha que passei tanto tempo na sua casa quando era mais jovem? Não suporto meus pais.

— Ah. Eles são... difíceis?

Difíceis? Ele lutou contra uma risada.

— Se você quer dizer idiotas elitistas, frios e egocêntricos, então sim. — Ele puxou uma compressa antisséptica e começou a limpar seu pescoço. A raiva de Saxon voltou com força total.

— Droga, Gia.

Ela estremeceu.

— Já me machuquei mais que isso.

Não era profundo, mas poderia ter sido pior. Muito pior. Puta merda.

Ele espalhou um pouco de creme sobre o corte, chocado ao descobrir que suas mãos não estavam firmes.

Pensar em Gia machucada ou morta... parecia que havia uma pedra em seu peito.

— Eu disse para você não vagar pelas ruas.

— Está bem, está bem. Pare com o "eu te avisei".

— Não é hora para piadas.

Ela suspirou.

— Eu sei.

Foi quando Saxon sentiu os pequenos tremores que percorriam seu corpo. Sua pele estava fria.

— Você está bem agora. Está em segurança.

Ela respirou fundo, estremecendo e assentiu.

Saxon empurrou a manga ensanguentada de seu moletom. Havia um corte menor, mas mais profundo em seu antebraço, e ele o limpou.

Ela fez beicinho, olhando para o rasgo no tecido.

— É o meu moletom favorito.

Ele olhou para o sangue que manchava sua pele. Isso acabou com o que restava do autocontrole dele.

— Ele poderia ter te matado. — Saxon ficou pé e segurou sua nuca. — Poderia ter te esfaqueado, cortado uma artéria...

— Saxon, eu estou bem. — Ela o encarou com firmeza.

Ele grunhiu. O rosto de Gia estava calmo, e ele podia vê-la praticamente se recompondo. Com firmeza.

Queria dar um soco em algo. Ele se acomodou na cama e, com cuidado, colocou um pouco de creme no corte. Sua pele era linda, macia e bronzeada.

Gia ofegou. Saxon olhou para cima e a viu olhando para ele. Seu estômago se apertou.

— Não me olhe assim.

— Você me irrita demais. Este é o meu olhar irritado.

— Esse não é o seu olhar irritado. — Ele colocou uma bandagem no braço dela.

Em seguida, Saxon estendeu a mão e tocou seu pescoço. Sentiu a batida de seu pulso, passando o polegar sobre ele.

Ela estava viva.

Seu corpo estremeceu.

Gia umedeceu os lábios.

— Saxon?

— Não vou deixar ninguém te machucar de novo.

— Está bem.

Ele não pensou. Deixou seus instintos o guiarem – algo que nunca havia permitido. A puxou para seu colo e a ouviu suspirar.

Os olhos dela se arregalaram.

— Saxon.

Ele cobriu sua boca com a dele, aproximando-a ao máximo.

Gia levou as mãos ao seu peito, e Saxon sentiu as unhas o arranharem. Em seguida, ela entrelaçou os dedos em seus cabelos.

Saxon passou as mãos por suas costas esguias, e ela o montou. O beijo foi profundo. Repleto de calor e necessidade. Como se estivessem tentando comer um ao outro.

Ela gemeu – um som gutural e necessitado.

O sangue pulsou através de Saxon e seu pênis estava duro como aço. Até que ele moveu a mão e ouviu seu silvo. Havia tocado em seu braço ferido.

Puta merda. Ela estava ferida, e ele a estava apalpando. Recuou, ambos ofegantes.

— Isso... caramba — ela murmurou, sem fôlego. — Eu nem gosto de você.

— Sim, eu também não, *Contessa*.

Ele tinha certeza de que os dois ouviram mentiras. Eles gostavam muito um do outro, só não queriam se sentir assim.

Então Gia segurou sua nuca e o puxou de volta para si. Eles se beijaram novamente, de um jeito muito quente e faminto. Ela gemeu em sua boca.

Quando ela levantou a cabeça, tocou nos próprios lábios e seu rosto parecia confuso.

— Ah, Deus, o que estamos fazendo?

— Agindo quanto a algo que nós dois sabemos que existe há muito tempo.

O medo transpareceu nos olhos dela.

— Não.

— Sim.

Ela tentou se afastar, mas ele a segurou com força.

— Saxon, isso é *loucura*. Você é o melhor amigo do meu irmão, não gostamos um do outro, nos irritamos e...

— Estou te reivindicando, Gia. Eu te desejo há muito tempo, e não vou deixar as desculpas atrapalharem mais.

— O quê? — ela perguntou em voz alta.

— Você é minha. Este é o começo entre nós dois.

Ela balançou a cabeça.

— De jeito nenhum.

— Sim. — Ele a segurou com mais firmeza.

Seus cachos voaram enquanto ela balançava a cabeça de forma frenética.

— Você bateu com a cabeça ou algo assim.

— Não. — Ele emoldurou seu rosto com as mãos e

olhou em seus olhos. — Você sabe, Gia. Sabe desde o primeiro momento.

Ela fechou os olhos.

— Estou tendo um sonho louco ou talvez tenha batido com a cabeça.

Ele sorriu.

— Me lembro que você fechava os olhos e esperava que eu fosse embora quando era adolescente. Uma adolescente bonita de quem eu tinha que ficar longe.

Gia abriu os olhos. Ela ergueu a mão como um guarda de trânsito. Esse gesto era lendário.

— Saxon, não posso lidar com isso agora.

Ele assentiu.

— Eu sei. Minha prioridade é te manter segura.

Ela se afastou das mãos dele com gentileza.

— Hum, tenho algo para te dizer. Prometa que não vai ficar bravo.

Ele semicerrou os olhos.

— Não.

— Saxon, *por favor*.

Ele soltou um suspiro.

— Bem, você esteve em um impasse com um homem com uma arma, e agora se envolveu em uma briga de faca. O que mais? Tem lutado contra tigres? Enfrentado um tanque com uma lixa de unha?

Ela o encarou com um olhar que poderia fazer os testículos de um homem murchar.

— Não. A Willow veio me ver.

Saxon fez uma careta. *Aquela mulher*. Ele queria sacudir Gia.

— Ela veio até minha casa. Disse que havia alguns homens atrás dela. Capangas do Dennett.

— E ela os levou direto para você. Puta merda. — A fúria era como uma queimadura de ácido em suas veias.

— Saxon. — Gia moveu as mãos para os antebraços dele. — Ela me deu as joias.

Ele inclinou a cabeça.

— Pode repetir?

— As joias. Estão na minha casa.

Ele xingou. Em seguida, se levantou e a puxou consigo.

— Vamos. Vou te levar para casa para pegá-las e depois voltaremos para cá. Essas pedras vão para o cofre do Vander.

Gia assentiu, mordendo o lábio inferior.

Merda. Queria beijá-la de novo. Desejava devorar a irmã mais nova de seu melhor amigo.

Ela brincou com os cachos.

— Prometi a ela que cuidaria das pedras até que ela pudesse organizar uma forma de devolver para o Dennett com segurança.

Saxon grunhiu.

— Esse plano mudou. Eu e o Vander vamos levá-las para o Dennett.

Os ombros de Gia cederam.

— Talvez seja melhor assim.

— Você não vai ter mais facas em sua garganta. — Ele segurou a mão dela, entrelaçando os dedos e a conduziu para fora da sala médica.

— Esta é a chance perfeita para você me repreender

por minhas decisões equivocadas — ela falou em voz baixa.

Saxon parou e se virou. Ela colidiu com ele.

Segurando seu bíceps, ele ergueu o rosto dela para encontrar seu olhar.

— Não vou deixar ninguém estragar essa sua pele macia. Nem te machucar.

Ela o encarou.

— Você me irrita, mas admiro sua lealdade, Gia. Você cuida das pessoas que ama. Não quero que se machuque.

— Saxon...

O tom ofegante da voz dela o atingiu profundamente. Começou a se mover novamente antes que fizesse algo de que se arrependesse. Algo mais do que apenas beijá-la até que Gia ficasse sem ar.

Ela se endireitou.

— Não vai haver um nós, Saxon. Não posso ficar com você. Vamos queimar e deixar um rastro de destruição atrás de nós. Não vale o risco.

— Falaremos sobre isso mais tarde.

— Não vamos, não.

— Vamos, sim.

Ela soltou um grunhido fofo e, com um sorriso, ele a conduziu até a garagem. Ele a empurrou para dentro de um BMW X6 preto da Norcross.

Enquanto dirigia para o prédio dela, Saxon percebeu que ela ainda estava preocupada com a amiga. Em sua opinião, Willow não merecia.

Eles subiram no elevador em silêncio e desceram no andar dela. Saxon observou o lugar. Não havia ninguém por perto.

Foi quando Gia ofegou.

Saxon virou a cabeça e viu a porta do apartamento entreaberta.

— Ah, não. — Ela correu.

— Não. — Ele a parou e puxou a arma HK VP9 do coldre de ombro. — Me deixe verificar.

Ele empurrou a porta.

Gia olhou ao redor.

— Não!

O apartamento foi roubado.

Tudo havia sido revirado. A TV estava estilhaçada. As cadeiras, rasgadas. Pinturas foram arrancadas da parede e destruídas.

— *Bastardos*! — Ela passou por ele. — *Cazzo*!

Saxon grudou nela como cola e rapidamente verificou o quarto. O colchão estava puxado para fora da cama e rasgado. As roupas estavam espalhadas pelo chão, e parecia como se um tornado tivesse quebrado seu guarda-roupa sofisticado.

Gia explodiu em uma sequência de palavras em italiano. Ele tinha certeza de que eram xingamentos. Sem dúvida, pesados e criativos.

No banheiro, a porta do box estava quebrada e seus cosméticos espalhados pelo chão. Claramente, um frasco de perfume havia sido quebrado, porque o rico aroma do perfume de Gia enchia o ar.

Quem quer que tivesse feito isso, já havia partido.

Gia abriu caminho através da destruição, com as mãos fechadas com firmeza.

Seu rosto estava inexpressivo e sua pele pálida, a não

ser por duas manchas rosa brilhantes em suas bochechas.
Sua boca era uma linha reta.

Enquanto ela voltava para a sala de estar, olhou para
a parede.

Uma prateleira havia sido derrubada e um comparti-
mento estava aberto.

— Gia?

— As joias. — Ela olhou para ele. — Sumiram.

CAPÍTULO QUATRO

Gia pegou algumas roupas que não foram rasgadas ou jogadas pelo quarto e as colocou em uma bolsa.

Ela se sentiu mal. Seu apartamento, seu lar, seu santuário havia sido invadido e profanado.

— Obrigado, Hunt. — A voz profunda de Saxon soou da sala de estar.

Ele estava ao telefone. Hunt era o detetive Hunter Morgan, um amigo de Vander e Saxon do Exército, que agora trabalhava para o Departamento de Polícia de São Francisco.

Quando ela parou na porta, Saxon desligou o celular e a olhou com atenção.

— A polícia está a caminho.

Ela assentiu.

— Pegou algumas das suas coisas?

— O que consegui. — Ela não queria pegar nada que tivesse sido tocado ou arruinado por algum idiota.

Depois que dois oficiais do departamento de polícia chegaram e ela e Saxon deram uma declaração altamente editada, Gia o deixou conduzi-la para o SUV. Estava gelada e em estado de choque.

Gia o ouviu ligar para Vander no carro e olhou para a noite úmida de São Francisco.

— Puta merda — Vander resmungou. — A Gia está bem?

Saxon olhou para ela, que sentiu o peso desse olhar.

— Vai ficar.

— Você ligou para o Hunt?

— Sim. Os oficiais estão no apartamento agora. Eles vão procurar impressões digitais e verificar as câmeras de segurança do prédio.

— Ótimo. Sax, acabei de falar com o Dennett. As joias não estão com ele.

Saxon xingou.

Gia torceu as mãos.

— Então quem invadiu a minha casa?

— Alguém que queria as pedras — Saxon respondeu em tom severo.

Ah, não.

— Leve a Gia para a minha casa — Vander falou.

— Quem está envolvido sabe quem ela é — Saxon falou. — Se estão procurando por ela, vão esperar que ela fique com um de vocês. — Ele fez uma pausa. — Ela pode ficar comigo. Você sabe que é seguro.

O quê? Gia olhou para o perfil de Saxon.

Não demorou muito para que ela lembrasse daquele beijo. Um beijo sensual, faminto e delicioso demais. Seria muito fácil se perder em Saxon Buchanan, mas Gia não podia se dar ao luxo de fazer isso. Seu coração bateu forte. Sabia que ele era um perigo para ela.

Não podia ficar com ele.

Ela pigarreou.

— Acho que não...

— Cuide dela — Vander ordenou.

— Nem precisa me dizer isso — Saxon retrucou.

Gia fez um som irritado.

— Olá, tem uma mulher adulta e que toma suas próprias decisões aqui.

Eles a ignoraram e continuaram falando. Gia cruzou os braços e olhou pela janela.

— Precisamos encontrar essas porcarias — Vander falou. — Me ligue se precisar de mim.

Saxon dirigiu até Nob Hill. O rico subúrbio abrigava mansões históricas e hotéis luxuosos. Os quatro grandes barões das ferrovias – os Nob – fizeram suas casas aqui em 1800. Ela tinha certeza de que os Buchanan poderiam rastrear sua árvore genealógica até essa época. Gia sabia que os pais de Saxon tinham uma mansão aqui.

Ele parou em frente a uma casa de cor creme de quatro andares com detalhes cinza. Parecia simples, espremida entre duas construções maiores. Ela observou a porta da garagem se abrir.

Gia estava bem ciente do custo imobiliário da região. Saxon desceu para uma garagem subterrânea e estacionou o X6 ao lado de seu Bentley. Ela saiu do carro e os tênis rangeram no chão de concreto polido. Havia espaço para mais dois carros e, nos fundos, algumas portas fechadas. Ela achou que poderia ser um espaço de armazenamento ou talvez uma academia.

— Vamos. — Ele saiu e pegou sua bolsa.

Os dois subiram alguns lances de escada e saíram no

andar inferior de sua casa. O lindo piso de mármore se abria para uma magnífica escadaria curva com um corrimão de madeira polida. Enquanto subiam os degraus, ela teve um vislumbre de uma sala de TV de alta tecnologia e uma adega envidraçada.

Saxon largou a bolsa dela no andar seguinte, mas continuou subindo. Eles passaram por um terceiro nível antes de finalmente chegarem ao topo. Gia entrou perplexa na sala de estar de plano aberto e na cozinha. Nunca esteve na casa dele antes. Saxon vivia na casa dos seus sonhos, caramba.

O piso era de madeira natural, e ela observou enquanto ele entrava em uma cozinha gigante e branca, com uma enorme ilha de pedra. Ao lado, havia uma longa mesa de aço com banqueta embutida de um lado.

Todo o espaço era leve, elegante e amplo.

Gia caminhou em direção aos modernos sofás de cor creme situados de frente para uma TV de tela plana na parede. Enormes portas de correr emolduravam a vista perfeita: o centro da cidade, a Coit Tower, a Bay Bridge e a água.

Agora ela compreendeu porque a casa tinha a área de estar no topo. Para maximizar a vista. Ela fez um círculo lento. Do outro lado do espaço havia um deck de madeira com vasos e móveis de exterior de aparência confortável.

— Sua casa é incrível — ela falou. — Linda.

Ele ergueu os olhos da correspondência que estava lendo na ilha.

— Estou feliz por ter gostado.

Havia algo em seu tom que ela não conseguia distinguir.

— Tem quantos quartos?

— Quatro. O principal ocupa todo o andar debaixo. O segundo nível tem mais três.

Ela engoliu em seco. Era uma casa grande para um homem sozinho. Ela olhou para Saxon. Ele tirou o paletó e o jogou sobre um banquinho. Enquanto o observava, ele enrolou as mangas da camisa azul, mostrando os antebraços tatuados.

Gostosão em modo de descanso.

Seu estômago se encheu de calor e as lembranças do beijo a atingiram. Saxon a beijou. E foi o beijo mais sexy de sua vida. Ainda estava formigando por dentro.

Gia o observou pegar dois copos e, em seguida, uma garrafa com um líquido âmbar. Ele serviu um pouco em cada copo, depois se aproximou e entregou um a ela.

Saxon tocou a borda do copo no dela.

— Acho que você precisa disso.

Ela assentiu e bebeu. O uísque queimou em sua garganta.

— Meu apartamento. — Sua voz falhou. *Ah, Deus.*

Ele estendeu a mão e tocou seu cabelo.

— A Willow os levou direto para você.

— Ela não queria...

— Pare de dar desculpas para ela.

Gia fez um som de raiva e caminhou até as janelas.

— Sei que ela fez tudo errado, mas é minha amiga.

— Você é muito leal.

Gia se virou.

— Não sou como você. — Ela estendeu a mão. — Que faz o que quer, se diverte, se mantém afastado e segue em frente. — Ela tinha visto a forma como ele descartava as mulheres. Normalmente loiras, com pernas longas e brilhantes.

Um músculo pulsou na mandíbula dele.

Gia não tinha o direito de julgar seu estilo de vida. Ela suspirou.

— Sou uma péssima companhia esta noite, Saxon, e estou de mau humor. Deus, perdi todas as minhas coisas. — Ela colocou o copo na mesa e pressionou as mãos no rosto, sentindo o desespero e a tristeza a tomarem. — Meu apartamento era muito importante para mim.

De repente, braços fortes a envolveram, segurando-a com força.

Desesperada por mais, ela apoiou o rosto no peito firme de Saxon e o abraçou. Suas mãos alcançaram a parte de trás da camisa, segurando os músculos rígidos. Ela o inspirou. O cheiro de Saxon sempre a fazia pensar em tempestades e ondas quebrando.

— São só coisas, baby — ele murmurou.

Ela assentiu. Deus, estava sendo consolada por Saxon Buchanan.

De repente, Gia ouviu um telefone celular tocando e percebeu que era o seu.

Ela se afastou. Quando pegou o telefone, viu um número que não reconheceu.

— Alô?

— Gia.

Ela tensionou a mão.

— Willow.

O rosto de Saxon endureceu.

— Ah, Deus, Gia. — Willow parecia estar em pânico.

— Você está bem?

— Preciso das joias. Agora.

O estômago de Gia girou e a deixou nauseada.

— Alguém invadiu a minha casa, Will. — Saxon pousou a mão em seu ombro, apertando-o.

Willow ofegou.

— Gia...

— Te seguiram, Willow. Fui atacada e saquearam a minha casa. Sinto muito, mas as joias sumiram. E não foi o Dennett que as pegou.

A respiração pesada soou através da linha. Willow fez um som estrangulado.

— Vão me matar.

— Nós vamos resolver...

— Vão me *matar*, Gia. — Um grito soou e a linha ficou muda.

Gia sentiu as lágrimas se formarem.

— Não é culpa sua — Saxon falou.

— Parece que sim. Ela está com medo.

— Ela mesma provocou isso.

— Saxon, tenha um pouco de compaixão.

Ele se aproximou.

— Minha compaixão acabou quando ela te colocou em perigo.

Gia mordeu o lábio. Foi tomada pelas emoções.

Ela se afastou, caminhando pela linda área de estar. As luzes da cidade estavam turvas, e ela se perguntou onde Willow estava. Onde as joias estavam.

Sentiu Saxon atrás de si.

— Gia.

— Não comece, Saxon. Não estou em condições de brigar com você agora.

— Então me deixe te mostrar seu quarto. Você pode tomar um banho e relaxar.

— Deus. — Ela o enfrentou. — Não seja legal comigo. Preciso do Saxon idiota de volta.

Ele cruzou os braços, o que atraiu sua atenção de volta para os braços musculosos e tatuagens.

— E pare de parecer tão gostoso também — ela retrucou.

Suas sobrancelhas se juntaram.

— Gia...

— Estou acostumada com você descobrindo meus defeitos e os esfregando na minha cara. Então, vá em frente. Diga que é minha culpa.

— Não gosto de esfregar seus defeitos na sua cara. E isso não é culpa sua.

— Gosta, sim. Você sempre me aborreceu e me fez perder a paciência. Desde que eu era menina.

— Foi quando comecei a te notar, coisa que não deveria acontecer — ele grunhiu.

Gia piscou.

— O quê?

Ele sorriu.

— E gosto de te irritar, porque é algo muito fácil. Você fica muito entusiasmada e apaixonada.

Ela fez uma careta.

— Saxon...

— Você precisa parar de se lamentar sobre a Willow e o que aconteceu em sua casa. Lide com isso.

Ah, lá estava o Saxon que ela conhecia.

— Deus, você pode ser frio.

— Você precisa...

Gia explodiu. Era mais fácil ficar com raiva do que triste e chateada.

— Pare de me dizer o que fazer!

Ele segurou os braços dela.

— E tire as mãos de mim — ela retrucou.

— Não era isso que você queria.

Ela olhou para ele.

— Não vamos falar sobre aquele beijo... nunca.

— Faremos mais do que beijar em breve.

As palavras deixaram sua pulsação descontrolada.

— Eu te odeio.

— Estou tentando te ajudar — ele falou.

— Não preciso da sua ajuda. O que você sabe sobre sofrimento? Sobre estar preso em uma situação ruim? Você nasceu com dinheiro e teve tudo...

— Nem tudo.

O tom frio de sua voz fez Gia paralisar.

Ele se aproximou.

— Você não sabe tudo sobre mim, Gia.

Ela o encarou, se perguntando o que eram as sombras em seus olhos.

— Saxon...

— Não. Acho que chegamos aos nossos limites nesta noite profunda e significativa. Vamos, vou te mostrar seu quarto.

Gia empurrou o cabelo para trás. Ela estava sufocando de irritação e exausta. Tudo o que queria era se enrolar e fingir que o mundo não existia por um tempo. Era o tipo de pessoa que assumia o comando, uma solucionadora de problemas. Gostava de agarrar um problema pelos chifres e enfrentá-lo, mas agora não tinha energia para fazer isso. Gostaria de poder se apoiar em alguém e saber que essa pessoa cuidaria dela.

Então, se recompôs.

— Tudo bem.

Ele a conduziu pela escada. Até que fez uma pausa, vários degraus abaixo, para que ficassem na altura dos olhos.

— Não precisa se preocupar esta noite, Gia. Vou te manter segura.

O nó apertado em seu peito diminuiu um pouco.

— Eu te disse para parar de ser legal comigo.

Mas ele só colocou uma mecha de seu cabelo atrás da orelha.

SAXON ACORDOU com o cheiro de café. Piscou, se deparando com o teto acima de sua cama.

Era raro que ele trouxesse alguém para casa, e quando trazia alguma uma mulher, elas nunca ficavam para um café da manhã aconchegante.

Se levantando, ele vestiu uma calça preta larga de pijama, foi lavar o rosto e escovar os dentes.

Subiu para a cozinha e seu peito se apertou.

Gia estava encostada na ilha enorme. Estava usando um robe de seda minúsculo em um tom de rosa seco que deixava suas pernas delgadas em exibição. E seu cabelo... *puta merda*. Estava preso no alto da cabeça, com cachos escuros por toda parte. Ela tomou um gole de café e olhou em sua direção.

Seus olhos ainda estavam pesados de sono e sua testa franzida. Ela fez um grunhido baixinho.

Saxon sorriu. Parecia que Gia não era uma pessoa matinal.

Ele se aproximou.

— Bom dia.

Isso lhe rendeu outro grunhido. Deus, ela era linda demais.

Ele se serviu de um café e a viu olhando seu peito nu. Ela olhou para suas tatuagens de forma muito diferente da sua mãe, e não estava escondendo que gostava delas.

Seu pênis se contraiu.

Puta merda. Ele se virou e tomou mais café. Essa calça não esconderia uma ereção.

— Você precisa ligar para a seguradora do imóvel hoje — ele a lembrou.

Gia assentiu.

— E vai comigo para o escritório da Norcross. — Não a deixaria fora de sua vista até que Dennett recuasse.

Gia enrijeceu.

— Eu tenho trabalho...

— Você tem uma equipe que pode lidar com as coisas. E temos telefones e computadores no escritório que você pode usar.

— Saxon, não. Tenho reuniões, responsabilidades...

— Você está em perigo. Se lembra do estado do seu apartamento? — A dor cintilou em seus olhos, e ele odiou ter despertado essa lembrança. — Você não pode ser imprudente e colocar em risco sua equipe ou clientes.

Os olhos dela cintilaram.

— Apesar do que você pensa, não sou estúpida ou imprudente.

— Eu nunca disse que *você* era estúpida.

Ela semicerrou os olhos, mal-humorada.

— Apenas imprudente.

— Você pode ser.

— E você é arrogante.

Ele deu de ombros.

— Às vezes.

— E esnobe. Um sabe-tudo. E é mandão.

Ele sorriu e tomou outro gole de seu café.

— Mais alguma coisa, *Contessa*?

Ela fez um som zangado e saiu pisando forte em direção as escadas.

— Vou tomar banho e me trocar.

Quando Saxon voltou para seu quarto para se preparar, ele parou no hall. Ouviu o som fraco da ducha saindo do quarto dela. Imaginou Gia nua no chuveiro. Água caindo sobre suas curvas.

Seu pau pulsava. Com um xingamento, ele entrou no quarto e foi direto para o grande banheiro de mármore. Tirou a calça e entrou no box enorme.

Mas as imagens de Gia não sumiam. Como seriam aqueles seios fartos nus? Qual era a cor de seus mamilos? Seu estômago se apertou.

Merda. Qual seria o gosto dela? Pelo beijo de ontem, sabia que ela seria selvagem e entusiasmada. Ela exigiria tudo, não lhe negaria nada.

Com um gemido, Saxon segurou sua ereção. Ele a imaginou ali, com as mãos sobre ele, os lábios...

Com outro gemido, se acariciou mais rápido.

— Gia. — O nome dela ecoou nos azulejos. Ele gozou e seus músculos travaram. Apoiou a mão nos azulejos enquanto entrava no chuveiro. Merda, tinha gozado intensamente só de pensar nela. Abriu o chuveiro para se esfriar e deixou a água bater em seu corpo.

Ela era a irmã de seu melhor amigo. Vander ia ficar chateado, mas Saxon não lutaria contra a atração que sentia por Gia Norcross. Ela era *sua*.

Depois de se secar, ele se vestiu, saindo do quarto enquanto prendia as abotoaduras nos pulsos.

Gia estava esperando no hall, usando jeans escuro e uma blusa de malha vermelha drapeada na altura dos seios.

E ele estava duro novamente.

— Vamos — grunhiu, descendo as escadas.

— Deus, você ficou mal-humorado de repente.

Ele desceu a escada.

— Não comece.

Passaram pela adega envidraçada e foram para a garagem.

— Mas te deixar bravo sempre me faz sentir melhor — Gia comentou com doçura.

Ele abriu a porta do X6 e ela entrou com um sorriso.

Quando chegaram ao escritório da Norcross, Vander os encontrou e acenou para que entrassem na sala de reuniões.

Rhys já estava sentado à mesa, junto com Ace, que estava comendo um donut. Outro funcionário da Norcross, Rome Nash, estava sentado do outro lado da mesa.

— Oi, Rome — Gia o cumprimentou.

— Gia. — Grande e musculoso, o homem de pele escura era ex-membro da equipe Ghost Ops. Rome era o principal guarda-costas da Norcross. Todos tinham suas especialidades. Rhys era o melhor investigador. Ace, o guru de todas as coisas relacionadas a tecnologia. Saxon era o mediador de problemas, pau para toda obra, que Vander enviava para solucionar situações ruins para e fazer o trabalho.

Gia foi até Rhys, seu irmão mais novo, e o abraçou. Como de costume, seu cabelo comprido demais estava meio desgrenhado, e ele passou os braços tatuados ao redor da irmã e a abraçou com força.

Assim que Gia se sentou, Vander, que estava na cabeceira da mesa, apoiou as palmas das mãos na superfície brilhante.

— O Dennett não está feliz. — Vander também não parecia nada satisfeito. — Outro bandido pegou as joias. Ele está culpando a Willow e, por consequência, a Gia.

Gia revirou os olhos.

— Homem típico. Culpa todo mundo.

— O Dennett quer muito as pedras de volta. — Rhys se inclinou para frente. — Ele está oferecendo uma recompensa por Willow e as joias.

— Merda — Saxon murmurou.

— O que isso significa? — Gia questionou.

— Que todos os imbecis e idiotas da cidade vão procurá-la — seu irmão mais velho explicou.

Saxon cruzou os braços.

— O que significa que alguém pode mirar na Gia como uma forma de chegar a Willow.

Ela soltou um suspiro.

— Bem, este dia está cada vez melhor.

Saxon balançou a cabeça, negando.

— Tem algo mais acontecendo aqui. O Dennett está perdendo muito tempo, energia e dinheiro com isso. Ele não está sem dinheiro, então o que há de tão especial com essas joias?

Vander acenou para o irmão.

— Rhys?

O irmão mais novo dos Norcross assentiu.

— Estou trabalhando nisso.

— Quero saber quem invadiu a casa da Gia — Vander declarou. — Quem pegou as pedras.

Sim, Saxon também gostaria de saber disso. Queria fazer o idiota pagar pela dor que colocou no rosto de Gia.

— Gia, se a Willow entrar em contato de novo, nos avise — Vander ordenou.

Ela assentiu, com a aparência cansada.

— Vamos — Saxon a chamou. — Vou te mostrar onde você pode trabalhar.

Ele a colocou no escritório ao lado dele.

— Alguma ideia para onde a Willow iria? — ele perguntou.

Ela balançou a cabeça.

— Ela afastou quase todas as pessoas. Não conheço ninguém que a acolheria.

Ele grunhiu.

— Ela... ela era uma boa amiga.

Saxon não acreditava nisso.

— A melhor maneira de ajudá-la pode ser se afastando. Não continue a ajudar para que ela não siga mais neste caminho.

A tristeza nublou os olhos de Gia.

— Não posso desistir dela.

Ele se agachou e colocou um cacho atrás da orelha dela.

— Você é uma boa amiga, mas não vou deixar que ela te derrube. — Ele acariciou sua bochecha.

— Saxon — ela murmurou.

Droga, quando ela dizia seu nome assim, era fácil se esquecer de tudo. Ele se levantou.

— Você precisa ligar para a seguradora.

Ela assentiu.

— E para o meu escritório. Preciso pedir a Ashley que remarque minhas reuniões e repasse o que está na agenda para os próximos dias.

E Saxon precisava encontrar Willow e as joias.

CAPÍTULO CINCO

Gia se recostou na cadeira no final do dia e soltou um longo suspiro. Ela sempre entrou e saiu do escritório da Norcross para visitar seus irmãos, mas nunca tinha visto os caras fazendo seu trabalho. Eles saíam muito. Todos preferiram a ação ao trabalho de escritório.

Mas hoje, Saxon e Rhys permaneceram ali, traba-lhando intensamente ao telefone e em seus laptops. Ela não mentiria. Assistir Saxon trabalhar era sexy.

Umedeceu os lábios. Olhou pela parede de vidro e viu que a sala dele estava vazia agora, mas ele estava por perto em algum lugar.

Ele jurou mantê-la segura.

Jurou que a estava reivindicando como sua.

Seu estômago estremeceu, e ela apoiou a mão nele. *Deus*. Estava atraída por ele. Insanamente atraída. Qual-quer mulher estaria. Mas já tinha visto ele e os irmãos saírem com muitas mulheres. Eles atraíam o sexo femi-nino como abelhas ao mel, mas nunca as mantinham por muito tempo.

Saxon Buchanan era um risco. Gia gostava de calcular riscos em tudo o que fazia – seja no trabalho, ou em relacionamentos pessoais. As probabilidades não se acumulavam aqui.

Balançou a cabeça e olhou de volta para sua mesa. *Trabalho*. Ela precisava se concentrar em seu trabalho.

Pensou em Willow e nas joias, mas afastou esse pensamento. Não havia nada que pudesse fazer para ajudar agora.

Surpreendentemente, mesmo que estivesse com baixo nível de ansiedade, tinha trabalhado muito. Sem reuniões intermináveis ou pessoas precisando de sua ajuda, impulsionou alguns projetos. Também ligou para a seguradora e contratou uma empresa para limpar e substituir algumas coisas do apartamento.

Seu celular tocou.

— Gia Norcross.

— Srta. Norcross, é da Diamond Fresh Cleaning. É só para informar que terminamos seu apartamento. Está limpo e a mobília básica foi substituída conforme você solicitou.

— Ah, obrigada.

— Disponha. Lamento que você tenha precisado de nossos serviços em primeiro lugar, mas espero que esteja feliz com nosso trabalho.

Depois de encerrar a ligação, Gia se levantou. O sol estava se pondo, a água da baía escurecendo e as luzes da Bay Bridge brilhando como estrelas.

Saiu para encontrar Vander e Saxon. O escritório do irmão ficava no final do armazém. Ao contrário de todos os outros, a sala tinha paredes de verdade.

Quando se aproximou, viu que a porta estava aberta e ouviu a voz de Saxon. O tom profundo provocou um arrepio nela.

Como seria ter todo o foco dele em si, em seu prazer? Tirar aqueles ternos feitos sob medida de seu corpo musculoso e duro? Uma onda de desejo a atingiu entre suas pernas e seus mamilos ficaram duros.

Ela percebeu como quantas vezes, quando estava ocupada com seu vibrador, tinha imaginado o rosto e corpo de Saxon. Era o pênis de Saxon que ela imaginava preenchendo-a.

Fez uma pausa e respirou fundo. Não tinha reconhecido a profundidade de sua fome por Saxon de forma consciente antes. Mas seu beijo tinha arrancado aquela venda.

Caminhou em direção ao escritório de Vander.

— Manter Gia segura é a nossa prioridade — Saxon falou.

— Concordo — Vander respondeu.

O calor floresceu em seu peito.

— O maior obstáculo para isso é ela mesma. — Saxon parecia irritado. — Ela vai se arriscar pela Willow. Precisamos impedi-la de fazer qualquer coisa estúpida.

Seus passos vacilaram e o calor se transformou em raiva. Mas por baixo havia dor. Claramente, Saxon poderia se sentir atraído por ela, mas ainda a via como estúpida e imprudente.

Então ele estava sendo encantador, acalmando-a. Dizendo que gostava dela apenas como um grande estratagema para mantê-la na linha. *Cretino manipulador.*

Ela invadiu o escritório.

— Como você ousa?

Saxon se virou e seu rosto endureceu.

— Gia...

— Pobre e estúpida Gia. Precisamos cuidar dela. Nos certificar de que ela não tome decisões idiotas.

— Quero te manter viva — Saxon grunhiu.

— Estou bem há trinta anos, Saxon Buchanan. Não preciso de você atropelando minha vida e me tratando como criança.

— Gia... — seu irmão começou.

— Fique fora disso, Vander. — Ela olhou de volta para Saxon. — Você está liberado, Saxon. Vou cuidar de mim mesma, de alguma forma, apesar de ser tão idiota.

— *Não* te acho idiota. — Ele parecia estar falando entre dentes cerrados. — Você é a mulher mais inteligente que conheço.

Ela fez um som zangado. Mais apaziguamento e manipulação.

Saxon caminhou até ela e segurou seus braços.

— Acho mesmo.

— Como se eu pudesse acreditar em qualquer coisa que sai da sua boca.

Ele lhe deu uma sacudida.

— Você se importa muito. Toma certas decisões ruins não porque seja burra, mas porque coloca as pessoas de quem gosta antes de si mesma.

Ah. Bem, essa era realmente uma boa observação. Mas...

— Sou adulta. Não vou deixar que vocês, machos alfas com uma superabundância de testosterona tomem todas as decisões ou mandem em mim. — Ela respirou fundo e deu um passo para trás. Saxon baixou as mãos. — Não tenho planos de me colocar em perigo. Vou aceitar os conselhos de segurança de vocês dois, já que são os especialistas. Preciso ir ao meu escritório amanhã...

— Não.

Ela olhou para Saxon.

— Medidas de segurança podem ser tomadas. Vou permitir que um guarda-costas mantenha a mim e minha equipe em segurança.

Saxon passou a mão pelo cabelo.

— Meu apartamento foi limpo e...

Saxon negou com a cabeça.

— Você vai ficar comigo.

Ah, não, ela não ia.

— Não. Eu vou para casa. Não vou deixar esses idiotas me colocarem para fora do meu próprio apartamento.

A mandíbula de Saxon endureceu e um músculo pulsou ao lado de seu olho.

— Então eu vou ficar na sua casa.

Ela colocou as mãos nos quadris.

— Eu tenho segurança...

— Alguém vai ficar com você — seu irmão a interrompeu.

Gia conhecia aquele olhar duro. Vander não negociaria quanto a isso. *Droga.*

— Certo. Imagino que você não tenha encontrado as joias.

— Estamos seguindo algumas pistas — Saxon respondeu.

Vander se levantou.

— Consegui algumas informações. Nada definido ainda.

— O quê? — Seu pulso acelerou.

Saxon se aproximou e o calor dele a atingiu. Todos os seus pensamentos desapareceram.

— O Dennett está atrás de uma pedra específica — Vander comentou. — Parece que algo muito valioso foi parar naquela bolsa.

Gia ofegou.

Saxon franziu o cenho

— Algo que vale mais de duzentos e cinquenta mil?

— Sim — seu irmão respondeu.

— O quê? — Gia perguntou.

— Ainda não sei. Mas o Dennett vai matar para recuperá-lo.

Deus, Willow, o que você fez? Certamente, ela não sabia disso. Uma onda de exaustão a atingiu.

— Quero ir para casa.

— Vou pegar suas coisas — Saxon falou.

— Eu mesmo posso pegá-las. Sou mais do que capaz. Não preciso que um homem faça tudo por mim. Posso até cuidar dos meus próprios orgasmos.

Vander fez um ruído estrangulado.

— Fora.

Gia se virou, levantou a cabeça e saiu.

Fique com essa, Saxon Mandão Pra Caramba Buchanan.

SAXON ACORDOU no quarto de hóspedes de Gia, em uma cama com uma colcha feminina branca e cerca de mil travesseiros sobre ela.

Enfiou um deles debaixo da cabeça e passou a mão pelo queixo mal barbeado.

Ele a trouxe para casa na noite anterior, e ela lhe deu o tratamento do silêncio. Ninguém era tão bom nisso quanto Gia Norcross. A única coisa que ela fazia melhor era perder a paciência.

Enquanto jantavam, ela o ignorou. Mas ele a observou enquanto ela vagava por seu apartamento limpo, mas muito vazio. Ela chorou pelo que foi destruído, e ver sua dor o destruiu.

Restaram poucos enfeites e decorações. Ele sabia que Gia amava arte e coisas bonitas, e havia escolhido cada uma delas com amor.

Saxon empurrou os lençóis. Bem, ela não o deixou confortá-la na noite anterior, claramente chateada com o que havia sido dito no escritório de Vander. Ele não se importava que ela estivesse com raiva, contanto que estivesse viva.

Gia sempre foi muito independente, forjando seu próprio caminho. Saxon não entendia. Ela tinha uma família em que se apoiar, mas ainda assim tentava ao máximo não fazê-lo.

Nu, ele se levantou e foi para o banheiro do quarto de hóspedes. Depois de vestir a calça do terno e uma camisa azul-clara limpa que havia trazido consigo, se dirigiu para o corredor, erguendo as mãos para fechar os botões.

Então seus dedos congelaram. Ele ouviu um zumbido. *O que era aquilo?*

Um gemido feminino profundo e gutural veio do quarto de Gia.

Seu pênis endureceu, pressionando com força contra o zíper. *Você só pode estar brincando comigo.* Ele se aproximou de sua porta e ouviu mais gemidos e aquele zumbido incessante.

A atrevida estava deitada lá, dando prazer a si mesma. As imagens encheram sua cabeça como um filme erótico. Gia nua, deitada em sua cama, com todo aquele cabelo espalhado e movendo o vibrador entre as pernas.

Seu pênis pulsou, e ele engoliu um gemido.

Então ele a ouviu gritar, seguido por um nome ofegante.

— *Saxon.*

Puta merda. Ele fechou as mãos com força e voltou ao quarto de hóspedes. Fechou a porta e se recostou nela. Com movimentos desesperados, abriu a calça e empurrou a boxer para baixo. Seu pênis inchado saltou livre e ele o segurou, acariciando-o com movimentos longos e fortes.

Puta merda. *Puta merda.* Muito rápido, seu orgasmo se formou enquanto sua cabeça repassava imagens de Gia e do que ela estava fazendo ao lado.

Com um gemido, a sensação de um relâmpago desceu por sua espinha. Saxon gozou no chão.

Droga. Ele ficou encostado na porta, ofegante. Precisava tê-la logo ou perderia a cabeça.

Saxon se limpou. Quando entrou na cozinha, ela estava arrumada com um vestido elegante cinza – sem mangas e justo – que abraçava aquelas curvas sensacionais.

Ela o olhou, mas permaneceu em silêncio.

Ah, não, Contessa, chega do tratamento do silêncio.

Ele circulou a ilha.

— Bom dia.

Ela se virou para a máquina de café.

Saxon se aproximou, sentiu o aroma de seu shampoo floral e o perfume — algo rico, sexy e picante com notas de baunilha.

— Gostou de gozar com seu brinquedo hoje de manhã? — ele perguntou em um murmúrio.

Ela ficou rígida.

— Gostou de imaginar que era eu te tocando?

Ela se virou.

— *Não* imaginei você.

— Ouvi você dizer meu nome.

Ela fez um som estrangulado e ficou vermelha.

Sorrindo, Saxon foi para a ilha e se sentou em um banquinho. Ela já havia cortado algumas frutas, e ele colocou um pedaço de laranja na boca. Pelo menos, não estava mais recebendo o tratamento do silêncio.

— Não tenho fantasias com você, Saxon Buchanan. Henry Cavill é minha escolha para fantasias.

— Certo, mas eu ouvi "Saxon", não "Henry".

Ela lhe deu um olhar escaldante.

Era errado que ele sentisse os olhares dessa mulher em seu pênis? Toda aquela paixão dentro daquele corpo lindo. Ele queria prová-la e libertá-la.

— Não posso acreditar que você... — Ela soltou um suspiro, a cor ainda em suas bochechas.

— Te ouvi gozar?

— Fique quieto.

— Você está terrivelmente tensa para alguém que acabou de ter um orgasmo. Não deve ter sido bom.

Isso lhe rendeu outro olhar.

— Pare de falar.

— Voltei direto para o meu quarto e acariciei meu pau até gozar. Isso foi sexy, Gia.

Ela silenciou e entreabriu os lábios.

Saxon mordeu um pedaço de abacaxi. Enquanto mastigava, ela ainda o olhava, e ele sabia que ela estava pensando em imagens proibidas para menores.

Ele pegou um pedaço de melão. Sabia que ela adorava.

— Venha aqui, Gia.

Ela hesitou.

— Você sabe que quer. Sei que está chateada com o que eu disse ontem, mas nada do que falei foi ruim. Você se expõe pelas pessoas de quem gosta. É admirável pra caramba, mesmo quando quero te sacudir por se colocar em risco. Minha nossa, o Vander é igualzinho. Eu o vi se arriscar por estranhos inúmeras vezes. Não sabia que as pessoas podiam se importar com os outros assim até que conheci sua família.

Algo surgiu em seu belo rosto.

— Saxon...

— Venha aqui, *Contessa*.

Ela se moveu. No banquinho, ele abriu as pernas e a puxou entre elas. Esfregou o melão nos lábios dela e seu peito se contraiu.

— Você precisa superar o que falei e parar com o tratamento do silêncio.

Ela suspirou.

Ele empurrou a fruta em sua boca, e ela mastigou e engoliu.

— Já superei. Você sabe que tenho um temperamento difícil.

Ele ergueu uma sobrancelha.

Sua boca se curvou.

— Não me deixe brava de novo.

Ele passou o polegar sobre os lábios dela, que agarrou seu pulso e chupou o dedo coberto de suco.

Droga. Seu pau ficou duro em um instante.

— Gostaria de ter visto você gozar mais cedo. — A voz dele era gutural.

— Saxon — ela gemeu.

— Posso ver você gozar, *Contessa?*

Ele segurou a perna dela, passando a mão pela coxa e puxou o vestido para cima.

Os olhos castanhos de Gia se arregalaram e sua respiração ficou entrecortada.

— Aposto que posso fazer um trabalho melhor do que o seu brinquedo.

O desejo vidrou seus olhos.

— Não deveríamos fazer isso...

Ele fez uma pausa.

— Quer que eu pare?

— Não — ela sussurrou.

Saxon enfiou a mão dentro do minúsculo pedaço de renda que ela chamava de calcinha. Encontrou seu clitóris – ainda inchado – e o acariciou.

Ela estremeceu contra ele, perdendo o fôlego.

— Gosta disso? — Ele acariciou aquela pequena

protuberância, puxando Gia para mais perto, girando-a para que ficasse e costas para ele.

Ela inclinou a cabeça e entreabriu os lábios.

— *Ah!*

Ele a observou, lendo cada pequena centelha em seu rosto. Encontrou exatamente a pressão ela gostava e acariciou sua boceta. Sentiu como ela estava molhada e amou cada gemido que ela deu.

— Saxon!

— Monte em minha mão, linda.

Ela obedeceu, movendo os quadris de forma descontrolada. Segurou a borda da ilha à sua frente. Estava quase lá.

— Olhe para mim, Gia.

Ela inclinou a cabeça para trás, e ele viu o desejo em suas feições, nos olhos brilhantes como se estivesse com febre.

— Goze, *Contessa*.

Ele apertou o clitóris e seu corpo arqueou. Ela gritou.

— Diga meu nome — ele grunhiu.

Seu olhar travou com o dele.

— *Saxon.*

Puta merda. Ele estava perto de gozar na cueca.

Ele a segurou enquanto ela estremecia com o clímax e continuou abraçado enquanto ela se acalmava. Ele a puxou com mais força em seus braços, e ela apoiou a cabeça em seu ombro.

Depois de um tempo, ela finalmente se afastou e olhou para seu pau duro como uma pedra.

Ela umedeceu os lábios.

— Hum, posso...?

ANNA HACKETT

Saxon gemeu.

— Baby, você tem que trabalhar em quinze minutos. Infelizmente, acho que precisamos ir.

Ela deu um gritinho e olhou para o relógio. Em seguida, puxou o vestido de volta para o lugar.

— Droga, tenho uma reunião.

— Vá. Se arrume e vamos.

Ela fez uma pausa, olhando para o rosto dele.

Saxon não conseguiu se impedir de estender a mão e acariciar seu queixo.

— Se mexa, *Contessa*.

Ou ele a arrastaria para a cama e não sairiam de lá o dia todo. Talvez a semana toda.

Com um aceno, ela correu para o quarto, sem dúvida para trocar a calcinha encharcada.

Saxon soltou um suspiro. Seria um longo dia.

6

CAPÍTULO SEIS

Gia entrou nos escritórios de RP da Firelight, tentando fingir que Saxon – que estava um passo atrás dela – não existia.

Sim, certo. Desde que o conheceu, era como se seu corpo fosse projetado para notar o dele.

Na recepção, Janine arregalou os olhos.

— Bom dia — Gia a cumprimentou.

— Oi — Janine murmurou.

— Ignore-o, ele é meu guarda-costas.

Janine olhou para Saxon.

— Gia, isso é impossível.

Saxon riu, mas Gia continuou andando.

— Ashley, me diga que você tem um *latte* para mim.

A assistente estendeu um copo descartável, mas seu olhar estava em Saxon.

— Ashley, este é o Saxon, meu guarda-costas. Saxon, a Ashley é minha assistente autoritária e super organizada.

Gia deu um gole no café. Estava quente. Não pela primeira vez, se perguntou como sua assistente conseguia essa proeza, especialmente hoje, quando Gia estava um pouco atrasada. Isso porque esteve ocupada deixando Saxon lhe dar um orgasmo delicioso e roubar seu fôlego na cozinha.

Não. Não pense nisso.

— É um prazer, Ashley — Saxon falou.

— Espere, Saxon. Saxon Buchanan? — Ashley olhou para Gia. — O mesmo Saxon que você disse que era... — Ashley fechou a boca com força.

Saxon riu. Um som profundo e sexy que arrepiou Gia.

— Não se preocupe, Ashley, estou bem ciente de tudo que ela diz sobre mim. A Gia nunca teve medo de dizer na minha cara. — Ele olhou de lado e sorriu para Gia.

— Bem, quando se é tão arrogante, mandão e irritante como você, deve estar acostumado com isso.

— Ah, aí está a sua língua doce, *Contessa*.

Ela o cutucou.

— Chega. A minha equipe me conhece como a Gia sensata e profissional.

— Tem mentido para eles?

— Chega. — Ela entrou em sua sala, colocou a bolsa no chão e Saxon a seguiu.

Ela se endireitou.

— A Ashley vai encontrar um lugar para você se sentar.

Ele balançou a cabeça.

— Vou ficar perto de você.

— Não, não consigo me concentrar com você tão

perto. — Porque ela o encararia e estaria altamente ciente da presença dele, e não faria seu trabalho.

Saxon sorriu, o que iluminou seu rosto bonito e aristocrático. Ele examinou seu escritório.

— Gosto da sua mesa.

Era linda e ela a adorava. Saxon conseguiu transmitir *gostaria de te deixar nua sobre ela*, só com um olhar.

— Xô. — Ela gesticulou para ele.

Ele cruzou o escritório, se sentou no sofá e pegou o telefone. Deveria ter parecido bobo no mobiliário feminino. Mas só o fez parecer mais masculino.

O telefone da mesa de Gia tocou. *Certo, trabalho.* Ela rapidamente foi absorvida por ligações, e-mails e arquivos que exigiam sua atenção.

Estava a caminho de uma reunião quando Ashley a segurou pelo braço. Saxon foi na frente para verificar a sala. Gia revirou os olhos. Apenas no caso dos capangas de Dennett poderem escalar edifícios.

— Me diga que você está transando com ele — Ashley falou.

— O quê? Não! Ele é o melhor amigo do meu irmão. O homem me irrita profundamente.

— Humm-humm. — Ashley não parecia convencida.

— É verdade.

— A maneira como vocês dois se olham... — Ashley abanou o rosto com uma pasta.

— Não há *nada* acontecendo.

Saxon apareceu na porta.

— Então como você chama aquele orgasmo que te dei essa manhã, *Contessa?*

Ashley se engasgou com uma risada.

Furiosa, Gia se virou.

— Este é o meu local de *trabalho*, Buchanan.

— A sala de reuniões está liberada.

Sufocando a necessidade de gritar, ela passou por ele.

— *Contessa* — Ashley repetiu. — Ele tem até um apelido italiano fofo para você. — Sua assistente suspirou, ocupando seu lugar à mesa.

Gia virou cabeça.

— Cale a boca ou você está demitida.

Ashley apenas cantarolou, claramente sem temer por seu emprego.

Saxon se encostou na parede. A equipe de Gia começou a entrar, todos olhando par ele com interesse. Ele era uma grande distração.

— Saxon é meu guarda-costas — ela anunciou. — Uma amiga teve um problema, que acabou me envolvendo. Tudo deve ser resolvido em breve. — *Por favor, Deus.* — Agora, vamos trabalhar.

O resto do dia foi agitado. Saxon ficou por perto, mas fora de seu caminho. Ela estava ciente da sua presença a cada segundo, o que fez seu corpo se encher de um zumbido baixo.

Seu corpo traidor e atrevido queria mais orgasmos. Ela olhou em sua direção e notou a maneira como a calça se agarrava a sua bunda firme e musculosa. Queria mordê-lo.

O celular dele tocou, tirando-a de seu sonho diurno que quase se tornou impróprio para menores. Ela se desligou da conversa de Saxon e se concentrou na atualização da marca de seu cliente.

— Gia?

Ela ergueu os olhos. Saxon estava em sua mesa, olhando-a com um sorriso.

— O quê?

— Puta merda, é tão sexy te ver trabalhar. Toda confiante e no comando. É sensual demais.

Ela sentiu um calor nas bochechas. Nem todo homem achava uma mulher inteligente e talentosa algo excitante. A expressão nos olhos de Saxon demonstrava que ele gostava. Grande momento.

— O Vander ligou — Saxon falou. — Temos uma pista das joias.

Ela se endireitou na cadeira.

— Mesmo?

— Sim. Eu vou acompanhá-lo. O Rome está a caminho para cuidar de você.

Gia teve um segundo para ficar irritada por precisar de um guarda-costas em primeiro lugar, mas concordou.

Saxon se inclinou e deu um beijo rápido em seus lábios.

— Fique longe de problemas.

Ela olhou feio para ele.

— Estou trabalhando, Saxon, e não sou responsável por tudo o que aconteceu.

Ele passou um dedo pelo nariz dela e saiu.

Caramba, ela observou sua bela bunda até que ele desapareceu de vista.

Gia terminou suas anotações e foi até a mesa de Ashley.

— Ash, você pode, por favor...?

— Ah, meu Deus, acho que acabei de ter um mini orgasmo — Ashley comentou.

Gia franziu a testa.

— Você pode parar de falar sobre orgasmos?

— Diz a mulher que ganhou um hoje de um cara gostoso.

— Você está demitida.

— Não me importa. O homem que está vindo aí é *divino*.

Gia ergueu os olhos e viu Rome caminhando pela área de escritórios. Todas pararam de trabalhar e o observavam descaradamente.

Ele era bonito. Seu corpo grande e musculoso chamava a atenção, assim como a pele negra. Sua maneira de se mover a fazia pensar em um grande gato. Ele tinha a mandíbula forte, traços masculinos arrojados e olhos verdes-claros incríveis.

Rome examinou o escritório, e ela sabia que ele havia absorvido cada entrada, saída e pessoa presente ali em um instante. Vander havia dito a ela que Rome era o melhor guarda-costas, por causa da sua excepcional consciência situacional.

— Gia. — Sua voz era um estrondo profundo.

— Olá, Rome. Obrigada por vir.

Ashley revirou os olhos.

— Esta é a minha assistente, que acabei de demitir, então não vou apresentá-la.

— Eu sou a Ashley. — Ela sorriu. — A Gia me demite algumas vezes por semana.

Rome não sorriu. Ele raramente o fazia.

— Rome Nash. Prazer em conhecê-la.

— Preciso de café — Gia anunciou. — Tudo bem se descermos para a cafeteria?

Rome franziu o cenho.

— Fica nesse prédio?

Gia assentiu.

— Algo que você costuma fazer?

— Não é incomum, mas nem sempre vou no mesmo horário.

— Tudo bem, mas fique ao meu lado.

Ashley fez um som que dizia que *ela* gostaria de ficar ao lado de Rome, e Gia ergueu uma sobrancelha.

— Me desculpe. — Ashley pigarreou. — Vou querer um mocha de chocolate branco com creme extra.

— Acho que vou pegar um chá descafeinado para você.

Ashley mandou um beijo para Gia.

Balançando a cabeça, Gia saiu com Rome.

A cafeteria estava cheia. Havia várias mães com carrinhos, bebês e crianças barulhentas e agitadas.

— Quer alguma coisa? — ela perguntou a Rome.

— Americano. Preto.

Aparentemente, machos alfas não tomavam bebidas saborizadas.

Gia fez o pedido e ficou ao lado de Rome, esperando. Um homem mais velho de terno e gravata afrouxada também estava esperando. Ele estava curvado sobre o telefone.

— Ei! — uma mãe gritou. — Afaste-se do meu bebê!

Gia se virou e viu um rapaz jovem e magricela tirar

um bebê de um carrinho. A mãe deu um salto e as crianças gritaram.

Gia deu um passo adiante, mas Rome a segurou pelo braço.

— Temos que ajudar! — ela pediu.

Rome não parecia feliz. Eles observaram quando o homem começou a abrir caminho em direção à porta, com o bebê chorando em seus braços.

— Você é a minha prioridade — Rome retrucou.

— Rome, não acho que o barista ou aquele cara de terno vão me atacar. Temos que salvar aquele bebê.

Seu corpo duro como pedra não se moveu, mas ela viu a indecisão em seu rosto.

— Tudo bem, vou impedi-lo. — Gia avançou.

Com um xingamento, Rome a empurrou para trás e avançou. Ele alcançou o homem e, com um movimento rápido e experiente, o atingiu na parte inferior das costas. Com habilidade, Rome pegou o bebê antes que o homem largasse a criança.

O cara parecia apavorado, e Rome entregou o bebê para a mãe. Em seguida ele se virou e deu um soco no rosto do bandido.

De repente, algo espetou a parte inferior das costas de Gia. Ela sentiu alguém se mover atrás dela.

Que merda é essa?

Olhou para trás. Era o cara mais velho de terno, mas agora que o via de perto, percebeu que era o mesmo que a atacou no museu.

— Você!

Ele estava usando algum tipo de maquiagem que alterava sua aparência.

— Venha em silêncio. O sr. Dennett quer falar com você.

— Você está louco? Meus irmãos vão te transformar em pó.

Um lampejo de algo cintilou em seus olhos.

— O Dennett paga bem e tenho a reputação de cumprir minhas tarefas. Você estragou tudo no museu.

Ela bufou.

— Nada disso é bom se você estiver morto.

Ele enfiou o que ela imaginava ser uma arma em suas costas com mais força.

— Pare de falar e se mexa.

— O que vai fazer se eu não for? Atirar em mim?

O rosto do homem endureceu.

— Um buraco de bala na sua perna não vai impedi-la de falar. — Ele pressionou a arma contra sua coxa.

Mil nós se emaranharam no estômago de Gia, mas ela controlou raiva. Se virou, puxou um bule de chá de uma mesa e o acertou na cabeça do homem.

— Puta merda! — ele gritou.

O bule de cerâmica se quebrou e o chá quente se derramou em seu rosto.

Gia o empurrou e quando ele cambaleou, agarrou o vestido dela. Os dois caíram em um emaranhado e mais xícaras de chá e café foram para o chão.

A arma disparou e a bala atingiu o teto. Gia agarrou uma cadeira próxima e a derrubou em seu agressor. Ele praguejou.

Então Rome apareceu. Ele a tirou de cima do homem e sacou uma arma, apontando-a para ele.

— Não se mova — ele grunhiu.

O rosto de Rome não mudou de expressão, mas Gia sabia que ele estava chateado. A raiva emanava dele.

Ela ajeitou o vestido. Havia café nele. *Argh*.

— Está tudo bem, Rome.

Olhos verdes claros encontraram os dela com raiva.

— Gia, eu estou chateado, mas garanto a você que o seu irmão e o Saxon ficarão ainda mais.

Sentiu um embrulho no estômago. *Ah, ótimo*.

SAXON PAROU de forma brusca em frente ao prédio de escritórios de Gia, estacionando atrás de uma viatura policial.

Ele saiu do X6 e caminhou em direção ao café. Uma pequena multidão de curiosos se reunia na frente, mas quando viram seu rosto, se separaram rapidamente.

Quando entrou, viu Gia com Rome.

Ela saiu ilesa.

Saxon soltou um suspiro. Rome ligou e contou o que havia acontecido, lhe assegurando que ela não estava ferida, mas ele tinha que ver por si mesmo.

Havia uma mancha de café em seu vestido e seu cabelo estava solto, em uma confusão de cachos ao redor dos ombros, mas fora isso ela estava bem. Estava conversando com um policial e gesticulando de forma frenética antes de olhar para os dois homens algemados e ajoelhados no chão.

— Buchanan.

Saxon se virou para ver o detetive Hunter Morgan.

— Oi, Hunt.

O ex-soldado da Força Delta tinha o cabelo castanho claro cortado curto e mantinha o corpo em forma militar. Estava com uma arma presa ao quadril e um distintivo no cinto. Depois que uma lesão encerrou sua carreira militar, ele se juntou ao Departamento de Polícia de São Francisco e subiu na hierarquia. Ele era um bom homem e tomava cervejas com Vander, Saxon e o resto da equipe quando podia.

— O que é que está acontecendo? — Hunt apontou para o teto. — Alguém tentou sequestrar a Gia sob a mira de uma arma.

Saxon viu o buraco da bala e seu estômago se apertou.

— Foi sorte ninguém ter levado um tiro — Hunt comentou.

Saxon grunhiu.

— Cuidaremos disso.

Hunt assentiu.

— Quer me dizer do que se trata?

— Confie em mim, você não quer saber.

— Bem, vou prender esses dois com a acusação de tentativa de sequestro. Um agarrou um bebê, provavelmente para distrair Gia e Nash.

Puta merda, é claro que Gia faria de tudo para resgatar um bebê. E arrastaria Rome com ela.

Saxon observou o outro homem no chão e o reconheceu, apesar do disfarce. Era o cara do museu. O capanga de Dennett.

Esse filho da mãe não o escutou. Saxon deu um passo à frente, mas Hunt estendeu o braço para impedir.

— Você não pode ficar com ele, então tire esse olhar assassino do rosto.

Puta merda. Eles mantiveram o idiota em uma sala de espera no escritório da Norcross depois da perseguição no museu. Saxon tinha certeza de que ele tinha entendido que deveria deixar Gia em paz.

— Isso tem alguma coisa a ver com a perturbação no museu do Easton?

Saxon só olhou para Hunt.

Seu amigo suspirou.

— Eu gostaria de ajudar.

— Te aviso se houver algo que você possa fazer. Minha prioridade é manter a Gia segura.

Um lampejo de sorriso cruzou o rosto de Hunt.

— Você finalmente tomou uma atitude. O que o Vander acha de você e da linda Srta. Norcross?

Saxon permaneceu em silêncio.

— Ah, merda, você não disse a ele ainda. — Hunt balançou a cabeça. — Você está colocando a vida em suas próprias mãos, meu amigo.

Saxon voltou o foco para o capanga de Dennett. Ele estava sangrando na lateral da cabeça e seu cabelo estava molhado.

— O que aconteceu com nosso suposto sequestrador?

Hunt sorriu.

— A Gia o acertou com um bule de chá.

Saxon conteve uma risada. Claro que ela o acertou.

— É melhor você não irritá-la, Buchanan.

Saxon engoliu em seco. Ele irritava Gia várias vezes ao dia. Foi em sua direção e quando ela o viu, uma dúzia de emoções passaram por seu rosto. Saxon se concentrou no alívio que viu brilhar em seus olhos.

— Você está bem? — Ele segurou sua bochecha.

— Estou.

— Ataque com um bule mortal?

Seus lábios se contraíram.

— Ele teve o que mereceu.

Saxon olhou para Rome. O rosto do homem estava impassível, mas Saxon o conhecia bem o suficiente para saber que estava irritado.

— O cara estava parado bem ao nosso lado, e eu não o notei — Rome grunhiu.

— Ele se misturou com as pessoas — Saxon respondeu.

— Não acredito que ele tentou de novo, sabendo que a Norcross está envolvida — Rome acrescentou.

— Ele me disse que o Dennett paga bem — Gia informou. — E que estou arruinando a sua preciosa reputação.

Idiota.

— Vou fazer com que o Rhys descubra quem ele é.

Rome franziu o cenho.

— Você não acha que ele virá atrás dela de novo, não é?

— Não vou correr nenhum risco.

— Olá, estou de pé bem aqui, sendo ignorada — Gia retrucou.

Como precisava disso, Saxon se virou, a puxou para si, fez com que ela ficasse na ponta dos pés. E cobriu sua boca com a dele.

Ela lutou com ele por dois segundos, então envolveu os braços em seu pescoço e retribuiu o beijo. Gia colou cada centímetro do pequeno corpo curvilíneo contra o seu.

Quando ele levantou a cabeça, ela estava com uma expressão sonhadora no rosto.

— Ah, merda — Rome murmurou.

Saxon apertou seu domínio sobre Gia.

— Não falei com o Vander ainda, então guarde isso para você.

— Vander? — Gia questionou. — Por que você tem que falar com o Vander? — Seus olhos brilharam. — Sou adulta e não preciso da permissão do meu irmão para fazer nada.

Rome tossiu e desviou o olhar.

— Existe um código — Saxon falou.

— Um código? Eu não... — ela balançou a cabeça. — Não importa, porque isso... — ela gesticulou entre os dois — não tem nada acontecendo.

Ele fez uma careta.

— Tem, sim.

— Não, eu...

Ele a puxou de volta e a beijou novamente. Logo ela estava se agarrando a ele e mordendo seu lábio inferior.

— Eu te odeio — ela murmurou.

— Não odeia, não.

— Bem, se você está com ela, vou dar o fora daqui — Rome falou.

— Obrigada, Rome — Gia disse.

Ele estalou os dedos para ela e então se foi.

— Acho que é melhor eu te levar para casa — Saxon comentou.

— E ficar trancada em segurança? — ela perguntou, com malícia.

Ele apoiou a mão na parte inferior de suas costas, levando-a para fora do café.

— Trancada onde você não pode se envolver em problemas.

Ela ofegou.

— *Não* foi minha culpa.

— Vamos pegar suas coisas.

Saxon esperou enquanto Gia pegava a bolsa e se despedia de Ashley. Ela ficou quieta no rápido caminho de volta para casa.

Ainda estava quieta quando entraram.

Com um suspiro, ela colocou a bolsa sobre a mesa.

— Eu só quero que tudo isso acabe. Que o Dennett seja uma lembrança ruim e que a Willow fique em segurança.

Saxon mordeu a língua.

Ela se virou, o temperamento esquentado cintilou em seus olhos.

— Quero pedestres inocentes seguros. Aquele idiota usou um *bebê* hoje. A criança poderia ter se machucado.

Gia também poderia ter se machucado, mas ele viu que ela não estava pensando nisso.

Típico de Gia.

Ela pisou firme na sala de estar, murmurando xingamentos.

— Argh, quero quebrar alguma coisa, mas quase tudo já foi quebrado.

Por baixo da raiva, ela estava com medo e ansiosa. Saxon queria que ela relaxasse.

— Por que eu não cozinho algo para você e te sirvo uma taça de vinho?

Ela arqueou as sobrancelhas.

— Você sabe cozinhar?

— Sim. Vá se trocar, e eu vou preparar o vinho.

Ela o encarou por um momento, então se dirigiu para seu quarto.

Saxon verificou a geladeira e a despensa. Humm, havia medalhões de porco, molho balsâmico e aspargos. Ia servir.

Ele dobrou as mangas da camisa, encontrou uma garrafa do Syrah favorito de Gia e serviu uma taça para os dois.

Tinha acabado de fritar a carne quando seu telefone tocou. Ele o pegou, viu que era a mãe e fechou os olhos por um segundo. *Droga.* Colocou a chamada no viva-voz.

— Olá, mãe.

— Saxon. Fiquei sabendo de algumas notícias desagradáveis hoje. — Seu tom soava como se ela tivesse comigo algo azedo.

Ele esperou que ela dissesse mais.

— Vai me dizer o que quer ou vamos esperar aqui em silêncio?

Ela deixou escapar um suspiro.

— Que falta de educação. A Missy Stevens me disse que ouviu algo desagradável sobre uma situação em uma cafeteria no centro da cidade. E que você estava envolvido.

— Não estou envolvido, mãe. Cheguei lá depois. Mas uma mulher que significa muito para mim foi atacada.

— Não consigo entender por que você teve que se envolver. Arrastando nosso sobrenome para questões sórdidas.

Ele revirou os olhos.

— Porque eu cuido dos meus amigos e esse é o meu trabalho.

Houve uma longa pausa, e Saxon misturou o molho na frigideira.

— Gostaria que você parasse de trabalhar com isso — a mãe falou.

Como se a sua carreira militar de dez anos, sobre a qual ela não sabia praticamente nada, e seus últimos anos trabalhando na Norcross fossem apenas uma birra para tornar sua vida difícil. Quando se tratava de Rupert e Vanessa Buchanan, eles só pensavam em si mesmos. Saxon sentiu um vazio familiar no peito, mas apenas balançou a cabeça.

— Venha jantar — a mãe falou. — Quero que você conheça a filha de nossos amigos, os Fisher.

Gia entrou, olhando para ele antes de desviar os olhos para o telefone.

— Ela é adorável — a mãe falou. — Acabou de comparecer ao Baile de Debutantes do Cotillion.

Então ela teria dezoito ou dezenove anos. Saxon tinha trinta e quatro. Ele não tinha interesse em uma menina.

— Não, obrigado, mãe.

— Realmente, Saxon. Gostaria que você parasse de ser egoísta. Você tem um nome para defender...

— Como você e meu pai fazem?

— Sim — ela falou com altivez.

— Meu pai joga golfe, você comparece a almoços, e os dois têm casos quando convém. Como isso sustenta o nome Buchanan?

Seu estômago se agitou, e ele olhou para Gia. Ela estava com uma expressão estranha.

— Você é tão vulgar e vil, Saxon Buchanan. Não tenho ideia de como eu te criei...

— Pode parar aí. — Gia avançou. — Você não pode falar assim com ele.

— Quem é? — sua mãe questionou.

Saxon piscou. Ele reconhecia quando Gia estava perdendo a paciência.

— Saxon é um bom homem — ela falou. — Ele serviu ao seu país e agora ajuda as pessoas.

Sua mãe gaguejou.

— Bem, realmente...

— Você me parece uma pessoa egoísta. Você ao menos conhece o seu filho?

A mãe de Saxon tentou falar, mas Gia a interrompeu.

— Ele está me protegendo, me mantendo segura. Não vou ouvir mais essa barbaridade. O Saxon é... — Seus olhos castanhos encontraram os dele — bem, ele pode ser mandão e um pouco esnobe, mas é um homem bom e honrado. Você não o merece.

O fogo se acendeu dentro de Saxon. Ninguém jamais havia saltado em sua defesa assim.

Na Ghost Ops, Vander e os colegas soldados sempre o protegeram. Mas contra sua família, ninguém o havia defendido antes. Ninguém.

— Como você ousa...

— Não. Chega. — Gia apertou com força o botão de encerrar a chamada.

Ela pegou uma taça de vinho da ilha e engoliu um pouco.

— Saxon, a sua mãe é uma vaca.

Ele sorriu.

— Eu sei.

Gia respirou fundo.

— Não gosto dela.

— Tenho certeza de que o sentimento é mútuo.

Ela sorriu para ele.

Ele retribuiu.

— Obrigado, *Contessa*.

CAPÍTULO SETE

G ia comeu a deliciosa refeição, saboreando cada garfada. Saxon Buchanan sabia cozinhar. Quem poderia imaginar?

Ele se sentou do outro lado da mesa, esparramado na cadeira.

Sentiu uma onda de calor no estômago. A camisa dele estava aberta no colarinho e as mangas arregaçadas. A luz cintilou no seu cabelo.

Como poderia mantê-lo afastado quando tudo o que desejava era pular sobre a mesa e montar nele?

Calma, Gia assanhada. Ela pegou a taça de vinho e tomou um gole.

— Bem, pelo menos, o capanga do Dennett deveria me deixar em paz agora — falou.

Saxon grunhiu.

— Ele foi libertado sob fiança.

— O quê? Já?

— Hunt me mandou uma mensagem. Parece que ele não tinha antecedentes.

— Como isso é possível? Ele é capanga de bandido.

Saxon se recostou na cadeira.

— Ele é bom no que faz, então não deixa rastros. E é claro que gosta de manter sua reputação intacta.

Ela se acalmou.

— Você acha que ele virá atrás de mim de novo?

— Não faço ideia, mas estarei preparado se ele vier.

Ótimo. Gia manteria a Ruger na bolsa de agora em diante.

— O jantar estava ótimo.

— Obrigado. Gosto do tom de descrença com que você diz isso.

Ela sorriu para ele.

Mas em sua cabeça, os pensamentos se voltaram para a mãe dele. Deus. Que cretina. Gia se mexeu na cadeira. Todos esses anos ela achou que Saxon havia tido uma educação privilegiada e que havia sido mimado.

Agora percebia quantas vezes ele esteve na casa dos Norcross, comendo a comida de sua mãe. Quantas vezes havia dormido lá, no quarto de Vander.

Gia olhou seu rosto bonito.

— E agora me sinto como um experimento de laboratório sob o microscópio — ele falou.

Ela balançou a cabeça e deu um gole no vinho.

— A sua mãe...

Ele deu de ombros.

— Estou acostumado com meus pais. Ele é igual. Os dois são esnobes, preguiçosos e egoístas. Não sei por que se preocuparam em ter um filho. Fui criado por babás e governantas.

Seu tom era muito... sem graça. Vazio.

Gia se esticou sobre a mesa e segurou a mão dele. Não sabia o que dizer para fazê-lo se sentir melhor sendo que, geralmente, sempre tinha muitas palavras.

Ele deu um sorriso lento.

— Vai consolar o pobre menino rico, Gia?

Ela revirou os olhos para ele.

Seu sorriso se alargou enquanto traçava o rosto dela com o olhar.

O ar mudou, ficando carregado de calor. Sua barriga fez uma dancinha louca, e ele deslizou uma perna contra a sua por baixo da mesa.

— Saxon. — Ela tentou puxar a mão, mas ele a segurou com força.

— Chega de evitar ou contornar o que está para acontecer. Você sabe o que há entre nós. Já existe há muito tempo.

Ela engoliu em seco e balançou a cabeça.

— Você não é covarde, Gia Gabriella.

— Saxon, não. Você é o melhor amigo do meu irmão e estou focada na minha empresa. Não tenho tempo para um homem, especialmente alguém que, embora seja incrivelmente atraente, me faz querer estrangulá-lo na maioria das vezes.

O sorriso de Saxon fez sua calcinha pegar fogo.

— Incrivelmente atraente?

Ela ergueu uma sobrancelha.

— Você perdeu a parte do estrangulamento.

Ele se inclinou para frente, entrelaçando os dedos nos dela.

— Existe uma chama entre nós. Você é inteligente,

linda e atrevida. Às vezes, também quero te estrangular, mas isso só adiciona um pouco de tempero.

— Não. — Droga, até ela podia ouvir a hesitação em sua voz.

— Sim. — Ele deslizou seu dedo entre os dela.

Uma sensação de abalo a fez estremecer e o desejo envolveu seu estômago. Ah, Deus. Ela sentiu sua decisão vacilar.

— Você me quer, Gia — ele declarou em uma voz baixa e sexy.

— Querer não é o problema. — Era o fato de que ela tinha se apaixonado perdidamente por ele. Sabia disso, no fundo de seu coração. E quando ele não se apaixonasse também...

Não.

Ela balançou a cabeça.

— Você vai ficar comigo, *Contessa*. Não vou desistir.

Uma batida soou na porta. Gia soltou a mão dele e ficou de pé.

Salva pela campainha.

Saxon se levantou, sua expressão ficando séria.

— Sente-se, vou atender.

Ela o observou verificar o olho mágico e depois relaxar. Saxon abriu a porta, e Haven e Rhys entraram.

— Gia. — Sua amiga correu para ela.

Gia a abraçou com força.

— Você está bem? — O rosto bonito de Haven demonstrava preocupação. Seu cabelo castanho estava preso em um rabo de cavalo e ela usava jeans e uma blusa de tricô.

Gia assentiu.

— Estou.

Haven olhou em volta.

— Sua casa...

Gia engoliu em seco.

— São apenas coisas.

Haven a puxou para perto.

— Minha vez. — Rhys disse e puxou Gia para um abraço. Seu cabelo escuro e desgrenhado estava mais bagunçado que o normal. Sem dúvida, culpa de Haven. A amiga de Gia confessou que adorava passar as mãos nele... geralmente quando Rhys a beijava profundamente.

Eca. Muita informação.

Haven olhou para a mesa e viu o jantar. Levantou uma sobrancelha e quando Gia a olhou, ela imaginou que parecia um pouco romântico. Haven olhou para Gia, em seguida para Saxon.

Gia pigarreou.

— Saxon cozinhou. Ele não é ruim.

— Rhys pode fazer torradas e ovos mexidos. E, aparentemente, churrasco... embora eu ainda não tenha visto.

Rhys passou um braço pelos ombros de Haven.

— Você ficará surpresa, baby.

Haven se aninhou nele com um sorriso.

— Bem — Rhys falou —, pesquisei o capanga do Dennett. O nome dele é Conrad Lex.

Saxon franziu o cenho.

— Sim, o Hunt me mandou uma mensagem mais cedo. Ele saiu sob fiança. O nome não me lembrou nada.

— Ele é discreto. Tem a reputação de se misturar e

fazer o trabalho. — Rhys olhou para Gia. — Dizem que o Dennett está aborrecido por não ter as pedras preciosas nem a Willow. E o Lex está descontente que a Gia o fez de bobo duas vezes.

Gia bufou.

— Ah, então eu sou a culpada.

— O Lex prejudicou sua reputação ao permitir que uma mulher o fizesse parecer um idiota, o que significa menos trabalho para ele. O homem provavelmente vai retaliar.

Ótimo. Gia balançou a cabeça.

— Homens são idiotas. *Cazzo!*

— Ei, nem todos nós. — Rhys puxou um dos cachos de Gia.

Saxon segurou a mão dela.

— Não se preocupe. O Lex não vai tocar em você. Prometo.

Ela encontrou seus olhos verdes e assentiu. Sabia que ele a protegeria.

— Hum, vamos para o quarto da Gia. — Haven segurou a mão de Gia e a puxou pela sala de estar. — Conversa de garotas.

No quarto, Haven fechou a porta.

— Você está dormindo com o Saxon!

— Não! Eu nunca dormi com ele. E não vou. — Uau, faltou convicção.

— Amiga. — Haven ergueu o quadril. — Ele estava lá fora te olhando como se fosse um leão faminto e você um bife grosso e suculento.

— Uau, e você dizia que minhas analogias eram grosseiras.

— Gia!

— Nos beijamos...

— E?

— Hum, ele me deu um orgasmo colossal na cozinha hoje de manhã.

Haven arregalou os olhos.

— Ahhh.

— E disse que sou dele e que está me reivindicando.

— Isso é meio sexy. Estou um pouco excitada.

— *Não* vai acontecer, Haven. É do Saxon Buchanan que estamos falando. Meu arqui-inimigo. Ele é... como o Alien para Ripley. Kanye para Taylor — ela falou, usando o filme *Alien* e a briga entre Kanye West e Taylor Swift como referência.

Haven bufou.

— Romeu para Julieta?

— Metade do tempo, quero bater nele, e no resto, eu quero...

— Transar com ele até não poder mais?

Gia gemeu e se jogou na cama.

— Sim. Mas não posso fazer isso, Haven. O Saxon é... ele é um risco que não posso correr.

— Eu entendo. — Haven se sentou ao lado dela. — Senti o mesmo a respeito do Rhys. — Ela segurou a mão de Gia. — Mas agora estou apaixonada e mais feliz do que jamais estive em toda a minha vida. O amor é um risco, Gia.

Gia balançou a cabeça.

— Isso entre Saxon e eu é só luxúria. — *De outro mundo, do tipo que derrete calcinhas.* — Vai passar.

— Humm-humm.

— Odeio quando você faz esse som.

Haven pressionou a língua contra os dentes.

Gia suspirou.

— Ele pode me magoar de verdade, Haven. Estou com medo e odeio me sentir assim.

Sua amiga a abraçou.

— Que tal se eu e o Rhys ficássemos com você esta noite?

— Sim! — Isso significaria que Saxon teria que ir embora. Ela conseguiria um pouco de distância para clarear a cabeça. — Eu te amo.

Haven revirou os olhos.

— Também te amo.

Juntas, elas voltaram para a sala de estar. Os homens falavam em tom baixo e sério.

— A Haven e o Rhys vão ficar comigo esta noite — Gia anunciou.

Saxon ergueu a cabeça e fez uma careta para ela.

Gia segurou a mão de Haven.

— Preciso da minha amiga comigo.

Franzindo a testa, Rhys assentiu.

— Claro.

Várias emoções cruzaram o rosto de Saxon na velocidade da luz: aborrecimento, raiva, resignação e diversão. Ele não poderia reclamar ou Rhys ficaria desconfiado.

— Tudo bem, *Contessa* — Saxon respondeu. — Mas venho te buscar para o trabalho de manhã. — Seu olhar se fixou no dela. *Você não pode se livrar de mim tão facilmente.*

Ela inclinou a cabeça para trás. *Posso tentar.*

Saxon sorriu devagar e de um jeito sexy. *Você pode fugir, mas vou te pegar.*

Gia engoliu em seco. *Porcaria.*

NA MANHÃ SEGUINTE, Saxon esperou na calçada do lado de fora do prédio de Gia, parado ao lado do Bentley.

Ela o evitou de forma hábil na noite passada. Sorriu, admirando suas habilidades. Garota atrevida.

Sua casa pareceu estranhamente vazia sem ela lá. Foi estranho, porque ela só havia passado uma noite.

Mas aconteceria mais vezes. E não no quarto de hóspedes.

Ele a viu sair do prédio e seu estômago apertou.

Droga, ela era linda. Usava uma saia preta justa com uma camisa verde-esmeralda. Também usava saltos altos muito sensuais. Hoje, ela havia deixado o cabelo solto e havia cachos por toda parte.

Merda, ele estava ficando duro.

Gia abriu a porta e entrou.

— Bom dia. — Ela mostrou as pernas, de forma totalmente deliberada. — Dormiu bem?

— Sim, depois de me masturbar imaginando você chupando meu pau.

Ela prendeu a respiração.

— E você? — ele perguntou.

— Sim, depois de passar algum tempo com o vibrador imaginando Henry como o bruxo.

Saxon sorriu.

— Mentirosa.

Ela fungou e olhou para a frente.

Se dirigiram para o escritório dela. Ela parecia bem descansada e seu rosto estava curado.

— Outro dia agitado? — Saxon perguntou.

Ela assentiu e seu celular tocou. Ela o tirou da sua bolsa gigante.

— É o Easton.

— Coloque no viva-voz.

— Oi, Easton — falou.

— G, você está bem?

— Tudo bem, irmão mais velho. Você está ocupado negociando? Ganhando mais alguns milhões?

— Sempre. — A voz de seu irmão soou divertida. — O Rhys me disse que ele e a Haven ficaram com você na noite passada.

— Sim, e o Saxon é minha babá hoje de novo.

— Oi, Sax — Easton o cumprimentou.

— Oi.

Houve uma pausa.

— Vocês ainda não derramaram sangue?

Gia bufou.

— Quando eu finalmente acabar com o Saxon, você não vai encontrar sangue ou o corpo.

Easton riu e Saxon só balançou a cabeça.

— Olha, um colega de trabalho entrou em contato comigo — Easton disse. — Ele passou algumas informações que podem ser relevantes para o Dennett, e o que quer que estivesse naquela bolsa. Mas não quero falar sobre isso por telefone.

Saxon flexionou as mãos no volante.

— Podemos ir até você.

— Ótimo. Vou pedir a minha assistente para desmarcar meus compromissos.

— Gia? — Saxon a chamou.

— Vou mandar uma mensagem para Ashley e pedir para ela cancelar minhas primeiras reuniões.

Não muito tempo depois, eles pararam em frente à torre alta no centro que abrigava os escritórios da Norcross Inc. Easton era dono dos dois andares superiores. Eles passaram pela segurança e subiram no elevador.

Saxon seguiu Gia em direção ao escritório de Easton. Enquanto os escritórios de Gia eram femininos, claros e descolados, os de Easton eram modernos, elegantes e caros.

Uma loira atraente se levantou da mesa em frente a duas portas duplas de madeira brilhantes. Ela usava uma camisa branca engomada por dentro de uma saia cinza justa, e era alta e curvilínea.

— Olá. Você deve ser a Gia, irmã do sr. Norcross. Lamento muito por você.

Gia piscou e Saxon ergueu uma sobrancelha.

— Onde está a sra. Skilton? — Gia perguntou.

Saxon havia conhecido a assistente feroz de Easton. Pelo que se lembrava, ela estava na casa dos sessenta anos, com cabelos pretos com mechas grisalhas e possuía uma personalidade dura. Cuidava da agenda de Easton com precisão militar, e ninguém passava por ela.

Essa linda mulher não era a sra. Skilton.

— Eu sou Harlow Carlson. A sra. Skilton saiu de licença. Seu neto nasceu. Ela me escolheu para lidar com o sr. Arrogante, Mandão e Presunçoso.

Gia caiu na gargalhada e Saxon sorriu.

A nova assistente de Easton continuou:

— A sra. Skilton disse que ele precisava de alguém competente. Que não se acovardaria diante dele, ou que tiraria as roupas em sua mesa.

A risada de Gia aumentou.

Easton saiu da sua sala e lançou um olhar irritado para a assistente.

— O que você fez agora?

A mulher sorriu com doçura.

— Acabei de conhecer sua adorável irmã.

Gia tocou o braço da mulher.

— Pegue o meu número com o Easton. Vamos tomar um café qualquer hora. Ou Cosmopolitans.

Harlow sorriu.

— É um prazer conhecê-la. E ao seu namorado.

Easton fez uma careta.

— O Saxon não é o namorado dela, é seu guarda-costas.

Harlow deu as costas para Easton e ergueu as sobrancelhas para Gia.

— Café — Gia repetiu.

Saxon conduziu Gia ao luxuoso escritório de Easton. Ele realmente precisava falar com Vander, Rhys e Easton sobre o que estava acontecendo entre eles dois.

— Você não vai tomar café com a minha irmã. — Easton gritou enquanto os seguia.

— Posso tomar café com quem eu quiser, sr. Mandão. — Foi a resposta.

Easton fechou a porta com força.

— Eu gosto dela — Gia comentou.

— Ela é uma ameaça. — Easton circulou sua mesa e se

sentou. Atrás dele, as janelas que iam do chão ao teto emolduravam uma vista perfeita da cidade, com a Transamerica Pyramid no centro e a baía ao fundo.

— Uma ameaça deslumbrante — Saxon acrescentou.

Gia se virou e franziu a testa para ele.

— Você sempre teve uma queda por loiras de pernas compridas.

— Não dê em cima da minha assistente — Easton grunhiu.

Saxon ergueu as mãos.

— Minha preferência tem sido as morenas ultimamente.

Gia parecia estar lutando contra um sorriso.

Easton acenou para as cadeiras de convidados na frente de sua mesa.

— Apesar de suas falhas de personalidade, a srta. Carlson é uma excelente assistente executiva. A maioria dos funcionários administrativos do escritório tem medo de mim.

— Não tenho ideia do porquê — Gia falou em tom seco. — E acho que o resto delas está tentando se tornar a sra. Easton Norcross.

Seu irmão grunhiu.

— Não gosto de trabalhar com tolos ou pessoas que não conseguem me acompanhar.

— Alguém realmente tirou a roupa na sua mesa? — Saxon perguntou.

— *Eca* — Gia exclamou, olhando para a mesa.

— Sem comentários — Easton falou. — Sobre o Dennett.

Saxon se recostou na cadeira.

— Ouvi boatos que ele roubou um diamante extremamente raro e valioso — Easton comentou.

— O quê? — Gia respirou fundo.

— Bem, não roubou, exatamente. Ele o ganhou em um jogo de pôquer de apostas muito altas. O proprietário anterior está mais do que chateado. Tive um colega de trabalho que estava no jogo.

— Então, o Dennett quer o diamante de volta — Saxon falou. — E o dono anterior também.

— Dei uma olhada nas pedras — Gia comentou. — Não vi diamante. — Ela franziu o nariz. — Eu estava ocupada imaginando algumas joias de rubi e esmeralda naquele momento.

Claro que ela estava. Saxon fez uma pausa. Ela ficaria linda com rubis ou esmeraldas. Cores vibrantes contra sua pele bronzeada e cabelo escuro.

Talvez devesse comprar algo assim para ela. Saxon nunca sentiu o desejo de comprar joias para uma mulher antes, mas com Gia, ele gostava da ideia de ver algo dele contra a sua pele.

— Meu contato disse que é raro — Easton falou. — O diamante provavelmente é colorido. E tem algum tipo de história por trás.

— Espere! — Gia exclamou. — Havia uma grande pedra rosa claro.

— Um diamante rosa. — Saxon assentiu. — Eles valem até vinte vezes mais que os brancos. E se for antigo, o tornaria inestimável.

— Deus — Gia sussurrou.

— Seu contato disse quem era o proprietário anterior?

A mandíbula de Easton tensionou.

— Albert Sackler.

— Puta merda — Saxon falou.

— Quem é ele? — Gia exigiu.

— Um senhor excêntrico — ele respondeu Saxon. — Ganhou dinheiro com tecnologia, mas o boato é que ele trafica mulheres para se divertir.

— Você não pode estar falando sério — Gia murmurou, horrorizada.

— É melhor ficarmos bem longe dele. — De jeito nenhum deixaria aquele filho da mãe doente perto de Gia.

CAPÍTULO OITO

Gia estava incrivelmente ocupada no trabalho, mas os pensamentos sobre o diamante roubado e homens nojentos e malvados que abusavam de mulheres não a deixavam em paz.

Tentou se concentrar em seu projeto atual para um cliente, mas finalmente afastou o laptop e suspirou.

Saxon não estava com ela, mas não estaria longe.

Ele a tinha agitado também.

Tentando se concentrar de novo, verificou seu e-mail. Ainda não havia nada de Willow, e seu estômago se contraiu. Will estava bem?

Deus, estava tudo dando errado.

Frustrada, pesquisou por Albert Sackler no Google. Nada ruim apareceu. Havia uma reportagem sobre sua grande casa em Palo Alto e várias fotos de um homem ligeiramente acima do peso, na casa dos setenta anos, que claramente gostava de usar coletes com ternos. Ele não parecia um idiota malvado. Mas eles nunca pareciam.

— *Contessa?*

Ela olhou para cima para ver Saxon na porta.

— Sim?

Ele inclinou a cabeça e se aproximou.

— Você está bem?

Gia soltou um suspiro.

— Não. A Willow está fugindo, há um diamante rosa gigante roubado por aí em algum lugar, todas as minhas coisas precisam ser substituídas, tem os capangas de Dennett e agora Sackler.

Saxon se moveu atrás dela e começou a massagear seus ombros.

— Então você tem um limite? — Ele pressionou seus músculos tensos. — Sempre pensei que a intimidante Gia Norcross poderia lidar com qualquer coisa.

Deus, ele tinha mãos fortes. Ela baixou a cabeça e reprimiu um gemido.

— Posso lidar com isso, mas ficaria feliz se pudéssemos fazer uma pausa.

— Você não está sozinha para lidar com nada, Gia.

Ela sentiu uma injeção de calor, mas também provocou outra sensação, deixando-a nervosa e confusa.

— Agradeço, Saxon, mas não vamos levar as coisas como "nós".

Ele se inclinou. Ah, seu cheiro era tão bom. Ainda estava massageando seus músculos enquanto mordiscava o lóbulo da sua orelha. Desta vez, ela não conseguiu conter o gemido que escapou.

— Vamos, sim — ele murmurou. — Cada vez que te toco, você se ilumina.

— Tão arrogante. — Ela odiava que sua voz estivesse ofegante.

Ele mordiscou sua orelha de novo.

— Tenho que correr para encontrar o Vander. — Ele se virou e encostou o quadril em sua mesa. — O Rome está ocupado, então eu quero que você fique aqui.

— Está bem.

— Não saia do prédio, Gia. Não chegue perto das portas, fique em seu escritório, se puder. Sem visitas. Pelo menos, ninguém que você não conheça.

— Não vou sair. Não quero morrer.

— O Ace acessou as câmeras de segurança do prédio. Ele vai monitorá-las.

Gia semicerrou os olhos.

— Por acessar, você quer dizer *hackear*?

Saxon apenas sorriu.

— Fique longe de problemas até que eu volte. — Ele estendeu a mão e puxou um de seus cachos.

Em seguida saiu, vestindo o paletó.

Ela se levantou e o observou cruzar a área de plano aberto do escritório. Cada uma de suas funcionárias também parou para observá-lo.

— Já dormiu com ele? — Ashley perguntou da porta.

— Você não tem trabalho a fazer?

— Estou fazendo. Só não tenho certeza se quem está ao redor de vocês sobreviverá à tensão sexual por muito mais tempo.

Gia revirou os olhos. Seu celular começou a tocar. e ela voltou para a mesa.

— Gia Norcross.

— A terceira vez é o charme — uma voz baixa e masculina falou. — Pego você na próxima.

Ela franziu o cenho.

— Desculpe? Quem é?

— Você me fez parecer um idiota incompetente duas vezes. Não vai haver a terceira.

— Lex — ela murmurou.

— Sim. Minha reputação é tudo.

— Se você se deu mal, não é problema meu.

— O Dennett me dispensou, mas vou fazer este trabalho de graça agora.

Sua voz era muito branda, sem emoção. Isso fez sua pele arrepiar.

— Que trabalho?

— Te derrubar.

A boca de Gia ficou seca.

— Os meus irmãos...

— Eu não me importo. Minha reputação só vai aumentar se conseguir enganá-los ou levá-los junto.

Ah, Deus.

— Olha, seu idiota, se você...

— Te vejo em breve, Gia.

A linha ficou muda. *Puta merda.* Exatamente o que ela precisava. Um assassino, capanga ou seja lá o que fosse, em busca de vingança.

Bem, não havia nada que pudesse fazer agora. Ela esfregou a têmpora e fez uma nota mental para contar a Saxon quando ele voltasse.

Ela se sentou em sua mesa e seu telefone tocou novamente. Olhou como se fosse uma cobra antes de atender.

— Gia Norcross.

— Oi, *Contessa.*

Ela soltou um suspiro de alívio.

— Soube que você recebeu uma ligação do Lex. — A voz de Saxon era gelada.

— Como sabe disso?

— Eu te disse que o Ace está de olho nas coisas.

— Você grampou meu telefone!

— Só o celular.

— Inacreditável.

— Para te manter em segurança.

— Você poderia ter pedido primeiro!

— Melhor implorar perdão após o fato.

— Bem, não estou te ouvindo implorar.

Ele baixou a voz.

— Eu não imploro, baby.

Ela apertou o telefone.

— Aposto que poderia te fazer implorar.

Houve um silêncio, seguido pela respiração pesada de Saxon através da linha.

Sim! Ela tinha atingido o sempre controlado Saxon Buchanan.

— Sim, *Contessa*, acho que poderia.

Caramba. Uma onda de calor atingiu seu centro de prazer, e ela se remexeu inquieta na cadeira.

— Fique aí dentro — ele repetiu o alerta.

— Sim, Mestre Buchanan.

Sua risada profunda soou.

— Gosto disso.

Ela revirou os olhos. Sabia que ele não podia ver, mas esperava que pudesse sentir.

— Tchau, Saxon.

— Tchau, linda.

Gia se recostou na cadeira. Estava excitada. Queria

Saxon. Ele se parecia com um buraco negro, a puxando para cada vez mais perto.

E caramba, ela queria mergulhar de cabeça.

Isso a assustou.

Quando o telefone tocou de novo, quase xingou em voz alta, mas viu que era Haven.

— Oi, amiga.

— Oi, G. Como você está?

— Ah, bem, os bandidos estão atrás de mim, um diamante rosa de valor inestimável está desaparecido, uma antiga amiga está fugindo e não tenho ideia se ela está bem. Somado a isso, o cara mais gostoso que conheço quer me reivindicar e me deixar maluca.

Haven fez um som sufocado.

— Um dia um pouco difícil. Mas se você deixar o cara gostoso fazer o que quer, vai ficar muito menos estressada.

— Mas então vou ficar viciada nele, e as coisas ficarão ainda mais fora de controle.

— Gia, você não pode estar no controle quando se apaixona.

— Ninguém falou sobre amor!

— Humm.

— Eu *odeio* esse som. — Gia fechou os olhos. — Não posso me apaixonar por Saxon Buchanan.

— Amiga, você já está na metade do caminho.

Deus. Gia se levantou e se sentou novamente. Foi como um soco no estômago.

— Você já deve sentir isso há muito tempo — Haven acrescentou.

Merda. Gia pressionou a mão na barriga.

— Não posso falar sobre isso agora.

— Tudo bem, que tal falarmos sobre diamantes?

— Normalmente, esse seria um assunto de que gosto, mas ultimamente, nem tanto.

— Mais especificamente um grande rosa.

— O Easton te contou sobre o diamante roubado de Sackler?

— Ele disse ao Rhys. Eu estava lá. Estou no museu agora, então decidi falar com alguns de meus contatos...

— Haven...

— Só dei alguns telefonemas, nada perigoso. De toda forma, localizei uma amiga que é especialista em joias antigas. Gia, você pode descrever o diamante que viu?

— Acho que sim. Não prestei muita atenção. Era retangular...

— Certo, quero que você fale com a Deborah, a especialista em joias.

— Não posso sair do escritório. O Saxon teve que sair para seguir uma pista.

— Então iremos até você. Estaremos aí em meia hora.

— Tudo bem. Nos vemos então.

Gia não tinha certeza se mais informações sobre o diamante ajudariam, mas quanto mais informações eles tivessem, melhor.

Sabia que Saxon havia dito que não deveria receber visitas, mas era Haven, e a especialista era alguém que ela conhecia. Gia pegou a caneca de café e tomou um gole. Fez uma careta. Sua bebida estava fria.

Ashley apareceu na porta, segurando uma caneca nova.

— Café com leite?

Gia pegou. Estava quente.

— Como você faz isso?

Sua assistente de cabelo rosa piscou.

— Poderes de assistente especial. Se eu te contasse, teria que te matar. — Ashley estremeceu. — Desculpe, provavelmente não é hora de fazer piadas sobre isso.

Gia acenou com a mão.

— Prefiro rir a perder a cabeça.

— Acho que você nunca perdeu a cabeça.

— Estou quase no limite, minha amiga.

— Felizmente, há um par de braços fortes esperando para te segurar.

Gia lançou um olhar furioso na direção de Ashley.

— Volta para o trabalho. Ah, e a Haven está vindo com uma convidada.

Gia trabalhou mais um pouco antes de Ashley ligar para avisar que Haven havia chegado. Ela se levantou.

Haven entrou apressada, linda com uma calça elegante cinza e camisa rosa seco. Havia outra mulher com ela. Tinha mais ou menos a idade da mãe de Gia, mas o cabelo loiro acinzentado estava cortado de um jeito estiloso, a maquiagem era impecável e o terno, elegante.

— Gia. — Haven circulou a mesa e elas se abraçaram. — Esta é a Deborah Cohen.

Gia apertou a mão da mulher.

— Obrigada por ajudar.

— O prazer é meu. — A mulher tinha uma voz profunda de fumante. — A Haven é sempre fabulosa de se trabalhar, então estou feliz em ajudar.

Elas se sentaram.

— Bem, ela contou que estamos procurando informações sobre um diamante rosa raro e valioso? — Gia pousou as mãos na mesa.

Deborah assentiu.

— Você pode descrevê-lo?

— Para ser honesta, não me impactou. Era retangular, não muito brilhante, plano no topo. Era claro, mais transparente do que a maioria dos diamantes que já vi.

O rosto da mulher mais velha mudou e o estômago de Gia se apertou.

— O que foi? — perguntou.

— Você descreveu um diamante de corte em mesa. Eles têm menos facetas do que um diamante moderno de corte brilhante, que é o estilo mais popular hoje. O corte em mesa dá à pedra a aparência mais translúcida que você viu.

— Certo. Este diamante era cortado à mesa e rosa claro.

Deborah assentiu.

— Algo assim? — Ela ergueu o telefone para mostrar uma imagem.

Um grande diamante rosa retangular em um elaborado conjunto de diamantes brancos.

Gia concordou.

— Sem os diamantes brancos, é claro, e menores. Sim, parece pedra que vi.

— Este é o maior e mais antigo diamante rosa do mundo. É chamado de *Daria-i-Noor*, ou Mar da Luz, e veio da Mina Kollur na Índia. Já pertenceu a Shah Jahan, e a lenda diz que pode ter enfeitado seu famoso Trono de Pavão. Ele mudou de mãos várias vezes e agora faz parte das joias da coroa iraniana e é mantido no Banco Central do Irã. Tem cento e oitenta e dois quilates e é impossível ser precificado, mas podemos dizer que vale algo entre cem e duzentos milhões.

O queixo de Gia caiu.

— Uau — Haven sussurrou.

— O que vi não era tão grande — Gia disse. — Não pode ser esse.

— Não — Deborah concordou. — Mas existem rumores e lendas que dizem que o Daria-i-Noor veio de um diamante maior.

— Maior? — Gia perguntou com a voz fraca.

— Em 1642, um joalheiro francês chamado Jean-Baptiste Tavernier descreveu um grande diamante rosa que foi cravejado no trono do Xá. Ele o chamou de Diamante Grande Table, ou o diamante da Grande Mesa. Foi estimado em 400 quilates. Algumas pessoas acreditam que o Daria-i-Noor e outro diamante rosa oval que também faz parte das joias da coroa iraniana, chamado Noor-ul-Ain ou a Luz do Olho, foram cortados do diamante da Grande Mesa.

— Então, o Daria-i-Noor tem 182 quilates — Gia comentou..

— E o Noor-ul-Ain tem 60 — Deborah acrescentou.

— Isso deixa cerca de 150 quilates — Gia apontou.

A mulher mais velha assentiu.

— Obviamente, alguns se perdem durante o processo de corte, mas poderia haver outros diamantes que vieram do diamante rosa Grande Mesa.

— Não há outras pistas ou histórias? — Haven perguntou.

— Não — Deborah disse. — No entanto, sempre há

muitos mitos e lendas. Dizem que os diamantes rosa aumentam a criatividade e a intuição. E muitos dos que vieram da Mina Kollur são considerados amaldiçoados.

Gia se lembrou de uma exibição de diamantes amaldiçoados realizada em um museu em Washington, não muito tempo atrás. Houve um ataque perigoso que chegou às manchetes em todo o país. A imprensa se vangloriou em detalhar todas as maldições.

— Se este diamante fizesse parte do Grande Mesa, seria muito valioso — Gia apontou.

A mulher concordou.

— Deixando de lado a qualidade e o tamanho, ele está repleto de história, tendo sido propriedade de imperadores. Isso agrega valor.

— Deus. — *Quem estava com o diamante?*

De repente, a porta se abriu e Saxon entrou, emanando insatisfação.

— O que é que está acontecendo? — Ele apoiou as mãos nos quadris estreitos.

Gia se levantou.

— Saxon...

— Eu disse para você ficar aqui e sem visitas. Explique.

SAXON OLHOU PARA GIA, esperando. Ele ficou bravo desde o momento em que Ace ligou para dizer que Haven e uma amiga estavam a caminho.

O fogo cintilou nos olhos de Gia.

— Não fale nesse tom comigo.

— Estou tentando te manter em segurança.

Ela se moveu em direção a ele.

— Eu não saí. E dificilmente a Haven vai me atacar.

— E você conhece a sua outra convidada?

Haven e a outra mulher os observavam com atenção extasiada.

— Não — Gia disse. — Mas a Haven conhece. E não acho que nem mesmo o Lex pode fingir ser uma mulher.

Seu perfume atingiu Saxon e aquele queixo se projetou para ele. Droga, ele adorava quando ela ficava brava. Ele tentou controlar a raiva.

— Em vez de entrar aqui, grunhindo como um macho alfa enfurecido...

Saxon grunhiu e segurou seu braço.

— Saxon!

Ele a puxou para perto e a beijou. Era a melhor maneira de calá-la. O beijo foi forte, profundo e úmido. Em seguida, ele a permitiu ficar de pé.

Ela piscou.

— Caramba, Saxon Buchanan! Você não pode simplesmente terminar uma discussão me beijando.

— Querida — Deborah falou pausadamente —, eu deixaria.

Haven sorriu para eles.

— Saxon, esta é Deborah Cohen — Gia apresentou. — Uma especialista em joias que a Haven conhece.

Saxon acenou com a cabeça para a mulher.

— Ela é especialista em joias antigas e históricas.

Ele se endireitou.

— O diamante?

Gia assentiu e contou o que descobriram.

Ele fez uma careta.

— Merda, espero que o que estamos procurando não faça parte desse diamante.

— Obrigada por sua ajuda, Deborah — Gia declarou.

A mulher se levantou e apertou a mão dele.

— Boa sorte. Espero que você consiga resolver a situação em breve. Me avise se encontrar o diamante. Eu adoraria ver uma foto dele.

Depois que Deborah saiu, Haven sorriu para eles.

— Então?

— Não estamos juntos — Gia disse.

— Estamos — Saxon falou.

— Deus, vocês geram muito calor. — Haven se levantou e estremeceu. — Talvez eu tenha que dar uma rapidinha com o Rhys antes do encontro de hoje à noite.

— *Eca.* Informação demais. — Gia ergueu a mão. — Espere, que encontro?

— Os caras decidiram jantar e beber hoje à noite em um novo bar de esportes — Haven contou.

Gia encarou Saxon.

— Posso ir?

— Nós...

— Você ia me dizer, ou...

Ele pressionou a mão sobre sua boca.

— Eu ia te contar. Não tive chance, e se você for reclamar, vai atrasar ainda mais.

Os olhos castanhos cor de chocolate cintilaram, então ela mordeu a palma da mão dele.

Ele puxou a mão e balançou a cabeça.

— Você pode me morder mais tarde, *Contessa*...

Ela fungou.

— E sim, podemos ir. Todo mundo vai.

— Oba. — Haven abraçou Gia. — Preciso voltar para o museu para terminar algumas coisas. Te vejo lá.

Gia voltou para sua mesa.

— Pronta para sair? — ele perguntou.

— Tenho mais algumas coisas que quero terminar...

Ele se pressionou contra ela, prendendo-a contra a mesa.

— Eu te disse que gosto da sua camisa? E de seus sapatos?

— Não — ela murmurou.

— Gosto ainda mais do que está por baixo dela. — Ele passou a mão em volta da sua cintura, se inclinou e mordiscou a lateral do seu pescoço.

Um gemido baixo escapou de Gia, e ele sentiu em seu pênis.

— Preciso de você logo, Gia Gabriella. Estou queimando por você.

Ela pressionou a bunda contra o corpo dele.

— Não deveríamos fazer isso.

— Você quer. Onde está aquela Gia corajosa e destemida que conheço?

— Você não quer dizer imprudente?

Ele mordiscou seu pescoço mais uma vez, e ela virou a cabeça. Ele tomou sua boca. Seu gosto, cheiro, a sensação do seu corpo. Saxon se sentiu como se Gia Norcross estivesse em seus poros.

— Seja imprudente. Estou aqui para te pegar, baby.

— Gia, eu... Ops, me desculpe. — A sorridente Ashley se afastou da porta.

Gia empurrou Saxon.

— Deus, você deu um curto-circuito no meu cérebro.

Ele sorriu para ela. Gostava de saber que atingia a Gia inteligente e sexy.

— Vá. — Ela apontou para o sofá. — Se sente. Me deixe terminar sem distrações. Não pareça sexy. Não soe sexy.

Seu sorriso se alargou.

— Não — ela reclamou. —Não vou ficar olhando para você.

Ele se sentou no sofá, esperando e observando enquanto ela trabalhava. Ele não a perturbou. Enviou uma mensagem para Vander com informações sobre o Daria-i-Noor e o diamante da Grande Mesa.

Merda, Saxon esperava que o diamante que procuravam fosse apenas um pedaço comum de carbono.

Assim que Gia terminou e se refrescou – o que incluía uma nova camada de batom vermelho *me beije agora,* ele a levou para o Bentley.

Disparou pela rua e encontrou uma vaga perto do bar de esportes que Vander havia escolhido. Quando entraram, encontraram o lugar lotado. Ele se aproximou por trás dela.

O Locker Room era um espaço grande e aberto, com muita madeira e clima amigável. Telas cobriam uma parede, mostrando muitos jogos. Uma fileira de mesas de bilhar estava situada nos fundos. Um bar elegante estava lotado de pessoas e os bartenders andavam de um lado para o outro. O resto do espaço estava cheio de cadeiras confortáveis agrupadas ao redor de mesas baixas ou mesas altas com bancos. Uma parede havia sido decorada para parecer um vestiário e coberta com materiais esportivos autografados.

— Belo lugar — ele comentou.

— Eu sei. Minha empresa está cuidando das relações públicas daqui, e o proprietário está planejando abrir outros. The End Zone, Press Box e Dugout — ela explicou. Todos os nomes tinham relação com esportes.

— Interessante. — Eles avistaram Vander, Rome, Ace, Rhys e Haven perto de algumas mesas altas não muito longe das mesas de sinuca. Os homens tomavam cerveja. Haven acenou.

Haven e Gia se sentaram nos banquinhos e começaram a conversar baixo. Saxon pediu uma cerveja e uma taça de vinho para Gia.

Vander fez uma careta.

— Espero que este diamante rosa não seja de um diamante mítico de valor inestimável.

Saxon deu um gole na bebida.

— Eu também.

— Tenho um contato que pode saber mais. — Vander ergueu sua própria cerveja. — Vou ver se eles sabem alguma coisa sobre o diamante de Grande Mesa e os diamantes que vieram dele.

Saxon sabia quem era o contato de Vander. Um cara de uma equipe de operações secretas cujo nome era um sussurro e que completava missões que não existiam.

— Eu conheço um cara em Denver — Rome comentou. — Ele é ex-SEAL e comanda a segurança de escavações e expedições arqueológicas. Seu pai é professor de história.

— Da Treasure Hunter Security? — Vander questionou.

— Sim — Rome respondeu. — O Dec é um cara legal. Pode ajudar.

Vander ergueu o queixo.

— Pergunte, mas diga a ele para ficar quieto.

Um bando de caras bêbados na mesa de sinuca mais próxima começou a fazer muito barulho e Saxon franziu a testa. Viu um deles de olho em Haven e Gia. Quando o homem deu um passo em direção às mulheres, Saxon se moveu e lançou um olhar ao cara.

Ele se virou apressadamente.

Satisfeito, Saxon voltou à sua cerveja.

Easton chegou, arrancando a gravata.

— Tive reuniões consecutivas, minha nova assistente está me deixando com pressão alta e eu preciso de uma bebida.

Vander ergueu as sobrancelhas.

— Conheci a assistente hoje — Saxon comentou. — Explosiva.

— Vou demiti-la assim que encontrar uma substituta competente. Alguém que não fique em cima em mim a cada segundo do dia.

Saxon pressionou a língua contra os dentes.

— Tem certeza de que não quer que ela fique em cima você de outra maneira?

Easton enrijeceu.

— Não.

— Me fale sobre isso — Vander pediu.

— A nova assistente do Easton é uma loira curvilínea e teimosa.

— Ela é minha funcionária — Easton disse em tom rígido. — Puta merda, preciso de um uísque.

Saxon sorriu. Gia e Haven ainda estavam conversando, e Gia estava gesticulando. Mesmo quando criança, ela sempre falava com as mãos.

Os bêbados ficaram ainda mais barulhentos. O problema estava se formando. Um deles empurrou outro cara.

Puta merda. Uma briga começou. Socos foram dados e, em seguida, um cara bateu em uma cadeira. Madeira se estilhaçou.

O pandemônio se seguiu, enquanto outros homens gritavam e se juntavam à luta.

Vander praguejou e colocou sua cerveja na mesa.

Um homem veio correndo em direção a Vander. Ele deu um soco e o homem caiu.

Alguns dos amigos do cara correram para Vander, que flexionou as mãos.

Então ele lutou.

Vander não era espalhafatoso, mas era rápido, brutal e eficaz. Ele inclinou os joelhos e atingiu um homem. Então girou e lançou um chute lateral forte no estômago de outro.

As mesas tombaram e os clientes gritaram. Os seguranças abriram caminho pela multidão.

— Ah, Deus, mais drama para eu resolver — Gia gritou. — Meu cliente não vai ficar feliz com isso.

— Chegando — Rome murmurou.

Com certeza, vários caras estavam indo em sua direção.

Haven e Gia assistiram, com os olhos arregalados.

— Não se movam — Saxon gritou para elas.

Um cara grande veio correndo em sua direção. Saxon se abaixou e acertou um soco no estômago do homem, que gemeu e se curvou.

Quando Saxon ergueu os olhos, viu Vander parado no centro da sala, com homens inconscientes ou gemendo espalhados pelo chão ao seu redor.

Ele sorriu e se virou.

Então seu estômago embrulhou. Haven estava no chão, se esforçando para se levantar.

Não havia sinal de Gia.

— Haven! — Saxon gritou.

Ela olhou por cima do ombro e encontrou seu olhar.

— Alguém me derrubou e levou a Gia!

Puta merda.

CAPÍTULO NOVE

Gia tentou lutar, mas o homem que a prendia era muito grande e forte. Ele a segurou por trás, com um braço musculoso ao seu redor enquanto a levava para fora do bar.

O lugar estava um caos. Muitas pessoas estavam se empurrando para sair, então ninguém estava prestando atenção.

Ela fez uma careta. Deveria estar com medo, mas só estava irritada. Quando seus irmãos e Saxon percebessem que havia desaparecido...

O caos pareceria pacífico.

Eles saíram do bar e o ar frio da noite atingiu seus ombros nus. O homem a arrastou pela rua abaixo. Por um segundo, o braço dele afrouxou, e ela tentou se afastar.

Ele a puxou de volta.

— Me solte! — retrucou.

O homem a ignorou. Não disse uma palavra desde que a agarrou. Deus, Gia esperava que Haven estivesse bem.

Eles pararam ao lado de uma grande limusine preta, e seu captor abriu a porta de trás e a empurrou para dentro.

Gia ergueu os olhos. Um homem de terno estava sentado de forma confortável no longo assento. Não era muito mais velho que ela. Era atraente o suficiente, mas não havia nada de especial nele. Tinha cabelos castanhos grossos e um rosto bonito e suave.

— Então, você é a Gia Norcross — o homem comentou.

— E você está com muitos problemas. — Ela apontou para a janela escura em direção ao bar. — Meus irmãos e meu... namorado estão lá, e quando digo que não ficarão felizes...

O homem ergueu a mão.

— Eu sei. Me custou um bom dinheiro organizar a briga.

Para distraí-los. Seu estômago se apertou.

— Só quero falar com você — o homem disse.

— Você é o Dennett.

Ele sorriu.

— Kyle. — Ele estendeu a mão.

Ela não aceitou.

— Quero meus pertences de volta — ele disse, como se fossem amigos conversando sobre o tempo.

— E como foi comunicado a você, não estão comigo. Não sei quem os pegou. — Ela evitou mencionar o diamante rosa.

Uma carranca cruzou seu rosto.

— Preciso da Willow.

— Não sei onde ela está.

— Mas ela vai até você quando precisa de coisas. Willow é usuária.

E ele era um idiota.

Dennett inclinou a cabeça.

— Você não é o que eu esperava. Achei que encontraria uma drogada exausta, com a aparência fraca, como a da Willow. — Ele estendeu a mão para tocar o cabelo de Gia. — Você é muito atraente.

Ela bateu na mão do homem.

— Não estou com as joias e não tenho ideia de para onde a Willow fugiu. Me deixe fora disso.

Ele sorriu, mas não de um jeito bom.

— Não gosto de falhar, Gia. Nem de perder dinheiro ou ser feito de bobo por uma prostituta drogada.

Encantador.

— Não. Tenho. Nada. Com. Isso.

— Ela vai voltar de forma furtiva para você em algum momento. Você é a única pessoa que não a cortou.

O estômago de Gia se apertou. Essa constatação a deixou triste. Ela empurrou o cabelo para trás.

— Olha, estou cansada disso. Meu apartamento foi destruído. Seu capanga quer se vingar.

Dennett se recostou na cadeira.

— O Lex foi altamente recomendado, mas tem sido uma decepção.

— Bem, ele também é um idiota. Agora vou embora... — Ela estendeu a mão para a maçaneta da porta.

Dennett segurou seu braço, rápido como uma cobra.

— Acho que não.

De repente, a porta foi aberta. O rosto frio e enfurecido de Saxon apareceu.

Ele segurou o outro pulso de Gia, e ela se viu presa em um cabo de guerra entre dois homens muito perigosos.

Olhou além de Saxon e viu o bandido de Dennett deitado na calçada, inconsciente.

— Solte-a — Saxon ordenou.

O tom letal fez Gia engolir em seco.

— Quero minhas joias, Buchanan — Dennett grunhiu.

— Então, encontre-as. Não estão com a Gia, e ela não existe mais para você.

— Ela é minha melhor pista para encontrá-las.

— Encontre outra maneira, ou vai ter que lidar comigo e com toda a Norcross Security. O Vander já te avisou. Ele não é um homem que gosta de se repetir.

Dennett apenas olhou para Saxon, ainda segurando o pulso de Gia.

Não queria que ele a tocasse. O que é que ele estava esperando?

De repente, um homem apareceu atrás de Saxon e apontou uma arma na sua cabeça.

Gia ofegou, sentindo o medo envolvê-la.

Dennett sorriu. Era presunçoso. Ele estava protelando, esperando que o outro capanga idiota aparecesse.

A expressão de Saxon não mudou. Não demonstrou medo ou preocupação.

— Quer mesmo fazer isso da maneira mais difícil?

— Saxon... — O estômago de Gia se contraiu em um nó apertado. Tudo o que ela podia ver era o cano da arma pressionado contra sua têmpora. Ele poderia se machucar. Esse pensamento roubou o ar de seus pulmões.

Ele se moveu como um raio. Empurrou o cotovelo

para trás, e o capanga de Dennett grunhiu. A arma dispa-rou, mas Saxon era um turbilhão em movimento. Dois socos e um chute, e o bandido estava em posição fetal na calçada.

Se abaixando, Saxon pegou a arma do homem.

Tudo aconteceu tão rápido que Gia não teve tempo de se mover ou gritar.

— Ah, meu Deus. — Ela tentou não hiperventilar. — Você está bem?

Saxon apenas olhou para o bandido.

Em seguida, a porta do lado de Dennett foi escanca-rada e um Vander irritado apareceu, com uma Glock na mão.

— Eu te disse para esquecer que a Gia existe.

Ah, droga. Gia odiava quando Vander entrava no modo *homem de gelo assustador*. Ela o amava muito, mas às vezes, ele ainda a fazia tremer de medo.

Dennett empalideceu e gotas de suor brotaram em sua testa.

— Eu só queria falar com ela.

— Mentiroso — ela resmungou.

Saxon a puxou para fora da limusine. Ela ouviu sirenes e viu uma viatura policial parar em frente ao Locker Room.

Bem, olhando pelo lado bom, pelo menos seu cliente teria notícias na imprensa de forma gratuita.

— Vá embora, Dennett — Vander ordenou. — Se eu te vir perto da minha irmã de novo, vou te fazer se arrepender.

— Norcross...

— *Vá*. Antes que eu mude de ideia.

Gia começou a tremer, e Saxon a puxou contra seu peito. Ela observou enquanto a limusine se afastava e o abraçava com força.

— E a Haven? — ela perguntou.

— Ela está bem. Está com o Rhys.

Gia moveu a mão pela manga da camisa dele e sentiu algo úmido e pegajoso. Ela franziu o cenho.

— Saxon? — Ela ergueu a mão.

Sangue.

Qualquer pensamento racional que ela pudesse ter, desapareceu.

— Ah, meu Deus, você levou um tiro!

Vander ergueu a cabeça.

— Foi de raspão — Saxon falou. — Está tudo bem.

— Você levou um tiro! — A voz de Gia aumentou para um grito.

— Gia, não perca o controle — ele retrucou.

— Tarde demais. Precisamos levá-lo ao hospital.

— Não vou para porcaria de hospital nenhum.

Ela semicerrou os olhos.

— Vai, sim.

— Não vou, não.

Gia soltou um suspiro frustrado.

— Saxon Buchanan, seu idiota teimoso...

— Vou limpar em casa. Tenho um kit de primeiros socorros bem abastecido. Todos nós temos.

Vander olhou para o braço de Saxon e assentiu.

Gia ergueu as mãos.

— Macho arrogante. *Eu vou* limpar isso.

Ele levou um tiro. Por ela. Uma mistura confusa de emoções se agitou em seu interior.

Observando-a, o rosto dele suavizou.

— Tudo bem, *Contessa*.

Ela retribuiu o sorriso, então viu Vander olhando para eles com curiosidade.

— Certo — Gia falou. — Preciso ver a Haven e encontrar a minha bolsa. Depois disso, pode me chamar de enfermeira Norcross.

Os olhos de Saxon faiscaram de prazer.

DENNETT TINHA LEVADO GIA. Colocado as mãos sobre ela.

Saxon a puxou para fora do bar. Ela estava com a bolsa e se despediu de Haven e de seus irmãos. Vander estava em algum lugar, conversando com a polícia.

Seu braço doía, mas sabia que não era nada. Tinha passado por maus momentos quando estava no Ghost Ops. Havia sangrado em vários desertos empoeirados. Uma vez, quase não voltou para casa.

Rhys, Vander, e o resto da equipe se arriscaram para salvá-lo.

— Saxon, tem certeza de que está bem? — Os olhos castanhos de Gia cintilavam com preocupação. Por ele.

— Ficarei feliz quando você sair da rua.

— Estou me referindo ao seu braço.

— Eu te disse, está tudo bem.

Ela ficou surpreendentemente quieta por um momento.

Pararam em frente ao Bentley. Saxon se virou para olhá-la.

— Você está bem?

Ela assentiu.

— Decidi não perder a cabeça. Odiei estar com o Dennett. — Ela estremeceu. — Não sei mais como convencê-lo de que de que não estou com as joias. De qualquer forma, fiquei com medo, mas a raiva venceu. — Sua voz baixou. — Fiquei mais assustada quando percebi que você havia levado um tiro.

Saxon se aproximou, e ela apoiou as mãos no peito dele.

— Estou bem — ele a tranquilizou. — Vivo e respirando.

Ela moveu a mão sobre o coração dele.

— Eu realmente não gosto de te ver levar um tiro.

— Eu também não.

— Pode evitar isso no futuro?

Ele sorriu.

— Farei o meu melhor.

Então ele inclinou a cabeça. O beijo foi mais lento e profundo do que os anteriores. Ele sentiu o gosto dela, aromatizado pelo vinho. Ela o encheu de uma necessidade aguda e torturante.

— Que porra é essa?

A voz aguda fez os dois se separarem.

Saxon avistou Vander parado ali perto, com as mãos nos quadris. Ele estava olhando para os dois, furioso e incrédulo.

— Vander... — Gia começou.

— Ela é minha irmã — Vander grunhiu.

— Eu sei — Saxon respondeu.

— Você é como um irmão para mim. Confiei em você.

145

Gia se moveu, mas Saxon a segurou.

Ele tinha ferrado com tudo. Sabia que deveria ter arranjado tempo para falar com Vander mais cedo.

— Você sai e descarta mulheres o tempo todo — Vander continuou. — Faz mais esforço por seus ternos do que por elas.

Gia estremeceu.

— Nunca se aprofunda e nem as deixa se aproximar — Vander resmungou.

Saxon enrijeceu, não gostando da sensação desagradável que o atingia.

— Você está dizendo que não sou bom o suficiente para ela?

— Estou dizendo que quando você se cansar, vai magoá-la. E então eu vou te matar.

— Vander — Gia retrucou. — Nós estamos...

— Entre no carro, Gia — Saxon falou.

Seu olhar enfurecido se voltou para ele.

— O quê?

— Isso é entre o Vander e eu. Entre no carro. — Ele fez uma pausa. — Por favor.

Ela hesitou, então bufou.

— Idiotas viciados em testosterona. — Ela abriu a porta do passageiro do Bentley. — É só da minha conta com quem eu transo, Vander.

Seu irmão estremeceu de leve.

— Você não deveria ter se envolvido com ele. Isso estraga tudo para nós.

— Você não tem direito a voto — ela retrucou. — Minha vida amorosa não é uma democracia. — Ela entrou no carro e bateu a porta com força suficiente para fazer o Bentley balançar.

— Esta não foi uma decisão precipitada. — Saxon levantou a mão e a passou pelo cabelo. — Vê-la em perigo...

— Você pensou em dar em cima da minha irmã enquanto ela estava vulnerável e chateada?

— Não — Saxon insistiu.

Vander apontou um dedo para Saxon.

— Estou muito chateado com você. Aviso justo, vou te encher de porrada. — Ele se virou e se afastou.

Saxon soltou o ar com força. As coisas não correram bem. O gosto ruim em sua boca se intensificou. Vander era seu melhor amigo.

Mas queria Gia em sua vida.

Não ia permitir que ninguém ficasse entre eles. Nem Vander, e especialmente ela mesma.

Se sentou no banco do motorista. A mulher estava furiosa, olhando para frente. Ele ligou o carro e arrancou. Dirigiu até sua casa e entrou na garagem subterrânea.

— Não tenho nenhuma roupa limpa comigo — ela comentou.

— Vou te emprestar uma camisa para dormir. Amanhã cedo, eu te levo para sua casa antes do trabalho para se trocar.

Ela assentiu.

— Está tudo bem com o Vander?

Saxon desligou o motor.

— Não.

Ela soltou um suspiro.

— Não entendo toda essa besteira de macho alfa.

— Porque você não tem o equipamento certo.

Ela lançou um olhar fulminante para ele.

— Talvez porque tenho um cérebro e o uso.

Saxon sorriu e se mexeu no banco, mas isso fez seu ferimento doer, e ele estremeceu.

Gia percebeu.

— Vamos. Precisamos limpar isso.

Subiram as escadas e, na entrada, ele acendeu algumas luzes.

Ela suspirou, olhando ao redor.

— Eu realmente amo a sua casa.

Enquanto subiam, Saxon percebeu que havia escolhido um monte de coisas para a casa sabendo que Gia iria gostar. Ele diminuiu os passos. *Merda*. Ele havia escolhido e decorado inconscientemente essa casa para ela? *Puta merda*.

— Onde está o kit de primeiros socorros? — ela perguntou.

Ela estava alguns passos à sua frente e seu olhar caiu para a bunda empinada. De repente, seu ferimento não doía tanto.

Merda. Não. Ela teve uma noite difícil, e Vander estava chateado. Saxon finalmente tinha Gia Norcross, então iria se demorar quando ficassem nus. Não seria apressado e nenhum desses monstros estaria pairando entre eles.

Ela se virou e olhou para seu rosto.

— Você está bem?

— Sim, baby. O kit de primeiros socorros está no banheiro principal.

Eles entraram no quarto, e ele a ouviu suspirar. Gia

olhou para a cama, depois para a janela com sua vista frondosa.

Em seguida, ela se virou e viu o closet.

— Ah. Meu. Deus.

Havia pura luxúria em seus olhos enquanto espreitava pelo enorme armário. Sorrindo, Saxon a observou circundar a ilha no meio. Em seguida, ela tocou as camisas penduradas.

— Quantos ternos você tem? — ela perguntou, com uma sobrancelha arqueada.

— Quantos pares de sapatos você tem?

Ela sorriu.

— Não o suficiente. Este é o armário dos meus sonhos.

Ela puxou uma gaveta da ilha. Todas as abotoaduras estavam em fileiras organizadas. Então abriu mais uma que continha sua coleção de relógios.

— Caramba, Saxon. — Ela balançou a cabeça, acariciando um de seus Rolex. — Você e seus relógios.

Ele pigarreou.

— Hum, isso é só a metade do armário.

Ela piscou.

— O quê?

— Existe o lado *dele* e o *dela*...

Gia passou por ele. Quando Saxon se virou, ela já havia passado pela porta. Obviamente, o armário *dela* estava vazio.

Puta merda, ele se lembrou de que os armários foram decisivos para fechar o negócio quando comprou o lugar. Ele sabia que Gia iria cobiçá-los.

Ele comprou esta casa para ela.

Ela girou no centro do armário vazio, balançando a cabeça.

— Certo, é melhor não te deixar sangrar até a morte por estar ocupada babando em seu armário.

— Não vou sangrar até a morte.

Andando depressa, ela se dirigiu ao banheiro. Deu outro suspiro feliz ao ver o enorme chuveiro e a banheira independente de pedra.

— O kit de primeiros socorros está do lado esquerdo da bancada — ele avisou.

Ela andou pelo banheiro espaçoso com pias duplas e abriu o armário. Pegou um kit gigante de primeiros socorros e o abriu. E então, franziu a testa.

— Isso está bem usado. Está faltando muitas coisas.

— Imprevistos acontecem.

Ela apertou os lábios.

Saxon puxou um banquinho de madeira que ficava ao lado da bancada e se sentou. Ela o ajudou a tirar o paletó, e foi quando viu o sangue manchando a manga da camisa branca.

Ela sibilou.

— Saxon!

— Droga, eu gostava dessa camisa e do paletó.

— Não brinque agora, Saxon Buchanan.

Gia começou a desabotoar a camisa dele. Humm, Gia Norcross parada bem na sua frente, desabotoando sua camisa.

Com cuidado, ela começou a tirar a camisa arruinada.

— O Vander tem razão — ele resmungou. — Não sou bom o suficiente para você.

Ela parou de repente.

— Não foi isso que ele disse.

— Sou péssimo em relacionamentos porque nunca tive um, nem queria...

Seus olhos encontraram os dele.

— Você quer um agora?

Ele viu a pulsação vibrar em seu pescoço.

— Quero você mais do que qualquer coisa que já quis na minha vida.

Gia olhou para ele, e a conexão entre os dois pulsou.

Então ela olhou para seu braço.

— Droga, Saxon, isso deve estar doendo muito.

— Já estive pior.

Ela semicerrou os lindos olhos e começou a pegar as coisas no kit. Limpou a ferida, focada e com cuidado. Terminou com um curativo, se inclinou e beijou o local.

Saxon segurou seu braço.

— Estou tentando ser um cavalheiro hoje. Você teve um dia difícil. Precisa descansar.

— Não precisa bancar o cavalheiro.

— Não vou estragar tudo, Gia. — Ele segurou sua bochecha e a beijou, mas se afastou quando ela gemeu baixinho. — Vou encontrar uma camiseta para você usar na cama.

— Vou pegar analgésicos para você.

— Não. — Ele franziu a testa. — Odeio tomar remédio.

Ela inclinou o quadril, cheia de atitude.

— Que pena. Sou eu que estou cuidando de você, Saxon Buchanan, e você vai tomar os comprimidos.

Sentiu o peito se apertar. Ninguém jamais cuidou dele. A equipe médica já o havia enchido de remédios, claro, mas ninguém se preocupou. Quando criança, as únicas pessoas que cuidavam dele eram aquelas que eram pagas para isso.

Ele ergueu o queixo.

— Está bem.

— Ótimo.

— Gia, não vou transar com você hoje, mas quero que durma na minha cama.

Ela mordeu o lábio.

— Tudo bem, Saxon.

CAPÍTULO DEZ

E la acordou com o rosto apoiado sobre um peito duro, coberto por pele dourada e tatuagem preta intrigante. Um braço forte envolvia seu corpo, mantendo-a presa a ele.

Saxon.

Gia lutou contra a névoa do sono, sentindo pequenos formigamentos por toda parte. Estava grudada nele. Olhou para o corpo do homem ao seu lado e se acalmou.

Nunca o tinha visto dormir antes. Acordado, ele era sempre muito confiante e intenso, mas adormecido, parecia mais relaxado e juvenil. Ou tão juvenil quanto Saxon Buchanan poderia parecer.

O desejo quente e avassalador a atingiu. Não podia continuar lutando contra ele por muito tempo. Ela o queria. Desesperada e completamente.

Gia Norcross queria Saxon Buchanan.

Sentiu o medo apertar seu estômago. Ele poderia magoá-la. Destrui-la.

Seus olhos se abriram, e ela sustentou seu olhar. Ela nunca foi covarde.

— Bom dia. — Sua voz estava rouca de sono.

— Bom dia. Como está o seu braço?

A mão dele desceu por seu corpo, segurando a bunda que estava coberta apenas pela calcinha de seda. A camiseta que ela pegou emprestada havia subido.

— Que braço? — ele perguntou.

Ela acariciou seu peito. Ele era tão gostoso.

— Saxon.

— Está bem. Não sinto nada.

— Que bom. — Continuaram olhando um para o outro.

Que se dane. Ela se inclinou e o beijou. Humm, era tão bom. Sua língua acariciou a dela, e o gemido de Gia se misturou com seu.

Ela se moveu, montando nele e segurando suas bochechas. Mais. Ela precisava de mais.

Com um grunhido, ele se virou, prendendo-a na cama. Em seguida a girou para que suas costas e bunda se aninhassem em seu corpo.

— Saxon...

— Tudo meu. — Seu grande corpo a manteve presa. Sua mão deslizou sobre a barriga de Gia, e ela ofegou.

— Posso te tocar e te acariciar como eu quiser. — Ele deslizou a mão pela sua calcinha. — Te amar como eu quiser.

Ela soltou um gritinho. Seus dedos encontraram o clitóris e o acariciaram. Ela inclinou os quadris e os empurrou em sua direção.

— Fique quieta — ele grunhiu.

— Eu quero te tocar.

— Mais tarde.

Ele apertou e acariciou seu clitóris. *Caramba*. Era demais, mas não o suficiente.

Saxon continuou seus movimentos e logo Gia estava gemendo seu nome.

— Tão gostosa. Você me deixou duro como aço. — Ele empurrou o pau duro contra sua bunda. — Preciso te provar.

Antes que Gia conseguisse juntar duas palavras, ele se moveu. Saxon a deixou de costas e ficou por cima. Ela adorava olhar para aquele peito, aquelas tatuagens. Ele tirou sua calcinha e a camiseta e deu um beijo em sua barriga. Ela estremeceu.

Então ele abriu suas pernas e grunhiu. Passou os dedos pela bela faixa de pelos em sua boceta.

— Gosto disso. — Saxon abaixou a cabeça. — Tão bonita, *Contessa*.

Ele colocou as mãos no traseiro de Gia e sua boca a alcançou

Ah. O cérebro dela paralisou. Saxon colocou suas pernas sobre os ombros, e então lambeu e chupou.

Com um grito agudo, Gia arqueou as costas. Ela agarrou os cabelos dele.

— *Saxon.*

Ele sugou seu clitóris e os gritos se tornaram desesperados. Gia cravou os calcanhares nas omoplatas dele. O homem era muito bom nisso. Um perito.

Com outra lambida, Gia implodiu. Ela gritou, seu corpo tremia e um intenso prazer a queimava por dentro.

Ela caiu de volta na cama, sentindo os membros

muito pesados para se moverem. Ele se ajoelhou na frente dela, com os lábios brilhando e um olhar presunçoso no rosto. Umedeceu os lábios e sua barriga se contraiu. Sexy demais.

— Parece que um orgasmo te ajuda a acordar tanto quanto o café.

— Você é bom nisso — ela falou, sem fôlego.

— Sou bom em muitas coisas. — O olhar dele percorreu seu corpo. — Você torna mais fácil te dar prazer. É muito responsiva. — Ele passou a mão pela sua coxa e a fez estremecer. — Você gosta de controlar tudo em sua vida, então eu não tinha certeza se você se entregaria com facilidade.

Ela umedeceu os lábios.

— Geralmente não me entrego. A menos que eu confie na pessoa.

Os olhos dele brilharam.

— Também fiz muitos treinamentos para ler as pessoas. Acho que uso isso para assistir e ver do que você gosta.

Ele se referia ao treinamento militar, e provavelmente ainda o usava em seu trabalho. Gia já havia notado que Saxon Buchanan era muito perspicaz.

Ela olhou para a boxer que protegia um pênis grande e muito ereto.

— Então... — ela falou devagar.

O rosto de Saxon ficou tomado pela decepção.

— Baby, a menos que você possa faltar do trabalho hoje...

Ela balançou a cabeça.

— Não posso.

— Então temos que nos mexer. Precisamos parar na sua casa para que você possa se trocar.

Ela virou a cabeça e olhou para o relógio. Merda, já estavam atrasados. Pela primeira vez em muito tempo, Gia pensou em não ir.

Saxon segurou seu queixo.

— Quero tempo. Não uma transa rápida.

As palavras a fizeram estremecer.

— Eu também.

— Tudo bem. Vou tomar um banho. Frio. É melhor você usar o banheiro de hóspedes se quiser que eu mantenha as mãos longe.

Ele se virou para o lado da cama.

Foi quando Gia viu a massa de cicatrizes na lateral do seu corpo, bem perto da cintura. Franzindo a testa, ela rastejou pela cama e o tocou.

Ele ficou quieto.

Eram antigas, mas grandes. Os sulcos grossos de tecido cicatricial se cruzavam. Algumas eram cicatrizes cirúrgicas e havia uma parte circular. *Ferimento de bala.*

Ela engoliu em seco, se sentindo enjoada.

— Saxon, o que aconteceu?

Ele não a olhou.

— Foi há muito tempo. Em uma missão confidencial.

Ela acariciou a cicatriz e se perguntou por que ele não a olhava, o que era que ele não estava dizendo.

Finalmente, ele virou a cabeça e sorriu. Não era um sorriso normal de Saxon. Ele estendeu a mão e a puxou para fora da cama.

— Mexa-se, *Contessa.*

Queria pressioná-lo para saber mais, mas não tinham

tempo. Afastando seus sentimentos, ela lançou um sorriso atrevido e caminhou para fora do quarto. Tomou banho no quarto de hóspedes que havia usado na outra noite, e torceu o nariz ao colocar as roupas do dia anterior.

Saxon já tinha feito café, e ela seguiu o cheiro escada acima. Foi direto para a ilha, pegou a caneca fumegante que estava lá e engoliu a bebida com gratidão.

— Humm.

Ele sorriu para ela.

Gia comeu uma torrada enquanto ele segurava uma tigela de cereal, comendo e lendo as notícias em um tablet. Olhou ao redor da fabulosa cozinha. Isso era muito... doméstico. E ela gostou.

Gia mordeu o lábio, mas afastou a preocupação. Era hora de tirar a cabeça da areia. Saxon não a deixaria. Parecia que eles iam fazer isso.

E... ela não queria que ele a deixasse.

Ela o queria. Era hora de enfrentar isso. Não seria uma dificuldade. Olhou para ele, que estava usando um lindo terno Hugo Boss. O relógio Patek Philippe em seu pulso brilhou ao refletir a luz. Gostoso, rico e elegante.

— *Contessa*, você precisa parar de olhar para mim assim.

O olhar dela pousou no rosto dele.

— Posso te olhar como eu quiser, Saxon Buchanan. — Ela tomou um gole do café.

Ele balançou sua cabeça.

— Sei que você vai discutir sobre qualquer coisa, mas vamos nos mexer para sair. E, Gia, quando estivermos na sua casa, pegue algumas roupas. O que você precisar para ficar aqui.

Ela abriu a boca.

Saxon ergueu a mão.

— Sem discussão. Apenas faça.

Ela bufou.

— Está bem.

Depois de uma rápida viagem até sua casa, Gia trocou de roupa e colocou um vestido preto Ralph Lauren com mangas curtas. Combinou com sapatos Gucci pretos e uma pulseira vermelha. Em seguida, prendeu o cabelo em um coque apertado e elegante.

Pegou a mala vintage de viagem Mark Cross e embalou algumas roupas e produtos de higiene pessoal. Tentou não se concentrar no que significava levar coisas para a casa de Saxon.

— Estou pronta. — Com a bolsa Louis Vuitton e a maleta, ela voltou para sala.

A visão de suas pinturas perdidas, vasos e outras coisas que agora haviam sumido fez seu coração doer.

— Com certeza está.

Com a fala arrastada de Saxon, ela olhou para cima. Ele a estava olhando com apreciação flagrante no olhar. Ele se aproximou e pegou a sacola.

Ela sorriu.

— Vamos andando, Buchanan.

No caminho para o escritório, Gia olhou pela janela. Ela mordeu o lábio, com os pensamentos girando. Saxon estava cuidando dela. Assim como seus irmãos e Haven.

Willow estava lá fora em algum lugar, mas não tinha ninguém. Estava preocupada demais com a amiga.

— Você está pensando na Willow.

Gia estremeceu e percebeu que ele havia estacionado o carro na frente do prédio e a estava encarando.

— Eu me preocupo com ela. O Dennett está realmente chateado. — Gia passou a mão por seu cabelo, alisando-o. — Só queria saber onde ela está.

— Vou encontrá-la.

Ela abriu a boca.

— O quê?

— Vou encontrá-la.

— Para mim?

— Sim. E porque eu acho que a Willow sabe mais do que ela compartilhou.

— Você não sabe disso. — Emoções conflitantes a atingiram.

— Gia, sou o mediador do seu irmão. Sei onde procurar para descobrir informações e resolver problemas. — Ele se inclinou e acariciou sua bochecha. — Vamos subir. Vou pedir ao Ace para ficar de olho em você enquanto rastreio a Willow.

Saxon a acompanhou escada acima, e ela o observou sorrir para Ashley. A assistente de Gia suspirou de forma dramática.

Criando coragem, Gia se virou, segurou seu paletó e o beijou.

Ele ficou rígido por um segundo, como se ela o tivesse surpreendido, mas retribuiu o beijo até que ela ficasse tonta.

— Gosto quando você me beija, *Contessa* — ele murmurou contra seus lábios. — Fique aqui dentro e fora de problemas. O Ace vai chegar em breve.

— Tenha cuidado, Saxon.

Ashley o observou ir, então olhou para Gia.

— Você teve outro orgasmo matinal.

— Sem comentários.

— Eu não sou paparazzi.

Gia pigarreou. Mudança de assunto.

— Outro funcionário da Norcross, o Ace, está vindo. — Gia olhou para cima. — Ah, ali está ele.

Ace entrou, usando calça de terno e camisa xadrez azul com as mangas dobradas. Ele carregava uma mochila de laptop sobre o ombro largo.

— Onde seu irmão encontra esses caras? — Ashley sussurrou.

— Enxugue a saliva. — Gia se virou. Era hora de trabalhar.

EM SEU ESCRITÓRIO, Saxon verificou algumas pesquisas que estava fazendo. Willow não tinha ido longe. Estava certo disso.

Eu vou te encontrar.

Ele não deixaria ninguém machucar Gia.

Sentiu um movimento na porta e olhou para cima, se deparando com Vander. A mandíbula de seu amigo estava tensa e seus olhos azuis-escuros, tempestuosos.

Saxon respirou fundo.

— Você ainda está chateado.

— Estou, sim — Vander grunhiu. — Você deveria ter me contado. Eu não precisava descobrir que o meu melhor amigo está transando com a minha irmã vendo sua língua na garganta dela.

— Tem muita coisa acontecendo...

— Vá se foder, Saxon. — Vander passou a mão pelo cabelo preto. — Você é como um irmão para mim. Passamos por muitas coisas juntos. Agora isso?

— O que está acontecendo? — Rhys apareceu, carrancudo.

Vander olhou para seus sapatos.

— Saxon e Gia.

— Saxon e Gia o quê? — Rhys parecia confuso. — Vocês finalmente tentaram se matar?

Saxon olhou para o teto.

— Não.

— Ainda não — Vander falou.

— Não estou planejando magoá-la — Saxon falou.

— Mas você vai — Vander rebateu.

— O quê? — Rhys olhou entre eles como se estivesse tentando juntar as peças de um quebra-cabeça.

— Ele está trepando com a Gia — Vander respondeu.

— Ainda não — Saxon grunhiu. — E não fale sobre ela assim.

— Saxon e Gia. — Cerca de cem emoções cruzaram o rosto de Rhys em um instante.

— O que está acontecendo? — Haven apareceu. — Acabei de entrar para levar o Rhys para tomar um café, e posso ouvir vocês da porta da frente.

— Saxon e Gia... — Rhys parecia estar lutando para encontrar as palavras certas. — Estão juntos.

Haven olhou para Rhys e depois para Vander.

— Vocês dois acabaram de descobrir isso? — Ela balançou a cabeça. — Achei que fossem investigadores de primeira.

Rhys mudou de posição, e a carranca de Vander endureceu.

Haven arqueou uma sobrancelha.

— Os dois geraram tensão sexual suficiente para alimentar uma usina nuclear.

— Ela é minha *irmã* — Vander falou.

— E eu estou apaixonado por ela. — As palavras escaparam, e Saxon enrijeceu. Merda, ele acabou de dizer isso em voz alta?

Haven bateu palmas, sorrindo para ele.

Saxon esfregou a nuca. Merda. Puta merda. Ele estava apaixonado por Gia.

E agora? Ele não sabia nada sobre amor. Olhou para cima e viu que Rhys tinha um sorrisinho no rosto, e Vander estava apenas olhando para ele.

— Você deveria ter me dito isso — Vander falou.

— Hum, estou descobrindo isso agora.

— Se você magoá-la... — Vander não completou a frase.

Ele encontrou o olhar de seu melhor amigo.

— Vou mantê-la segura e fazê-la feliz.

— Cara, você é corajoso. — Rhys sorriu para ele.

Haven deu um tapa no peito do namorado.

Vander balançou a cabeça.

— Tudo bem, vamos conversar sobre o trabalho. Onde você está com Dennett e o diamante?

— Estou rastreando a Willow. A Gia quer encontrá-la.

Vander franziu o cenho.

— Conseguiu algo?

— Estou chegando perto.

— Tudo bem, me mantenha informado. — Com um aceno de cabeça, Vander saiu.

Saxon soltou um suspiro, feliz por ele e Vander terem desanuviado o ar.

— Entãããoo — Haven disse, com um sorriso conhecedor.

— Boca fechada, Haven. Não conversei sobre tudo com a Gia. Droga, eu mal a convenci a me dar uma chance.

Haven acenou para ele.

— Aposto em você, Saxon.

Ele sorriu para ela.

— Obrigado, Haven.

Rhys arrastou sua mulher para longe.

— Vamos, anjo.

Naquele momento, uma notificação soou no laptop de Saxon. Havia uma mensagem de Ace. Ele a leu e seus músculos ficaram tensos. *Merda*. Eles encontraram Willow. Ele examinou as informações. Aquela vadia.

Controlou sua raiva e ligou para Ace.

— Estou a caminho. Vou pegar a Gia e levá-la comigo.

— Tudo bem — Ace respondeu. — Sem pressa. Eu gosto do escritório da Gia. Aqui tem paisagens bonitas.

— Contanto que a paisagem não inclua minha mulher.

Ace riu.

— Ela sabe que você a reivindicou?

— Sim. Não está totalmente de acordo ainda, mas estou trabalhando nisso.

Saxon dirigiu até a Firelight PR, estacionou, depois correu escada acima.

Viu Ace sentado em uma mesa perto de Ashley, curvado sobre o elegante laptop de alta potência. Várias funcionárias o observavam.

— Oi, Ace.

O outro homem ergueu o queixo.

— Vai falar com a amiga?

— Sim.

Ace fechou o laptop.

— Boa sorte.

— Obrigado por ficar de olho na Gia.

Seu amigo piscou.

— Sem problemas. — Com um aceno, Ace saiu.

— Ela está livre? — Saxon perguntou a Ashley.

A mulher assentiu.

— Você pode liberar a agenda dela pela próxima hora?

— Certo. Felizmente, posso fazer milagres.

Ele entrou no escritório de Gia. Ela estava em sua mesa, rabiscando notas. A luz das janelas fez sua pele brilhar.

Linda. E toda sua.

— Oi — ele disse.

— Saxon. — Ela sorriu para ele, mas a expressão feliz se desfez. — O que há de errado? O Dennett machucou alguém?

— Encontrei a Willow.

Gia ofegou e se levantou.

— Tão rápido?

Ele assentiu.

— Ela está enfurnada em um hotel na cidade.

Gia caminhou até ele.

— Obrigada.

— Não me agradeça ainda. Vamos bater um papo com ela.

— Não estou recebendo boas vibrações aqui.

— Pegue sua bolsa, *Contessa*.

Ele os levou em direção a Nob Hill. Quando parou em frente à fachada histórica do Fairmont, o hotel mais chique de São Francisco, Gia franziu a testa.

Saxon segurou sua mão e caminhou direto para a grandiosidade do opulento saguão. Era todo em mármore, com colunas elegantes e toques em dourado. Perto dos elevadores, um jovem com o uniforme do hotel apareceu e acenou para Saxon.

Eles circundaram um grande vaso de plantas e o homem, que trabalhava na equipe de manutenção do hotel e era um dos contatos de Saxon, entregou um cartão-chave para ele.

— Ela está em uma suíte. — O jovem murmurou o andar e o número do quarto.

Saxon lhe deu algum dinheiro.

— Obrigado, Joe.

Ele segurou a mão de Gia e a puxou para o elevador, usou o cartão e apertou um botão para um dos andares superiores.

— Em uma suíte? — Gia franziu a testa. — Como ela está pagando por isso? Ela não tem dinheiro.

Saxon não respondeu.

O elevador diminuiu a velocidade, e eles saíram. Ele parou na frente da porta e bateu.

— Serviço de limpeza.

— Não, obrigada — a resposta soou abafada.

Gia enrijeceu. Era a voz de Willow.

Saxon passou o cartão pela fechadura, e eles entraram. Eles viraram no corredor, chegando à grande sala de estar.

Uma Willow furiosa saiu de um quarto.

— Eu disse... — Ela se interrompeu e o pânico se formou em seu rosto.

— Willow. — Gia deu alguns passos em sua direção. — Que merda é essa? Estive muito preocupada com você.

O olhar de Gia analisou a sala. As cortinas estavam fechadas e as sacolas de compras espalhadas por todo o chão. Seu olhar caiu sobre a brilhante mesa redonda. Uma garrafa de champanhe pela metade estava em um balde de gelo, um cartão e uma carreira pó branco estavam ao lado, junto com restos de alguns morangos mergulhados em chocolate.

Havia também uma bolsa de veludo preta na superfície, uma esmeralda e um rubi saindo dela.

Saxon tinha adivinhado. Ace havia rastreado que Willow havia penhorado um rubi para pagar o hotel.

A raiva brilhou nos olhos de Gia.

— Você está com as joias.

Willow ergueu a mão.

— Gia...

Gia explodiu.

— Você destruiu a minha casa! Você pegou as joias!

CAPÍTULO ONZE

G ia não conseguia *acreditar* nisso.

— Foi você quem fez tudo aquilo. — A raiva e a mágoa se misturavam com violência em seu estômago. — Veio a mim pedindo ajuda, me usou, me colocou em perigo. Você destruiu a minha casa.

— Gia, ouça...

Viu Willow tentando parecer arrependida, tentando encontrar uma forma para manipulá-la. Respirando fundo, deu um passo à frente, e Saxon se aproximou, protegendo-a.

— Eu me preocupava com você — ela falou em voz baixa.

Willow se encolheu.

— Tentei te ajudar. Todos me disseram que você era venenosa, e eu te defendi. Mas você estava me usando. — Gia balançou a cabeça.

Saxon se aproximou o suficiente para que o peito dele roçasse em suas costas. Estava bem atrás dela. O apoio silencioso de que ela precisava.

O olhar de Willow se voltou para ele e seu rosto se contorceu.

— Ah, então agora que você está transando com Saxon Buchanan, transando com um pau rico, você está me largando como se eu fosse um lixo?

— Isso não tem nada a ver com o Saxon. — Gia endureceu o tom. — Eu não posso acreditar em você!

Willow tentou bancar a magoada de novo.

— A minha vida é uma merda, minha família não gosta de mim, todos me desprezam...

— Você não pode continuar usando essa desculpa. Não pode continuar bancando a vítima.

A expressão de Willow ficou venenosa.

— É fácil para você dizer. A perfeita Gia Norcross. De boa família, com irmãos gatos, um cara gostoso e rico cuidando de você, é dona de uma sofisticada empresa de relações públicas.

Gia respirou fundo. Seus olhos estavam bem abertos agora.

— Posso ter tido sorte com a minha família, mas trabalhei muito para conquistar o que tenho. Não tomei nada como garantido, como se o mundo me devesse algo. Como se eu devesse receber tudo de mão beijada. Me dediquei muito na faculdade. Estudei e consegui meu diploma. Eu não vivia em festas e depois dormia com um professor casado na esperança de conseguir uma nota melhor.

Willow cruzou os braços e a olhou feio.

— Trabalhei muito, economizei e comecei a Firelight sozinha. E ainda estou trabalhando muito para ter sucesso. — Gia estendeu o braço. — Você olha para o sucesso, para as coisas boas e quer, mas não consegue ver o trabalho árduo por trás de tudo. O sangue, o suor, as lágrimas, as noites sem dormir. Só receber as coisas de mão beijada não é como a vida funciona, Willow.

— Vá se foder — a garota grunhiu.

A dor cortou Gia. Percebeu que a amiga do colégio, a garota que ria com ela por causa de maquiagem e garotos, para quem contava seus segredos havia sumido. A bondade em Willow secou ou estava enterrada profundamente sob o desperdício, o egoísmo e a inveja.

— Eu te amava. — A voz de Gia era um sussurro.

Willow a olhou feio.

— Você vem com a gente, Willow — Saxon declarou. — Pegue as suas coisas.

— Vá se foder você também, Saxon — ela retrucou.

Ele fez um som de escárnio.

— Prefiro não estar no mesmo lugar que você. Willow, você tentou de tudo para ferrar com a gente, mas te desiludimos dessa ideia uma centena de vezes.

O quê? Gia virou a cabeça para olhar para ele. *O que isso significa?*

Willow caminhou pela sala e calçou um tênis de corrida. Novos. Suas roupas também eram novas. Gia apertou os lábios. Enquanto estava preocupada e evitando bandidos, sua amiga estava fazendo compras, usando drogas e vivendo uma vida nobre.

De repente, ela disparou em direção à parede e apagou as luzes.

— Willow! — Gia gritou.

— Puta merda — Saxon resmungou.

Com as cortinas blackout fechadas, o quarto estava escuro como breu. Houve um baque surdo de móveis e, um segundo depois, o alarme de incêndio começou a tocar.

Os xingamentos de Saxon ficaram mais altos e mais criativos.

Puta merda, Willow. Gia cravou as unhas nas palmas das mãos.

Ela viu um flash de luz vindo da entrada e, em seguida, uma porta bateu. Gia deu um passo e quase tropeçou em uma cadeira.

As luzes voltaram, e ela avistou Saxon perto do interruptor, carrancudo. Várias cadeiras foram derrubadas.

Willow tinha sumido.

As joias também.

O estômago de Gia se apertou.

— Vamos. — Ele pegou a mão dela. — Não queremos ficar presos aqui respondendo perguntas dos seguranças.

Ele a puxou para fora da suíte e para a escada. As vozes ecoaram mais alto enquanto outras pessoas evacuavam.

Gia se sentiu desanimada. A mandíbula de Saxon estava tensa, e ele não parava de olhar para ela.

Finalmente saíram do hotel e foram até o Bentley.

— Você está bem? — ele perguntou quando entraram.

— Não. — Ela afivelou o cinto de segurança.

Ele colocou o carro em movimento no momento em que um carro de bombeiros passou rugindo, com luzes e sirenes tocando.

— O que você quis dizer com a Willow tentou ao máximo foder todos vocês?

Saxon apertou o volante.

Uma sensação horrível encheu seu estômago.

— Saxon, a única coisa que você sempre foi comigo foi honesto.

— Ela deu em cima de todos nós na época da escola. De mim e de seus irmãos. Sempre que você não estava por perto, ela se esfregava em nós, fazendo ofertas e tentando se esgueirar para a cama de seus irmãos quando ficava em sua casa.

Gia ofegou, sentindo uma sensação horrível por dentro.

— Você não pode estar falando sério...

— Nenhum de nós gostava dela, Gia. Nenhum de nós aceitou esse tipo de coisa.

— Ninguém me contou — ela sussurrou.

— Nós tentamos, de forma gentil, mas ela era sua amiga e você é leal pra cacete.

Deus. Ela não conseguia acreditar nisso.

— Ela sabia que eu tinha uma queda por você.

Ele virou a cabeça.

— Você tinha uma queda por mim?

— Desde o primeiro momento que te vi.

As chamas se acenderam em seus olhos.

— Gia...

— Ela sabia. E mesmo assim, tentou dormir com você.

Saxon olhou para Gia com cuidado.

A pressão crescia dentro dela. Deus, ela foi uma idiota. Willow jogou com ela. Por anos.

— Preciso de uma bebida.

— Está na hora do almoço.

— Não me importo. — Ela pegou o celular da bolsa e bateu nas teclas. — Ashley, não vou voltar para o escritório.

— O quê? — sua assistente gritou. — Você tem reuniões.

— Eu sei. Sinto muito. Cancele a ligação com o Diaz. Remarque para outra hora. Peça a Evan para fazer as outras reuniões.

— Ele vai ficar louco.

— Ajude-o.

Ashley deixou escapar um suspiro forte.

— Está bem. Nós vamos cuidar disso. — Ela fez uma pausa. — Você está bem?

— Não, mas nada que uma bebida forte não resolva. — Ou pelo menos, diminua a sensação.

— Tudo bem, Gia. Até logo.

Gia olhou para cima e percebeu que Saxon estava entrando na garagem da sua casa.

— Não estamos em um bar.

— Eu tenho bebida e acho que um lugar menos público será melhor para você perder a calma.

Ela cruzou os braços.

— Eu te conheço há muito tempo, *Contessa*. Sei quando a pressão está crescendo e você está prestes a explodir.

Ela semicerrou os olhos.

— Estou feliz que, pela primeira vez, você não esteja chateada comigo.

— Preciso de tequila, Buchanan. — Ela empurrou a porta do Bentley. — Agora.

Eles subiram as escadas, e ele a conduziu para a adega.

A parede de vinho brilhava suavemente com a luz de fundo. Havia uma mesa e quatro cadeiras de madeira lustrosa no centro do espaço, e um bar embutido de um lado.

Ele pegou uma garrafa de tequila e dois copos.

Ela olhou para o Gran Patrón.

— Esses são de cristal.

— Álcool tem um gosto melhor no cristal.

— Esnobe. — Dizer isso era a cara de Saxon.

Ele serviu a tequila. Instantaneamente, Gia tomou a dose. Ah, aquilo queimava. Complementou sua fúria latente.

— Ela me manipulou. O tempo todo, fui apenas uma idiota crédula.

Saxon tomou sua dose.

— Ela sente algo por você, mas ela é... egoísta e confusa. Não acho que tudo foi mentira.

— Mas muito foi. — Gia pegou a garrafa e deu um gole direto nela. — Vamos lá para cima. Quero me sentar no sofá e olhar para a aquela vista de tirar o fôlego enquanto tomo mais tequila.

Ele ergueu o queixo, e eles subiram as escadas. No nível superior, ela tirou os sapatos e tomou outro gole.

Gia colocou a garrafa na mesa da cozinha com um baque alto.

Então a represa dentro dela estourou.

— Estou muito chateada!

Caminhou até o sofá, pegou algumas das almofadas e jogou-as.

Elas caíram no chão, mas não foi muito satisfatório. Pisou nelas e soltou um gritinho de frustração. Enquanto pisava, seu cabelo se soltou do coque, caindo sobre os ombros.

— Ela me *usou*. Me colocou em perigo sem pensar duas vezes. Eu me preocupava com ela.

Saxon segurou os braços de Gia.

— Ela te machucou.

Gia ergueu o queixo.

— Não estou pensando nisso. Como eu pude ser tão estúpida?

Saxon segurou seu queixo.

— Você não é estúpida. É a mulher mais inteligente, espirituosa e sexy que já conheci.

Ela piscou, olhando para seu rosto bonito. Sua raiva se transformou em pura necessidade e seu corpo ganhou vida.

Todos esses anos, ela via Saxon como um inimigo, um aborrecimento, mas percebeu que ele estava ao seu lado, assim como os irmãos.

Ela o empurrou para trás até que ele se sentou no sofá.

Levantou a bainha do vestido e montou nele.

VER GIA NAQUELA POSIÇÃO, com um fogo no olhar, fez o pau de Saxon ficar duro em um instante.

Ele segurou seu queixo.

— Quer me usar, baby? Quer transar para extravasar toda essa raiva?

Ela se moveu contra ele, lançando um olhar desafiador. Lá estava ela. Sua Gia continuava lá. Ninguém a derrubaria por muito tempo.

— Talvez — ela finalmente disse.

— Eu não vou negar. — Ele segurou seu quadril curvilíneo e a pressionou contra seu pênis.

Gia entreabriu os lábios e gemeu seu nome.

— Mas não é só isso — falou. — Eu te quero. Sempre quis.

Com um gemido, ele a beijou, saboreando o gosto dela e da tequila.

— Eu também, *Contessa*. Para sempre.

A necessidade o dominou. O beijo se tornou rude, e ele enfiou a língua dentro de sua boca. Ela retribuiu o beijo, lhe dando tudo. Aquele corpo curvilíneo se moveu sobre ele como se ela não pudesse ficar parada.

Ela mordeu seu lábio inferior.

— Puta merda — ele murmurou.

Ela riu e o som o atingiu no estômago.

Saxon passou a mão por baixo do vestido e entre as pernas dela. Gia resistiu e o desejo rugiu em sua cabeça. Agarrando-se ao limite de seu controle, Saxon segurou sua calcinha e a rasgou. Ela ofegou.

— Essa linda boceta é toda minha. — Ele a acariciou, sentindo o quanto ela estava ficando molhada. Então deslizou um dedo dentro de seu calor úmido e apertado.

Entrelaçou os dedos na espessa massa de seus cabelo. Inclinou sua cabeça e arqueou as costas.

Em seguida, tocou seu pescoço com a boca. Os sons que ela fez o deixaram louco.

— Todo esse calor sob sua beleza. — Ele pressionou o polegar em seu clitóris.

Ela se moveu, se esfregando contra a mão dele. Saxon desceu a outra mão pelas costas dela e encontrou o zíper do vestido. Empurrou o tecido até a cintura de Gia.

O sutiã de renda preta parecido com uma teia de aranha o fez grunhir. Ele mostrava mais do que cobria.

— Tire o sutiã — ele ordenou.

Os olhos dela estavam pesados e as bochechas, coradas. Seus lábios estavam inchados. Ela nunca esteve mais bonita.

Gia alcançou as costas e um segundo depois, seu sutiã caiu. Os seios rosados estavam nus para ele.

— Linda. — Ele os segurou e se aproximou. Levou um mamilo à boca.

— Sim, *ah, Saxon.*

Ela se moveu sobre ele, entrelaçando as mãos em seus cabelos. Ele lambeu, chupou, a fez se contorcer e ofegar.

— O outro, Gia — ele grunhiu.

Ela jogou a cabeça para trás, oferecendo os seios a ele.

Saxon chupou o outro mamilo. Afundou outro dedo dentro dela, que estava molhada demais.

— Saxon. — Sua voz soou como um apelo.

Ele a beijou de novo.

— Você não pode imaginar o quanto é linda. — Sua voz era gutural. — Linda demais. Completamente minha.

Ela se moveu em sua direção.

— Menos conversa, mais sexo.

Caramba, ela era terrível. Foi preciso controle para não jogá-la no chão e estocar dentro dela. Ele queria tomar e possuir. Gia estava quase nua sobre ele enquanto ele ainda estava totalmente vestido. Sexy demais.

— Você quer meu pau dentro de você, *Contessa*?

Os olhos castanhos encontraram os dele. Diretos e francos.

— Sim.

— Abra minha calça, baby.

Ela alcançou seu cinto. O abriu e fez o mesmo com a calça. Então empurrou a boxer para baixo. Seu pênis finalmente estava livre.

— Saxon — ela murmurou.

Ele não podia esperar mais para entrar nela. Estendeu a mão, pegou a carteira e encontrou um preservativo dentro.

Enquanto fazia isso, Gia envolveu os dedos ao redor do seu pênis e o acariciou.

Merda. Seus músculos se contraíram. Pela primeira vez em muito tempo, ele receou gozar antes de entrar nela.

— *Contessa*, se me quer dentro de você, pare com isso. — Ele jogou a carteira no chão e abriu o pacote.

Gia o observou, mordendo o lábio enquanto ele colocava a camisinha. Ela estremeceu.

Em seguida, ele envolveu os dedos na ereção enquanto a outra mão segurava sua bunda. Ela se levantou e a cabeça de seu pênis deslizou pela entrada molhada.

As mãos dele agarraram os ombros de Gia, e a cabeça de seu pênis afundou um centímetro dentro dela.

— Saxon — Gia sussurrou.

Ele parou ali, querendo absorver cada pedacinho daquele momento.

Bom demais. Seus músculos tremeram e seu olhar encontrou o dela.

Precisava estar profundamente dentro de Gia, sem nada entre eles. Saxon gemeu. Empurrou para cima ao mesmo tempo que ela movia seu corpo sexy para baixo.

Conectados. *Finalmente.*

Ele estocou profundamente, e ela gritou, cravando as unhas em seus ombros.

— Como se tivesse sido feita apenas para mim, Gia.

— Saxon!

Ela ergueu os quadris, subindo e descendo.

— Tão apertada, baby. Molhada demais. Toda minha.

— *Sim.* — Ela se moveu mais rápido e seus olhares se encontraram.

— Monte meu pau, linda.

— Tão comprido e duro. — Sua voz era um gemido. — Você me preenche, Saxon. Provoca a mais doce dor.

Ela se moveu com mais intensidade. Saxon apertou as mãos em sua bunda bonita. Ele não tirou os olhos dela. Moveu uma mão entre eles e encontrou seu clitóris.

— Você está pronta para gozar no meu pau, Gia?

— Caramba, sim. Por favor, me faça gozar.

— Nós dois vamos gozar, baby.

Ela alcançou o clímax. Gritou o nome dele, arqueando as costas.

Linda demais.

Ele a deitou e o calor rugiu por ele. Saxon gozou, sua visão ficou turva, e finalmente se derramou dentro de Gia.

12

CAPÍTULO DOZE

Tentando recuperar o fôlego, Gia ficou esparramada sobre Saxon, com o rosto enterrado em seu pescoço.

Caramba. Tinha feito coisas indecentes com Saxon Buchanan. E foi *incrível.* Ela moveu as pernas, sentindo a dor agradável entre as coxas.

A mão dele deslizou por sua bunda, subindo pelas costas. Ela fez um som baixinho e os dedos dele entrelaçaram em seu cabelo, puxando-a. E então ele a beijou.

Foi lento, profundo e demorado.

Quando se afastou, olhou para o rosto de Gia. Ela não conseguia ler a expressão em suas feições.

Ele sorriu.

— Não achei que você pudesse ficar mais bonita, *Contessa,* mas esse corpo... — Ele fez um zumbido.

— Enquanto isso, você está com roupas demais — ela reclamou.

— Acho que você tem razão. — Ele saiu de dentro dela e se sentou no sofá. — Não se mexa.

Ele se levantou e foi em direção ao lavabo, sem dúvida para cuidar da camisinha.

Gia estava se sentindo muito bem e com preguiça para se mover. Estava deitada no sofá, seminua, desfrutando de sua felicidade pós-orgasmo.

Saxon voltou, e seu olhar faminto percorria o corpo dela.

— Como uma deusa esperando que seus adoradores obedeçam às suas ordens.

Ela sorriu para ele.

— Eu gosto disso.

Ele a pegou no colo e se dirigiu para as escadas.

— Bem, não terminei com você ainda — ele murmurou.

Aah. Ela gostava que ele a carregasse. Muito.

Saxon entrou no quarto principal e a colocou na cama. Então ficou ao lado dela e se despiu.

Jogou o paletó em uma cadeira. Depois desabotoou a camisa.

Com olhos ávidos, ela viu quando ele descobriu o peito musculoso, o abdômen trabalhado. Droga, ele era a fantasia mais sombria de uma mulher.

Ele largou a camisa por cima do paletó. Desabotoou a calça e com um movimento rápido, a peça e a boxer desapareceram. Saxon ficou nu na frente dela.

Ah, caramba. O coração de Gia bateu forte no peito. Ela estremeceu. Viu as tatuagens em seu peito e braços. Eram quase elegantes. Saxon era uma mistura sexy e intrigante que funcionava muito bem para ela.

O desejo a atingiu e pulsou entre suas pernas. Ela

olhou para o pau duro. Ela o queria novamente. *Precisava* dele.

Ele abriu a gaveta da mesinha de cabeceira e pegou uma tira de preservativos. Ele os jogou na cama e a barriga dela se contraiu.

Apoiou um joelho na cama, pairando sobre ela. A pulsação de Gia acelerou.

— Finalmente, Gia Norcross na minha cama, onde fantasiei mil vezes.

Os lábios dela se entreabriram.

— Saxon...

— Onde acariciei meu pau pensando em você. Sonhei com você.

A emoção cresceu, enchendo seu peito.

— Venha aqui, Saxon. Preciso de você dentro de mim. — Ela respirou fundo. — Onde eu fantasiei ter você mil vezes.

Ele fez um som rouco, lidou com a camisinha e cobriu o corpo dela com o seu. Segurou as pernas dela, incitando-a a envolvê-las em seus quadris.

— Pronta, baby?

— Sim.

— Vai ser intenso. Preciso que você me tome por inteiro. — Sua voz profunda estava tensa.

— Sou sua, baby. — A cabeça de seu pênis deslizou para dentro sela. *Ah.* Ela não resistiu. Precisava dele. — Saxon.

— Pronta, Gia?

Ele a penetrou com intensidade e profundamente.

Ela passou as unhas pelas costas dele e gritou.

— Gia? — Ele fez uma pausa.

Ela se agarrou a ele.

— Me come, Saxon.

Com um grunhido, ele o fez.

Suas estocadas eram firmes, poderosas e implacáveis. Ela passou as mãos pelas costas dele, sabia que o estava arranhando, mas não se importou. Queria marcá-lo.

— Linda — ele grunhiu.

— Mais rápido, Saxon.

— Paciência, *Contessa*.

Que se dane a paciência. Ela precisava gozar de novo.

Mas ele se moveu mais rápido, balançando a cama com cada impulso. Ele angulou seus quadris, e cada vez que afundava nela, ela sentia em seu clitóris.

Ele estocou profundamente dentro dela e Gia sentiu seu orgasmo crescendo, como uma tempestade iminente. Seu estômago se contraiu.

— *Saxon* — ela murmurou.

— Vá, condessa. *Agora.*

Na próxima investida, a tempestade desabou. Gia gozou e o prazer brutal arrancou um grito rouco dela. Ela virou a cabeça e mordeu o bíceps de Saxon.

Seu corpo estremeceu, o prazer quase a fez desmaiar.

Ele continuou estocando, seus grunhidos profundos ecoando nos ouvidos dela. Então ele a penetrou fundo uma última vez e seu corpo travou. Com um grunhindo feroz, ele inclinou a cabeça para trás e estremeceu com o clímax.

Droga, ele era lindo.

Gia o observou: a garganta musculosa, as maçãs do rosto salientes e o rosto contorcido de prazer.

Para ela, só havia Saxon.

Os cheiros de sua colônia e sexo encheram o ar. Seu grande corpo cobria o dela, seu pênis ainda enterrado dentro dela. Tudo que Gia conseguia pensar era *finalmente*.

Saxon pressionou o rosto em seu pescoço e desabou. Ela notou que ele não soltou todo o seu peso, tomando cuidado para não esmagá-la.

Seus lábios se moveram sobre a pele de Gia, que estremeceu. Sua respiração ofegante combinava com a dela.

Ele rolou para o lado e a puxou para perto. Gia segurou seu braço. Não queria sair dali. Nunca mais.

Ela mordeu o lábio. Era isso. Ela sabia. Talvez ela sempre tenha sabido que Saxon era a pessoa certa para ela. Não haveria mais ninguém. E ela nunca iria esquecê-lo.

Estava profunda e irrevogavelmente apaixonada por Saxon Buchanan.

Sua garganta se apertou e ela engoliu em seco. Ele poderia partir seu coração em um milhão de pedacinhos.

O sexo sempre foi um interlúdio divertido entre dois adultos solteiros com pensamentos semelhantes. Diversão não era a palavra que ela usaria para descrever o que tinham acabado de fazer. Duas vezes.

— Baby? Você está bem? — Ele deu um beijo em seu ombro.

— Sim.

— Deixei você sem palavras com minhas habilidades e proezas?

Ela bufou.

— Não fique todo animado.

— Já fiquei. — Ele empurrou o pau, que estava ficando novamente animado em seu traseiro. — Duas vezes.

Gia deu uma risadinha e tapou a boca com a mão. Ela nunca ria. Especialmente nua na cama com um homem.

— Eu ouvi isso. — Ele acariciou seu quadril. — Que tal se eu pegar aquela tequila e ver o que tenho na geladeira para comermos?

— Acho ótimo.

Ele segurou seu queixo.

— Depois vou te ter de novo, *Contessa*.

O pulso dela disparou.

— Eu não deveria precisar tanto de você — ele murmurou.

Ela encontrou seu olhar turbulento.

— Me diga que você também me quer — ele ordenou.

— Mais que tudo. — As palavras escaparam dela. — Tanto que dói. — Ela colocou as mãos ao redor do pulso dele. — Retribua, Saxon. Me fale.

— Não consigo respirar sem querer você, Gia Norcross. — Ele aproximou a boca da dela. — Só você.

ELE PODERIA se acostumar com isso.

Saxon estava deitado na banheira com Gia. Seu cabelo estava preso no alto da cabeça, com alguns fios úmidos balançando ao redor de seu rosto e pescoço.

Uma garrafa de tequila pela metade, outra de vinho e os restos do lanche que ele preparou estavam em um banquinho ao lado da banheira: queijo, biscoitos, molho e salame.

Ele nunca tinha usado muito a banheira. Não se importava de ficar ali imerso, mas raramente tinha tempo para isso.

Algo lhe disse que Gia gostava de banhos regulares. Ela remexeu na bancada, à procura espumas ou sais de banho e cantou em triunfo quando encontrou a espuma com aroma cítrico.

Claro, ela estava deitada contra ele, segurando o telefone e checando e-mails.

Ele sorriu para ela. Seus lindos seios brincavam de esconde-esconde com as bolhas. Lentamente, Saxon estendeu a mão e puxou um mamilo.

— Ei — ela disse.

— Estou sendo ignorado por causa do telefone. Está magoando meus sentimentos.

— Você quer dizer o seu ego. — Ela estendeu a mão, pegou um pedaço de brie e colocou na boca.

— Acho que depois do seu quarto orgasmo, meu ego está bem — ele falou.

Tequila na cama se transformou em Saxon se deitando sobre ela e transando novamente.

Ela fungou, mas ele viu a curva de seus lábios.

Antes do banho, Saxon avisou Vander sobre Willow. O irmão de Gia ficou irado e disse que aumentaria a equipe para ir atrás da moça.

O lado bom era que Gia finalmente viu quem Willow era. O ruim era que ele odiava vê-la magoada.

Vander também disse que não teve nenhuma resposta de seu contato na black ops. Isso poderia significar que eles estavam em campo, mas Vander não gostou.

O telefone de Gia tocou.

— Merda, é a minha mãe. Não diga uma palavra. — Ela atendeu a chamada. — Oi, mãe.

Saxon ouviu a voz da sra. Norcross ao telefone.

— Gia Gabriella, soube pelo seu irmão que seu apartamento foi invadido e vandalizado. — A voz de Clara Norcross ficou mais alta. Assim como Gia quando ela ficava agitada.

— Mama...

— Você não ligou. Eu e seu pai estamos preocupados.

— Está tudo bem, mãe. Não queria preocupá-los.

A sra. Norcross fez um som zangado.

— Não nos preocupar? Você sempre foi muito independente. Tinha que fazer tudo sozinha. Tinha que acompanhar seus irmãos.

Saxon conhecia essa história. Ele beliscou sua bunda, e Gia o olhou. Claro, isso fez seu pau estremecer.

— Nós somos sua família, Gia Gabriella. Estamos aqui para ajudar.

— Obrigada, Mama — a voz de Gia suavizou. — O Vander e os outros estão me ajudando.

— Ótimo.

— Acho que o Vander me delatou.

— Foi o Easton — a mãe disse.

— Eu *deveria* saber. É aquele gene do irmão mais velho. Ele não consegue se conter.

— *Você* deveria ter me contado. Agora, quero que você venha almoçar amanhã.

— Ma...

— É sábado, então sem desculpas.

— Bem, hum...

Ela se virou para Saxon, o que fez seu pênis endurecer ainda mais.

— O quê? — a sra. Norcross perguntou.

— Posso... levar alguém?

Saxon se acalmou. Houve uma longa pausa do outro lado da linha.

— Um homem? — a mãe perguntou.

Ele ouviu o tom esperançoso na voz da sra. Norcross.

— Sim, um homem — Gia respondeu.

Ele estendeu a mão e segurou seus seios. Ela tentou afastá-lo, e ele deixou uma mão deslizar sob a água e entre as pernas dela.

Ela ofegou, fazendo a água balançar na borda da banheira.

— Desculpe, mãe, o que você disse?

— Qual o nome dele? — a sra. Norcross perguntou.

Gia piscou.

— Saxon.

Houve outra pausa.

— Saxon não é um nome comum.

— Não, não é.

Saxon riu, e Gia bateu em seu braço.

— Então, é o nosso Saxon.

As palavras da sra. Norcross fizeram seu estômago apertar. Ele nunca havia pertencido a ninguém antes.

— Sim, mãe — Gia respondeu, com calma.

— Bem, diga a ele que vou fazer lasanha e o meu pão de alho especialmente para ele.

Ele deu outra estremecida. Amava o pão de alho da sra. Norcross.

De repente, percebeu que a família Norcross o adotou. Caramba, eles o haviam adotado há muito tempo, ele simplesmente não tinha percebido.

Gia estava observando seu rosto, com os olhos calorosos.

Ele a moveu, e seu pênis se encaixou exatamente onde queria. Puxou-a para baixo, sentindo-a deslizar em seu pau.

Ela deu um gritinho e arregalou os olhos.

— Vou dizer a ele. Tenho que ir, mãe.

— Amo você, Gia.

Conseguiu dar uma resposta estrangulada antes de encerrar a ligação. Seu telefone bateu na bandeja com o queijo e biscoitos.

— Você não pode fazer amor comigo enquanto estou ao telefone com minha mãe!

— Por que não? — Ele empurrou os quadris para cima.

Ela gemeu.

— Saxon... preservativo.

Ele xingou baixinho. Tinha se esquecido. Merda, ela derreteu seu cérebro. Ele estendeu a mão e pegou um que estava ao lado da banheira. Havia escondido alguns ali quando estavam preparando o banho.

Colocou um depressa e Gia se virou para montar nele, ficando frente a frente.

Ela afundou em seu pênis, e ele gemeu. Seus lindos seios estavam bem na sua frente, e ele chupou um mamilo rosa.

Gia começou a montá-lo, o que fez a água espirrar para fora da banheira. Ela ofegou, mas ele não deu a mínima.

— Caramba, como posso te querer tanto? — ela ofegou.

— Eu sei. — Era como se ele nunca se cansasse dela.

Mais água espirrou.

Saxon se excitou ainda mais e a virou. Ele a empurrou contra a borda da banheira, segurou sua bunda com uma mão e seu pênis com a outra. Em seguida a penetrou de novo.

Ela arqueou as costas e seu grito soou contra o mármore.

— Pegue, Gia. Pegue tudo.

— Sim!

Ele colocou a mão debaixo do corpo dela e a acariciou. Sabia exatamente como ela precisava gozar.

— Sei do que você precisa, *Contessa*. Eu conheço você.

A força do clímax a fez estremecer e gritar seu nome.

O corpo de Gia apertou seu pênis, e Saxon a estocou novamente. Seu gozo o atingiu como um caminhão em alta velocidade. Gemeu o nome dela, com o rosto enterrado em seu cabelo.

Arruinado. Ela o tinha virado do avesso, e ele adorou.

Finalmente, depois de um tempo, encontrou forças para sair de cima dela.

— Eu não vou limpar essa bagunça — ela resmungou.

Saxon olhou para a água no chão.

— Que se dane a bagunça. — Ele não dava a mínima.

— Vai secar. — Acariciou seu pescoço e bochecha. — Cama?

Ela se virou para trás e olhou para ele.

— Dormir?

— Faremos um pouco disso também.

— Certamente você não pode ficar com isso de pé a noite toda, não é?

Saxon sorriu.

— É um desafio, querida?

CAPÍTULO TREZE

E la rolou na cama grande, com a cabeça confusa pelo sono. Gia gostaria de ser uma daquelas pessoas que acordava energizada, pronta para conquistar o dia. Mas há muito tempo, tinha aceitado que acordava como um urso zangado recém-saído da hibernação.

A luz do sol entrava pela janela e, com um gemido, se jogou de bruços em um travesseiro que tinha o cheiro de Saxon.

Saxon. *Ah, cara.*

Ela abriu um olho. Não havia nenhum homem sexy de pele dourada na cama ao seu lado. Será que sonhou com uma noite de sexo incrível e intenso?

Mas quando se mexeu nos lençóis, a dor entre as pernas disse algo diferente. Ela abriu o outro olho. Tinha alguns hematomas interessantes em seu corpo nu, e estava na cama de Saxon.

— Bom dia, *Contessa.* — Ele entrou com um sorriso.

Não tinha certeza de onde olhar primeiro: a caneca fumegante de café que ele segurava, o cabelo loiro escuro despenteado ou o peito nu sexy. Ele usava uma calça preta larga que começava nos ossos do quadril.

Um pequeno zumbido percorreu seu corpo.

— Café. Me dá. — Ela se sentou e estendeu a mão.

O olhar de Saxon foi direto para seus seios.

Gia pegou a caneca e deu um gole, gemendo.

Ele se sentou ao lado dela e sorriu.

— Esse é o mesmo som que você faz quando estou com a boca em você. — Ele segurou um de seus seios e acariciou seu mamilo. Depois, deu um beijo em seu ombro.

Gia ficou chocada com o formigamento de desejo que ganhou vida em sua barriga. Estava certa de que os cinco mil orgasmos que teve na noite anterior tornariam isso impossível.

— Se quiser transar, vai ter que fazer todo o trabalho. — Ela bebeu mais um pouco de café. — Ainda não estou acordada o suficiente, mas vou me deitar e aceitar as glórias como uma campeã.

Ele sorriu e seu olhar se fixou no rosto bonito.

— Baby, se fizermos isso, vamos nos atrasar para o almoço na casa dos seus pais.

— O quê? — Ela olhou para o relógio e ofegou. Claramente, eles dormiram demais. — Merda. — Deslizou para a beira da cama, tomando cuidado para não derramar o café. Precisava de cada gota de cafeína. Enrolou o lençol em volta do corpo.

Mas um braço forte a envolveu.

— Saxon, não temos tempo. Preciso tomar banho...

Ele a beijou.

Humm. Talvez houvesse um pouco de tempo. Ele tinha um sabor delicioso.

Saxon ergueu a cabeça.

— Vá se arrumar. Coloquei sua bolsa no banheiro. Já estou desejando o pão de alho da sua mãe.

Gia se levantou.

— Também posso prepará-lo, sabia?

— Vai cozinhar para mim, *Contessa?*

— Talvez. Se você tiver muita sorte.

Ele olhou para seu rosto.

— Estou me sentindo muito sortudo hoje. Gia Norcross bem onde a quero, depois de dormir em meus braços a noite toda.

O calor floresceu em sua barriga. Quem diria que Saxon, o homem sexy e elegante também poderia ser fofo?

— Não me lembro de dormir muito. — Ela lhe lançou um sorriso atrevido e correu para o banheiro.

Gia tomou banho, arrumou o cabelo e fez uma maquiagem leve. Colocou um vestido simples marrom e sandálias.

Saxon estava vestido com uma calça de algodão bege e camisa de linho branca, com as mangas dobradas, e sentado na ilha da cozinha. Havia um buquê de flores de cores vivas apoiado na bancada – margaridas de muitas cores diferentes. O favorito da mãe dela.

— Onde você comprou isso? — ela perguntou.

— Tenho minhas fontes.

Devia ser bom ser tão rico e com gente à sua disposição.

— Está tentando encantar minha mãe?

— Ela já me ama.

— Mas agora você está dormindo com a filha dela.

Saxon estremeceu.

— Estou mais preocupado com o seu pai.

Ethan Norcross era bastante tranquilo. Seu pai era ex-bombeiro e nunca incomodou nenhum de seus namorados, embora ela não costumasse levá-los para casa.

— Onde estão as minhas? — ela perguntou.

— Essas flores são para a primeira mulher Norcross por quem me apaixonei, mas vou comprar flores para você também.

Essas palavras dificultaram a sua respiração.

Ele se levantou e acariciou sua bochecha.

— Vamos.

Em pouco tempo, eles estacionaram na casa dos Norcross, em Noe Valley.

Gia sorriu. *Casa.* Havia crescido aqui, e a casa da época Eduardiana limpa e arrumada estava repleta de memórias. Ficou surpresa ao perceber quantas delas também incluíam Saxon.

Sua mãe abriu a porta da frente.

— *Bambinos.*

Gia beijou a mãe e então, Clara Norcross se virou para beijar Saxon. Ele entregou as flores e Gia observou sua mãe corar como uma adolescente.

— Finalmente vocês dois se resolveram. — A mãe sorriu de forma presunçosa para eles.

— Ma...

— Gia, ele está de olho em você há muito tempo. — A mãe semicerrou os olhos para Saxon.. — Você demorou muito mais do que eu imaginava para agir.

195

— A Gia é especial.

A mãe de Gia sorriu para ele.

— Ela é. E também estava de olho em você. Vocês dois são lentos demais. — Ela balançou a cabeça. — A primeira vez que vi meu Ethan, sabia que ele seria meu.

— Não é assim que eu me lembro. — O pai de Gia caminhou atrás da esposa.

Ele era alto, forte e bonito, com cabelos grisalhos.

— Oi pai. — Gia o abraçou.

— Sua mãe me deu trabalho para conseguir o nosso primeiro encontro.

Clara ergueu uma sobrancelha.

— Claro, mas eu já tinha decidido que você era meu.

O pai de Gia sorriu.

— Eu sei. Me lembro de uma certa briga com Theresa Russo.

— Aquela garota estava dando em cima do meu homem. — Os olhos escuros de Clara brilharam. — E você não pareceu se importar muito.

O pai de Gia riu.

— Eu só tinha olhos para você, linda. Mas precisei fazer você se esforçar um pouco.

Lutando contra um sorriso, a mãe de Gia deu um tapa em seu braço, e eles trocaram um olhar.

Eles sempre foram assim. Gia sempre soube que o amor de seus pais era forte e verdadeiro. E sempre quis isso para si mesma.

Saxon passou a mão por suas costas, e ela o olhou. Ele a estava olhando com um sorriso.

Ethan pigarreou.

— Saxon, por que não tomamos uma bebida enquanto

a Gia ajuda a mãe? — Seu pai parecia um pouco desconfortável.

Gia semicerrou os olhos.

— Esse é o código para você interrogá-lo?

Seu pai fungou.

— Estava pensando em usar o alicate e a serra para
torturá-lo.

A mãe de Gia revirou os olhos.

— Venha, Gia.

A moça ergueu o quadril.

— Então, as mulheres têm que estar na cozinha e...?

— Vai. — Saxon deu um puxão em seu cabelo. — Eu
vou ficar bem. Não faça birra demorando a pegar um
pouco do pão de alho da sua mãe.

Ela olhou para ele.

— O pão de alho pode acabar queimado, se você não
tomar cuidado.

O homem irritante apenas sorriu para ela.

Vander apareceu no corredor com a cerveja na mão.
Easton estava atrás dele.

— Quando vamos comer? — Vander perguntou.

— Depois que nosso pai grelhar o Saxon — Gia
retrucou.

— Depois que o Rhys e a Haven chegarem — Clara
emendou.

— Três chances de adivinhar por que eles estão atrasados — Easton murmurou.

— Vamos, Saxon. — Seu pai passou o braço em volta
dos ombros de Saxon. — Vamos acabar com a tortura.

Os lábios de Vander se contraíram.

— Eu ajudo.

— Eu também — Easton acrescentou.

— *Mama!* — Gia gemeu.

— Ah, o Saxon pode cuidar de si mesmo. — Sua mãe conduziu Gia para a cozinha que Easton havia mandado reformar há alguns anos.

Gia ajudou a mãe a terminar de preparar o almoço, tentando ouvir a conversa que vinha da sala. Mas tudo o que ouviu foi o murmúrio baixo de vozes profundas.

— Ele vai ficar bem. — A mãe dela tirou a lasanha do forno.

Aromas familiares e deliciosos encheram o ar.

— Eu sei. — Gia soltou um suspiro. — Sei que isso tudo é um pouco estranho. Eu e o Saxon juntos. O Vander... talvez precise de um pouco de tempo para se ajustar.

Sua mãe sorriu.

— Sei que você sempre teve sentimentos por ele.

— Mama... — A pressão cresceu no peito de Gia, e ela colocou a mão entre os seios. — Acho que estou... — Não conseguia dizer as palavras em voz alta.

Sua mãe sorriu e segurou sua bochecha.

— Eu sei, *cara mia*. Ele é digno do seu amor.

— Ele está cuidando de mim. Me deixa louca às vezes, mas sei que posso confiar nele.

— Ele é um bom homem e se fez dessa forma. — Sua mãe fez uma careta. — Deus sabe que os pais não tiveram participação em sua criação.

— Você os conhece?

— Eu os encontrei algumas vezes. — Sua mãe encontrou o olhar de Gia. — Saxon tem mágoas, Gia. Muito antes de servir ao país. Tome cuidado.

A porta de entrada se abriu.

— Chegamos — Rhys anunciou. — E estamos com fome.

Haven apareceu na cozinha, sorrindo e corada.

— Oi.

Sim, ela estava transando.

— Olá, *bambina*. — Clara beijou as bochechas de Haven. — Vamos comer.

CHEIO DA COMIDA incrível da sra. Norcross, Saxon se sentou na varanda dos fundos com os outros homens, tomando café. A casa tinha um pequeno quintal com um galpão que abrigava a oficina do sr. Norcross.

O pai de Gia não o torturou, apenas o fez prometer que cuidaria dela. A lembrança das palavras dele ainda ecoava na cabeça de Saxon. *Você protegeu meus garotos por anos. Sei que vai cuidar da minha garota também.*

O sentimento abalou Saxon. Seus pais nunca tiveram fé nele, nunca acreditaram.

O sr. Norcross não parou por aí. *Além disso, se você não a fizer feliz, Gia não terá vergonha de repreendê-lo.*

Saxon sorriu. Sua mulher mal-humorada estava lá dentro com a mãe e Haven, e ele não tinha dúvidas de que ela não hesitaria em repreendê-lo.

— Então, vocês estão mantendo Gia segura enquanto resolvem a situação — Norcross comentou e Saxon assentiu.

— Não confio no Dennett — Vander declarou.

Easton fez um som de desgosto.

— Depois daquela manobra no bar, fiz algumas ligações. Alguns dos negócios em potencial de Dennett vão secar.

Easton era um homem de negócios habilidoso na superfície, mas era um guerreiro.

— Sackler não apareceu — Saxon ponderou.

— Ele está à espreita — Rhys disse de onde estava. — Um informante me disse que está realmente chateado por perder o diamante.

— E não vamos nos esquecer do Lex. — Saxon fez uma careta. Ele não deixaria nenhum desses caras se aproximar de Gia.

— Teve sorte em encontrar a Willow? — o sr. Norcross perguntou.

Todos balançaram a cabeça. Willow estava sumida.

A porta dos fundos se abriu e Gia e Haven apareceram.

— Terminaram de falar sobre coisas de homens? — Gia perguntou.

Saxon a segurou e a puxou para seu colo. A sensação do seu corpo e o cheiro de seu perfume acalmaram algo dentro dele.

— Estávamos prestes a falar sobre caça de ursos e fabricação de lanças.

Ela revirou os olhos.

Ele achou que seria estranho estar na casa dos Norcross com todos sabendo que ele e Gia estavam juntos. Mas não foi.

Olhou para cima e viu Vander observá-los. Seu melhor amigo tinha uma expressão ilegível no rosto, mas não parecia zangado.

Ele lhe deu um leve aceno de cabeça.

Saxon acenou de volta.

— Pronta para ir? — Saxon perguntou a Gia.

Ela assentiu. Beijou o pai e os irmãos. Abraçou Haven, e em seguida deu um longo abraço na mãe.

A sra. Norcross beijou as bochechas de Saxon.

— Faça o certo pela minha garota, Saxon.

Ele assentiu.

Ela deu um tapinha em sua bochecha.

— E por si mesmo. Você sempre mereceu mais. Você não é nada como seus pais.

Suas palavras despertaram uma emoção em seu coração.

Gia pegou sua mão e eles se dirigiram para o Bentley.

— Posso dirigir? — ela perguntou.

— Não.

— Homem típico. — Ela se sentou com raiva no banco do passageiro.

Deus, ninguém demonstrava atitude como sua mulher.

Sua. Ele ficaria com ela para sempre.

Mas primeiro, tinha que protegê-la.

Voltaram para a cidade e sua casa.

— Bem, você sobreviveu ao almoço com a família Norcross — ela disse.

— Já comi com a sua família uma centena de vezes. Na época da escola, eu costumava desejar que fosse minha família.

Ela pousou a mão sobre a dele.

— Eles são.

Sim, eles eram, de todas as maneiras que importavam.

Ela franziu o nariz.

— Não gostaria de conhecer seus pais.

— Para o seu bem, vou tentar fazer com que isso nunca aconteça.

— Mas eles não devem ser *tão* ruins.

— Essa é a minha Gia, sempre procurando o melhor nas pessoas.

Ela fez uma careta.

— Olha onde isso me levou com a Willow.

Ele apertou os dedos dela, apoiando-os em sua coxa. Quando pegou a rodovia, ele olhou no espelho retrovisor e franziu a testa.

— O que foi? — ela perguntou.

— Estamos sendo seguidos.

Ela era uma Norcross, então não se virou.

— Tem certeza?

Ele assentiu e acelerou.

— Chevy Blazer prata.

O SUV também acelerou, seguindo-os. Saxon apertou um botão no volante.

A chamada foi conectada.

— Norcross — Vander atendeu.

— Tem um Chevy Blazer na minha cola. Estamos em Bayshore, mas vou pegar a próxima saída.

— Deixa comigo. — Vander desligou.

Saxon ganhou velocidade e disparou entre dois carros. Uma buzina soou e a Blazer rugiu para a outra pista para segui-lo.

— Se segure. — Ele saiu rápido, cantando pneus. O Bentley era bem projetado e abraçava as curvas.

Gia olhou para trás.

— Ainda estão atrás de nós.

Saxon deu outra volta. Felizmente, o tráfego estava calmo, porque ele não queria colocar ninguém em perigo. Ele grunhiu ao ver uma placa de pare.

Olhou pelo espelho retrovisor. *Puta merda.*

— Abaixa! — Ele estendeu a mão e empurrou a cabeça de Gia para baixo.

Havia um homem pendurado na janela do passageiro do SUV. Ele estava segurando uma arma.

Ele atirou. As balas ricochetearam no Bentley.

— Estão atirando em nós! — A voz de Gia estava enfurecida.

— Fique abaixada.

— Estão atirando em nós. — A janela traseira do Bentley quebrou e Gia gritou.

Saxon deu outra volta, acelerando por uma rua acidentada.

Se inclinando para a frente, Gia abriu o porta-luvas.

— Gia...

Ela puxou a HK VP9 dele e a verificou.

— Fique abaixada — ele grunhiu.

— Apenas dirija, Saxon. — Ela abriu a janela.

Ele praguejou. Quando ela soltou o cinto, praguejou mais um pouco.

Gia enfiou a cabeça para fora da janela e atirou.

Bam. Bam. Bam.

A Blazer desviou e atingiu um carro estacionado antes que voltasse para a estrada. Gia atirou novamente.

— Para dentro, Gia! — Saxon rugiu.

Ela voltou para seu assento.

Saxon girou o volante e entrou no estacionamento vazio de uma escola. Estava irado.

Fez uma curva fechada com o Bentley, e os pneus cantaram. Eles pararam de frente para onde vieram.

Pegou a HK VP9 de Gia.

— Fique no carro. — Deu um beijo rápido e forte nela, então abriu a porta.

A Blazer parou.

— Saxon, você não é à prova de balas — ela gritou.

Ele caminhou em direção ao SUV, ergueu a arma e mirou. Atirou no para-brisa do lado do motorista – uma, duas, três vezes. O vidro estalou.

A porta do veículo se abriu e o motorista caiu para fora.

Saxon disparou, acertando-o na perna. O homem gritou e largou a arma.

Ele a pegou.

O homem que saltou do banco do passageiro deu uma olhada em Saxon e correu.

— Não mesmo. — A voz de Gia soou.

Saxon se apavorou e se virou. Sentiu um aperto no estômago. Ela não tinha ficado no carro.

Estava apontando a Ruger para o homem em fuga. Disparou vários tiros.

O homem parou, cambaleando.

Com a arma erguida, Saxon avançou.

— De joelhos.

O homem caiu. Um segundo depois, um X6 preto cantou pneus no estacionamento e Vander saiu.

Saxon se virou e se concentrou em Gia.

— Eu disse para você ficar no carro. — Sua voz era um rugido.

Ela nem piscou, apenas jogou o cabelo para trás.

— É melhor você se acostumar com o fato de que eu tomo minhas próprias decisões e não sigo ordens.

Ele queria bater ou beijar aquele queixo teimoso. Como ele não batia em mulheres, e estava se referindo à Gia, suspeitou que o beijo venceria.

Então ouviu a risada de Vander.

— Não comece — Saxon falou.

— Você se inscreveu para isso, irmão.

— Sem comentários.

Vander colocou abraçadeiras na mão de Saxon. Enquanto prendia o homem de joelhos, o irmão de Gia se ajoelhou ao lado do motorista ensanguentado.

— Tiro certeiro, não atingiu uma artéria. Ele vai sobreviver.

— Para quem você trabalha? — Saxon questionou.

O motorista apenas olhou para eles enquanto o segundo homem olhou para o chão.

Saxon sorriu.

— Ah, eu esperava que vocês escolhessem o caminho mais difícil.

O olhar desafiador do motorista vacilou.

Então Gia se aproximou e deu um tapa na bochecha do homem.

— Para quem você trabalha?

— Jesus — Vander murmurou.

Ela deu outro tapa no homem.

— Responda. Agora.

Balançando a cabeça, Saxon deu um passo à frente.

— Gia...

— Albert Sackler — o homem resmungou.

Saxon encontrou o olhar de Vander. *Puta merda.* Sackler havia entrado no jogo.

Gia assentiu.

— Vou esperar no carro. — Ela saiu como se estivesse só curtindo um passeio.

— Ela é difícil — Vander avisou.

— Estou ciente.

— Tarde demais para desistir. — Vander puxou o motorista ensanguentado. — Vou levar este para o hospital e ligar para o Hunt.

— E o outro? — Saxon olhou para o cara preso com as abraçadeiras.

— Vou levá-lo também. Acho que uma visita às nossas salas de espera está em seu futuro.

Saxon assentiu.

— Me ligue se tiver mais informações.

— Boa sorte com sua complicação.

CAPÍTULO CATORZE

E les pararam na casa de Saxon.

Gia estava agitada. Olhou para Saxon enquanto ele estacionava o carro. *Delicioso*, com D maiúsculo.

— Sinto muito pelos buracos de bala no Bentley — falou.

Ele deu de ombros.

— Vou ligar para alguém para vir buscá-lo amanhã e consertá-lo.

Ela cruzou as pernas, em seguida as descruzou.

Ele olhou para ela.

— Você está agitada.

— Muito. Ver você fazer suas coisas, eu fazendo as minhas...

— Em vez de ficar no carro — ele falou, em tom seco.

— Você tinha tudo sob controle. Eu estava armada e sei atirar. Não ia deixar você lidar com isso sozinho.

Ele estava com uma expressão intensa nos olhos.

Gia se contorceu no banco. Estava excitada demais.

Um leve sorriso curvou sua boca.

— Está com fome, *Contessa*?

— Minha calcinha está enxarcada. Ou estaria se eu estivesse usando uma.

Ele grunhiu.

Gia abriu a porta. Enquanto se levantava, ela o viu sair do outro lado do carro, e sentiu seu coração bater como um tambor gigante.

— Acha que consegue chegar ao quarto? — ele perguntou em voz baixa.

— Espero que não — ela murmurou.

E correu para as escadas.

O som dos seus sapatos de salto soaram alto enquanto ela corria para cima. Ouviu e o sentiu vindo logo atrás. Chegou à entrada no momento em que ele a alcançou.

Saxon segurou o vestido dela e a girou. Então Gia se viu pressionada contra a parede, sua boca na dele.

Sim. Sim. Sim.

Quando foi a última vez que algo pareceu tão certo? Talvez a primeira vez que se sentou em sua mesa nos escritórios da Firelight? Quando fez amizade com Haven?

Agora, com Saxon.

Os dedos dele estavam no seu cabelo, a boca exigente na sua. Gia gemeu. O desejo a atingiu, se concentrando entre suas pernas.

Precisava de uma coisa: Saxon.

Sua boca se moveu sobre a dela, e ele aprofundou o beijo. Abriu mais os lábios e ela agarrou seus bíceps firmes, deslizando a língua na dele.

Gia era puro desejo. Queria ver aquele homem que parecia tranquilo se desestabilizar também.

Estendeu a mão, segurando a protuberância na frente da calça e a apertou. Ele fez um som faminto.

— Saxon.

— Espere aí, *Contessa*.

Ela tentou envolver uma perna em seu quadril. Precisava tanto dele que doía.

Saxon passou as mãos por baixo de sua bunda e deu alguns passos para o lado em direção a uma mesa encostada na parede do corredor. Com um braço, ele empurrou um enfeite de madeira que estava em cima. A peça caiu no chão.

Ele a ergueu e a colocou sobre o metal frio.

Gia atacou sua camisa. Deu alguns puxões desesperados e os botões caíram no chão.

— Mais rápido — ela ofegou.

Conseguiu tirar a peça de roupa e foi distraída por seu peito lindo e a tatuagem. Se inclinou para frente e o mordeu.

Saxon grunhiu, ofegante. Ele puxou um preservativo do bolso e abriu o zíper.

O olhar dela se fixou em seu pau duro como pedra.

— Sim. Agora.

Ele colocou a camisinha e desamarrou a faixa que segurava o vestido. Com um puxão rápido, ele a deixou nua. Saxon estremeceu e seu olhar encontrou o dela.

— Achei que você estava brincando sobre a calcinha. Todo esse tempo, na casa de seus pais, você não estava usando?

— Não.

Ele estremeceu.

— Segure a ponta da mesa, Gia. Isso vai ser intenso.

Todos os músculos do seu corpo se contraíram. Ela segurou o metal frio, se recostou e abriu as pernas.

O olhar escaldante a queimou. Saxon segurou seus quadris, se aproximou e com um impulso forte, estava dentro dela.

Gia gritou e ouviu seu gemido estrangulado.

Inclinou a cabeça para trás e se sentiu preenchida, esticada.

— Saxon...

— Se segure, *Contessa*. — Ele a estocou em um ritmo rápido e brutal.

A mesa sacudia a cada impulso, a cada estocada de seu pau. Um gemido escapou de Gia, que envolveu as pernas em sua cintura, fazendo os saltos cravarem em suas costas.

Foi um ataque implacável aos seus sentidos. O prazer a encharcou, e ela agarrou os ombros dele, arranhando-o.

— Saxon, *por favor*.

Com outro impulso forte, o clímax a atingiu – selvagem, quente, implacável. Ela gritou.

Com um gemido rouco, ele a penetrou profundamente. Colocou a mão em seu cabelo e se inclinou para olhar em seus olhos intensos. Ele a observou gozar, e ela o viu gemer durante seu próprio gozo.

Tudo o que restou foi a respiração ofegante dos dois.

— Nunca mais vou olhar para esta mesa da mesma forma — ela murmurou.

Ele fez um som que poderia ser uma risada. Em seguida, segurou seu queixo.

— Da próxima vez, fique no carro.

Ela sorriu.

— Gostosão, talvez eu precise explicar as consequências e recompensas para você. Se é isso que eu ganho quando *saio* do carro...

Ele beliscou seu mamilo e sua boceta tensionou em seu pênis. Ele gemeu.

— Não se mova. — Ele se retirou e foi para o banheiro do andar de baixo.

Ela ouviu a descarga e, em seguida, água correndo na pia. Ele voltou, vestindo apenas a calça de algodão. Humm, esse peito, esse corpo.

— Tenho marcas de salto nas costas. — Seu olhar vagou sobre ela.

Ela deveria parecer com uma pintura, com vestido aberto e recostada sobre a mesa do corredor.

Ele se virou, e ela mordeu o lábio. Não havia percebido as marcas, porque estava muito ocupada observando os arranhões. Ela tirou sangue dele.

O calor atingiu suas bochechas.

Saxon percebeu que ela estava olhando e sorriu. Abaixou a cabeça para mordiscar seus lábios.

— Gia Norcross, mulher voraz. *Minha* mulher voraz. — Ele a ergueu e a jogou por cima do ombro.

— Saxon! — Ele subiu as escadas.

— Vamos para a cama.

— Estamos no meio da tarde.

— E?

— Mais sexo vai nos matar.

Ele bateu em seu traseiro.

— Vamos morrer sorrindo.

Ele fez muito mais do que colocar um sorriso no rosto dela, e fez isso durante a maior parte da noite.

Quando Gia acordou na manhã seguinte, estava esparramada de lado na cama dele. Se espreguiçou e sorriu. Havia vantagens definitivas para essa situação de ser *alvo de bandidos*.

Virou a cabeça. Ele ainda estava dormindo. Seu pênis, pela primeira vez, não estava duro. A luz do sol acariciava seu corpo como se não pudesse se cansar dele.

Podia fazer isso todos os dias. Acordar ao lado deste homem.

As cicatrizes na lateral do corpo dele chamaram sua atenção e sua barriga endureceu. Ela se arrastou para mais perto e as beijou, movendo os lábios de leve sobre a pele marcada. Ela o sentiu acordar.

— *Contessa?*

Ela olhou para cima e viu o brilho sério em seus olhos.

— Me conte — pediu. — O que você puder.

Ele ficou em silêncio por um momento.

— Uma missão deu errado. Eu levei um tiro.

Ele se sentou e a puxou contra seu peito. Ela acariciou as cicatrizes com as pontas dos dedos.

— Estávamos no meio de uma área ruim. Havia inimigos ao nosso redor.

Seu coração bateu forte.

— O Vander organizou uma evacuação, mas foram necessários dezesseis quilômetros em terreno acidentado para chegarmos ao local. Rhys me carregou.

Ela pressionou a cabeça contra o peito dele, agradecendo a Deus por seus irmãos incríveis.

— O Rhys conversava comigo para me manter consciente. Vander e o resto da equipe mantiveram os inimigos longe de nós. — Ele fez uma pausa. — Pedi a eles para me deixarem.

Ela o apertou. *Não.*

— Eu sabia que estava morrendo. Só os estava atrasando.

Gia gemeu. Poderia tê-lo perdido, este homem incrível, antes mesmo de tê-lo. A emoção fechou sua garganta.

— Mas qualquer um com o sobrenome Norcross é teimoso. Seus irmãos me tiraram de lá. Eles não me deixaram, não desistiram.

Ela emoldurou seu rosto e o beijou. Uma lágrima escorreu por sua bochecha, e ele estendeu a mão e a enxugou.

— Nós não desistimos — ela sussurrou. — Não das coisas que amamos.

Ele a beijou novamente.

Naquele momento, a campainha tocou.

Saxon franziu a testa, mas Gia já estava se movendo.

— Espere — ele disse. — Eu vou atender.

Ela olhou para o chão, vestiu a camisa dele que estava caída e fechou os botões. Ele encontrou a calça.

— Estou indo — ela disse.

Ele suspirou.

— Claro que vai.

Ela deu um beijo em sua boca.

— VAMOS nos livrar de quem quer que seja, então vou levar você para tomar café. — Saxon repassou os lugares mais seguros que poderia levá-la. — Ou, a esta altura, pode ser o *brunch* de domingo. — Eles dormiram até tarde novamente.

— Eu amo *brunch* — Gia falou.

Eles desceram as escadas. Ela estava muito sexy em sua camisa.

— Será que é o Vander com informações? — Gia perguntou. — Será que ele encontrou a Willow?

— Se for ele, provavelmente não vai gostar de ver a irmã vestida com a minha camisa. — E com várias marcas de mordidas no pescoço.

Saxon tivesse algumas marcas também. Ele sentiu a ardência dos arranhões que ela havia deixado em suas costas e sorriu.

Chegaram à entrada e ele verificou através dos painéis de vidro fumê que flanqueavam as portas. Viu um casal parado na porta.

Quando olhou pelo olho mágico, engoliu um xingamento.

— Se prepare.

Ele abriu a porta para seus pais.

Rupert e Vanessa Buchanan estavam muito bem-vestidos.

Saxon não se parecia com nenhum dos dois, era mais como uma mistura. Ele havia herdado o rosto do pai, mas não seu cabelo escuro. Isso ele puxou da mãe, loira. O pai provavelmente já tinha jogado algumas partidas de golfe esta manhã, e transado com quem quer que fosse sua amante do mês.

— Saxon. — A mãe olhou para seu peito nu e as tatuagens, mal escondendo a careta.

O olhar do pai se desviou para as pernas nuas de Gia. *Cretino*. Saxon a puxou para perto, envolvendo os braços em sua cintura.

— A que devo este prazer em uma manhã de domingo? — perguntou, com sarcasmo.

Gia se aconchegou a ele, apoiando a mão em seu estômago. O toque dela ajudou a aliviar a resignação inevitável que ele tinha por lidar com os pais.

— Queremos te levar para almoçar — a mãe falou.

Eles nunca apareceram assim em sua porta.

— Por quê?

Sua mãe fungou.

— Faz algum tempo que não conversamos.

— Por quê? — perguntou novamente.

Sua mãe fez uma careta.

— Vamos encontrar alguns amigos...

A realização o atingiu.

— Amigos que têm a filha socialite com quem você quer me casar.

Os dedos de Gia se apertaram nele.

— Ela é uma garota legal — o pai falou em tom jovial.

— Estou de pé aqui, um homem adulto, com minha mulher nos braços, e você está cogitando essa possibilidade?

— Sua mulher? — A mãe franziu o nariz. — Suas mulheres vêm e vão, então eu...

— Essa, não.

Gia sorriu para ele, que acariciou sua bochecha.

— Vai nos apresentar, filho?

A voz de charlatão do pai deixou Saxon nervoso, assim como a forma com que o chamou de filho.

— Eu e a sra. Buchanan conversamos ao telefone outro dia — Gia disse com doçura.

Oh-oh. Saxon reconhecia aquele tom. Ele passou o braço com mais firmeza ao redor de Gia. Ela estava olhando para sua mãe.

Os lábios de Vanessa Buchanan se curvaram.

— Gia, estes são Rupert e Vanessa. Mãe, pai, esta é Gia Norcross.

— Norcross? — Seu pai franziu a testa.

A mãe de Saxon enrijeceu.

— Aquela família. Sempre tentando se infiltrar em sua vida. Essa daí foi para a sua cama?

Gia estremeceu, e ele sentiu seus músculos ficarem tensos.

— Não, mãe — Saxon negou. — Era eu quem estava sempre tentando me infiltrar na família deles. Uma família de verdade, com pessoas que se preocupam umas com as outras.

— Golpe do baú — a mãe dele grunhiu.

Gia virou a cabeça.

— Ela está falando sério?

— Sim. Mas não preciso mencionar que a família da minha mãe perdeu todo o dinheiro há anos. Se casar com meu pai foi um belo golpe do baú.

Sua mãe ofegou.

— Venho de uma família *muito* boa.

— Você não sabe o significado da palavra *boa*, mãe.

— Sou irmã do Easton Norcross — Gia declarou. — Ele poderia comprar e vender vocês cem vezes. E tenho meu próprio negócio de sucesso. Deus, o Saxon tem mais coisas a seu favor do que dinheiro e sobrenome.

Ele sorriu.

— Ah, é?

— Quieto — ela retrucou. — Tenho mais para falar.

— Vá em frente, *Contessa.* — Ele olhou para seus pais e a sensação de veneno em seu estômago diminuiu. Gia era como um antídoto.

— Ele não se infiltrou em nossa família, nós o adotamos. Primeiro, meu irmão, depois o resto de nós, incluindo meus pais. Nós o amamos como ele é. Saxon é parte da nossa família.

O peito de Saxon se apertou. *Amavam a ele?* Sentiu como se o chão tivesse caído debaixo de si.

— Então, você não pode tê-lo — Gia concluiu.

— Não preciso ouvir uma prostituta vestida com a camisa do meu filho — sua mãe grunhiu.

— Não se atreva a falar com ela assim — Saxon resmungou.

A boca de sua mãe se fechou.

— Vocês o ignoram, o insultam, não apoiam suas escolhas. São pessoas horríveis e egoístas. Acho que vocês deveriam ir embora. — Gia fez um movimento para enxotá-los.

Saxon reprimiu uma risada. Era como uma condessa dispensando camponeses. Seus pais pareciam surpresos. Ninguém falava assim com eles.

Olhando para eles, percebeu que Gia estava certa. Eles eram pessoas fracas e egoístas. Não era culpa dele o tratamento que recebia.

Sua mãe se irritou.

— Nós somos os pais do Saxon...

Gia se endireitou.

— Saxon se tornou o homem que é por conta própria, sem a ajuda de vocês. Ele não precisa de vocês agora.

O rosto de seu pai ficou vermelho. Sua mãe gaguejou.

— Bem, eu nunca...

Gia fechou a porta com força.

— Você está bem? — A preocupação cintilou em seu olhar.

— Sim.

— Mesmo? Eu xinguei seus pais.

— Foi muito bom. — Ele a beijou.

— Certo, então *brunch*. — Ela respirou fundo. — Depois disso, preciso de champanhe.

— Você vai ter que esperar, porque preciso te comer primeiro. — Ele a carregou em direção às escadas.

— Saxon, estou morrendo de fome!

Ele a colocou na escada e decidiu que não poderia esperar chegar no quarto. Ele a girou e a empurrou até que suas mãos atingissem a escada. Passou as mãos por baixo da blusa dela e a acariciou.

Ela ofegou.

— Ah, está bem, mas seja rápido.

No momento em que chegaram a Nopa para um brunch, Gia havia tido dois orgasmos. Se sentou em frente a ele no restaurante aberto de dois andares ao norte do Panhandle, bebendo seu champanhe. Nopa estava sempre cheia e seu polo gastronômico era conhecido pela comida rústica urbana. Saxon disse que era bom.

Gia estava linda em um belo vestido de verão e sandálias de tiras.

— Seus pais não te merecem — ela afirmou.

— Acho que finalmente percebi isso. — Ele segurou sua mão. — Parei de tentar agradá-los há anos.

— Mas é arraigado nos filhos querer o amor e a aprovação dos pais. — Ela inclinou a cabeça. — Você foi expulso da escola particular chique, então eles notaram você, não foi?

Ele assentiu.

— Foi a melhor coisa que já fiz. — Ele mudou de escola, conheceu Vander, e sua vida se tornou infinitamente melhor. Se não tivesse decidido se juntar ao exército como o amigo, talvez fosse o homem rico e inútil que seus pais queriam.

Ela apertou a mão dele.

— Não acho que seus pais sejam capazes de amar ninguém além deles mesmos.

Saxon ergueu os olhos e viu um homem atravessar o restaurante em direção a eles. Ele paralisou.

Gia franziu a testa.

— Saxon?

— Bom dia. — O homem era mais velho, tinha cabelos grisalhos e bochechas redondas e, embora fosse domingo, usava um terno de três peças.

Quando Gia enrijeceu, Saxon percebeu que ela sabia quem era seu visitante.

— Sr. Buchanan, nunca tivemos o prazer — o homem falou.

— Sackler.

Gia se endireitou na cadeira.

— Não conheço sua adorável companheira. — Sackler sorriu para Gia, mas não atingiu seus olhos escuros.

— Acho que você sabe exatamente quem sou, sr. Sackler. — Ela sorriu. Gostei muito de derrubar os capangas que você mandou atrás de nós ontem.

O sorriso do homem esmaeceu, e ele encarou Saxon.

— Ouvi dizer que a Norcross Security tem uma reputação de fazer as coisas acontecerem. Sugiro não enfiarem o nariz onde não são desejados.

Saxon manteve a expressão impassível.

Gia zombou.

— O Vander faz o que ele acha que é certo, sr. Sackler. Então, suas ameaças veladas estão sendo desperdiçadas conosco. — Ela ergueu a taça de champanhe e tomou um gole.

— Quero meu diamante de volta.

— Não estamos com ele — Saxon afirmou. — E parece que você o perdeu de forma justa. Não venha atrás da minha mulher, que também é a irmã do Vander, ou vamos enfiar nossos narizes nas suas coisas, e vai ficar bem desconfortável para você.

Sackler olhou para eles.

— Foi um prazer conhecê-los.

Gia sorriu.

— Sinto muito, não posso dizer o mesmo.

O homem se afastou.

— Rapaz, você tem que lidar com mais idiotas do que eu no trabalho — ela murmurou.

— Preciso ligar para o Vander. — Sackler havia entrado no jogo, e isso não estava dando a Saxon uma sensação muito boa.

15

CAPÍTULO QUINZE

Albert Sackler havia realmente estragado o domingo deles.

— Precisamos encontrar a Willow e aquelas porcarias de joias — Saxon grunhiu. Ele estava dirigindo o X6 com uma raiva controlada.

Gia se recostou no banco.

— Imagino que o Ace não a rastreou, certo?

— Ela não está em nenhum outro hotel de luxo. E ele verificou Airbnbs sofisticados e outros lugares para alugar também.

— Ela não vai ficar em algum lugar assim de novo. Sei que você não gosta dela, mas ela não é burra.

Um músculo na mandíbula dele se contraiu.

— Farei com que o Ace amplie a pesquisa.

— Conheço alguns de seus antigos lugares de encontro. Poderíamos verificá-los.

Saxon olhou para ela, pensou a respeito e depois assentiu.

— Não é exatamente o que eu tinha planejado para hoje. Precisamos trocar de roupa.

De volta a casa de Saxon, Gia vestiu sua calça jeans J Brand favorita, um par de botas e uma camiseta verde oliva com um cardigã cinza leve.

Ela o encontrou na cozinha.

Ele ergueu os olhos e balançou a cabeça.

— Você ainda parece que deveria estar em um desfile de moda.

— Eu não ando desarrumada, Saxon. — Ela olhou para ele, sentindo seu coração fazer uma dancinha. — Você deveria usar jeans com mais frequência.

Seu jeans era desbotado em todos os lugares certos, e cabia nele de uma maneira que fez sua boca ficar seca. A camiseta azul marinho estava esticada sobre o peito e as mangas apertavam seus bíceps musculosos. Havia óculos escuros enganchado na camisa.

Saxon Buchanan em modo casual. Nham.

— Falei com o Ace — ele disse. — Ele está fazendo mais pesquisas

Gia jogou a bolsa DKNY de couro sobre o ombro.

— Vamos.

— Está com a Ruger aí?

— Sim, sr. Superprotetor.

Eles saíram, e o motor do X6 rosnou enquanto Saxon os conduzia rua abaixo.

— Para onde vamos primeiro?

— Um bar em que a Willow passa muito tempo, no Mission District.

Quando chegaram, Saxon não parecia feliz. O lugar era velho e mais do que decadente.

Eles entraram e Gia se dirigiu ao balcão. Uma senhora mais velha, com rugas ao redor dos olhos e cabelo com mechas grisalhas preso em um rabo de cavalo, estava limpando a superfície de madeira marcada pelo bar.

— O que você quer? — ela perguntou com uma voz profunda.

— Só uma Coca Zero, por favor. — Gia se sentou em um banquinho. Saxon estava pressionado contra ela, examinando o lugar.

A mulher trouxe a bebida para Gia.

— Sou amiga da Willow Richards. Você a tem visto?

A mulher semicerrou os olhos.

— Há mais de uma ou duas semanas.

Droga. Gia soltou um suspiro.

— A última vez que esteve aqui, ela não pagou a conta.

— Isso é a cara da Willow — Gia resmungou.

A mulher fez uma careta.

— Ela está com problemas?

— Não — Gia respondeu.

— Sim — Saxon disse.

Ela lançou um olhar furioso para ele. A bartender apenas levantou uma sobrancelha.

— Sim. — Gia soltou um suspiro. — Estou tentando ajudá-la, mas ela não facilita.

O rosto da mulher suavizou.

— Tenho uma filha assim. Algumas pessoas procuraram pela Willow.

Gia assentiu.

— É por isso que preciso encontrá-la primeiro.

— Ouvi dizer que ela tem jogado sinuca no Roll ulti-mamente — a mulher comentou.

Gia sorriu.

— Obrigada. — Ela tomou um longo gole da bebida e colocou dinheiro no balcão. — Qual o valor da conta da Willow?

— Não. — A mulher balançou a cabeça. — Querida, acredite em mim, se você continuar pagando as contas dela, ela nunca aprenderá.

As palavras reverberaram na cabeça de Gia, mas ela ainda sentia uma pontada de culpa. Quando saíram, Saxon segurou seu braço.

— Baby, a Willow poderia ter segurado a mão que você a estendeu inúmeras vezes. Ela teve todas as chances de fazer escolhas diferentes.

Como ele havia feito. A amizade de Vander o ajudou a fazer boas escolhas na vida.

Gia soltou um suspiro.

— Acho que, como seus pais, ela é fraca e egoísta.

Saxon passou a mão pelo cabelo dela.

Eles entraram no X6 e dirigiram até o Roll – um salão de sinuca não muito longe dali.

— Este lugar é de propriedade da máfia local — Saxon comentou.

Gia gemeu e abriu a porta.

— Ótimo. — Exatamente o que eles precisavam, a máfia envolvida. — Os mesmos que estiveram envolvidos com o ex da Haven e o roubo do Monet?

— Estes são italianos, não russos. Vamos entrar, procurar a Willow e depois sair.

Eles entraram. O lugar era bem iluminado e bem

decorado. Gia estava imaginando fumaça pairando no ar e pessoas de aparência perigosa em todos os lugares. Parecia normal.

Eles deram uma volta rápida no interior, mas não havia sinal de Willow.

Quando voltaram para o SUV, Gia bufou.

— *Contessa*, não entre em investigações privadas. A maior parte é assim. Seguir pistas, falar com as pessoas e não conseguir o que precisa com a rapidez que deseja.

Juntos, eles verificaram mais alguns lugares, incluindo um ex de Willow. O cara não tinha coisas boas a dizer sobre ela e não a via há meses.

Com um suspiro, Gia se recostou na lateral do SUV.

— Paciência, *Contessa*. Tudo acabará em breve. — Saxon a puxou para um abraço.

E agora? O que fariam? Ela se inclinou para ele, sentindo o cheiro de seu perfume. Não conseguia pensar nisso agora. Precisava resolver esta situação de Willow, e então poderia lidar com o fato de que estava apaixonada por Saxon.

O som de um celular cortou o ar.

— Ace, fale comigo. — Saxon examinou a calçada. — *Aham*. Endereço?

Gia se endireitou.

— Vamos para lá agora. — Ele se virou para Gia. — Ace encontrou a Willow. Shady Rest Motel, perto do aeroporto.

Ela arregalou os olhos.

— Como ele a encontrou?

— Hackeou algumas câmeras de segurança. Ela não

usou documento de identidade, pagou em dinheiro, então tivemos sorte.

Os olhos de Gia se arregalaram.

— Ele hackeou algumas câmeras de segurança?

Saxon sorriu.

— Com o Ace, é melhor não pedir os detalhes.

Eles dirigiram para o sul em direção ao aeroporto. À medida que se aproximavam, um avião voou baixo. Gia observou o enorme jato descer em direção à pista, de repente tentando se lembrar quando foi a última vez que tirou férias. Talvez depois disso, pudesse convencer Saxon a viajar para longe. De preferência, para um lugar quente e ameno, com um bar na piscina.

Deixaram a rodovia e dirigiram por uma rua repleta de motéis baratos. A maioria parecia que poderia ser melhorada com um fósforo e uma lata de gasolina. Saxon entrou no Shady Rest. Ela fez uma careta. O lugar estava caindo aos pedaços.

Alguns rapazes fumavam debaixo de um toldo, observando-os com olhos desconfiados.

— Precisamos maltratar a recepcionista do hotel? — Gia perguntou.

Saxon levantou uma sobrancelha.

— Não. Normalmente, dinheiro resolve.

— Ah.

— Tente não parecer tão desapontada, *Contessa*. — Ele balançou a cabeça. — Além disso, o Ace me deu o número do quarto.

Ficava no nível inferior, e eles caminharam ao longo da fileira de portas e pararam. Saxon bateu, mas não houve resposta.

Um segundo depois, ele angulou o corpo e remexeu na fechadura. Levou literalmente dois segundos para abrir a porta.

Quando Gia olhou para dentro, fez uma careta. Era um verdadeiro passo atrás do Fairmont. Talvez um lance inteiro de escadas abaixo. Uma colcha feia e multicolorida estava estendida sobre uma cama de casal. O tapete estava manchado e uma TV antiga repousava sobre uma mesa frágil. O cheiro de fumaça rançosa pairava no ar.

Havia algumas roupas espalhadas na cama e nas costas de uma cadeira.

Gia as verificou.

— De mulher. Do tamanho da Willow. — Viu um pacote de chicletes e moedas sobre a mesa. — Chiclete Big Red. Seu favorito.

— Ela não pode estar longe. — Saxon deu uma olhada rápida no quarto e banheiro contíguo. — Deve estar com as joias. Vamos esperar no carro.

Saíram de lá. Ao cruzarem o estacionamento, os dois homens apagaram os cigarros e se aproximaram.

— O que vocês dois querem? — um deles exigiu.

— Vocês não pertencem a região. — O outro olhou para o Rolex de Saxon. — Belo relógio.

Gia balançou a cabeça.

— Você precisa de um relógio mais discreto. Um Casio ou algo assim.

Saxon olhou para ela, horrorizado.

— Não vou usar Casio.

Ela deu uma risadinha.

— Ei — um dos homens resmungou.

Gia observou os dois cuidadosamente. Os homens

eram fortes. Um tinha a tatuagem de uma caveira no pescoço, e o outro era careca, com uma barba espessa.

— Estávamos indo embora — Gia falou com animação.

— Eu quero o relógio — o careca ordenou a Saxon.

— E eu quero seus brincos, princesa — O tatuado disse para Gia.

Ela sorriu.

— Não, eu gosto deles.

Os dois homens piscaram e depois fizeram uma careta.

— Você quer que a gente te foda?

Ela suspirou.

— Está vendo meu namorado? — Ela apontou o polegar para Saxon.

Os homens olharam para ele.

— Ele é fortão. Pode acabar com vocês dois sem nem mesmo tentar.

— Ele é um menino bonito — o tatuado zombou, depois cuspiu no asfalto.

Gia abriu sua bolsa e tirou a Ruger. Ela apontou para o peito do homem.

— Eu poderia fazer isso sozinha.

Saxon xingou, então se moveu. Empurrou o homem barbudo para dentro de um carro estacionado nas proximidades.

O tatuado rugiu e Saxon girou. Se lançou e deu um soco no rosto do homem. Quando o bandido cambaleou, ele seguiu com um golpe no estômago e um forte nas costas.

Com um longo gemido, o tatuado caiu.

O homem careca e barbudo se moveu, se preparando para atacar Saxon. Gia se virou e bateu com a coronha da arma na nuca dele.

Com um grito confuso, ele desabou.

— Compre um Casio.

Saxon se endireitou com uma fungada.

— Não quero ouvir isso de novo.

Eles se viraram para ir para o SUV e Saxon praguejou.

Willow estava do outro lado do estacionamento, olhando para os dois.

Então ela fugiu.

Um milissegundo depois, Saxon disparou atrás dela.

Gia o seguiu. Tentou acompanhar, mas primeiro, suas botas não foram feitas para correr, e segundo, ela odiava correr. Perdeu Saxon de vista enquanto ele a perseguia.

Momentos depois, parou e se abaixou para respirar.

Não demorou muito para que Saxon reaparecesse com uma expressão sombria no rosto.

— Eu a perdi.

— Droga. — Gia se deu um segundo para absorver a decepção. Pelo menos Willow ainda estava viva.

Ele contraiu os lábios.

— Você precisa se exercitar mais, *Contessa*.

— Ah, não, obrigada. — Ela inclinou a cabeça. — A menos que sexo conte.

Ele sorriu.

— Conta, sim.

ERA segunda-feira de manhã e como resultado de tirar folga na sexta-feira à tarde Gia estava muito ocupada.

Saxon também estava ocupado. Ele estava sentado em uma mesa perto de Ashley, focado no laptop e telefone. Gia esticou a cabeça e o olhou pela porta do escritório. Hoje, ele usava um terno cinza-carvão e camisa branca. Gostoso demais.

E apesar de muito sexo ótimo, ela ainda estava faminta por ele.

Ashley apareceu, colocando alguns arquivos na mesa de Gia.

— Seu cara é gostoso.

— Eu sei.

A assistente sorriu.

— Agora ele é seu?

— Sim.

— Me diga que você passou o fim de semana inteiro transando com o gostosão de terno.

— Passei o fim de semana inteiro transando com o gostosão de terno.

O queixo de Ashley caiu. Ela ergueu a mão.

— Me dê um momento.

Gia balançou a cabeça enquanto a assistente vagava de volta para sua mesa, abanando o rosto.

O telefone de Gia tocou.

— Gia Norcross.

— Gia.

Endurecendo, ela apertou o telefone.

— Willow. Onde você está? — Gia acenou para Saxon, e ele entrou.

— Gigi, o Dennett me encontrou. — A respiração

ofegante de Willow cortou a linha. — Deus, Gia, ele vai me matar.

O estômago de Gia se contorceu. Apesar de tudo, não queria que sua amiga morresse.

— Onde você está?

— Golden Gate Park. Não tenho ideia de como ele me encontrou.

Gia encontrou o olhar de Saxon.

— Ela está no Golden Gate Park. O Dennett a encontrou.

Saxon xingou.

— Diga a ela que estou indo.

O alívio inundou Gia.

— Willow, o Saxon está indo te buscar.

Willow soluçou.

— Tudo bem. Tudo bem.

— Se esconda — avisou a ela. — E espere.

— Estou perto da Fonte Rideout.

A linha ficou muda.

— Parque Golden Gate, perto da Fonte Rideout. Saxon...

Ele deu um beijo rápido nela.

— Vou encontrá-la. Por você, não por ela.

— Você é um bom homem, Saxon.

— Vou ligar para o Ace. Não saia do escritório.

Ela assentiu e o observou sair com o telefone no ouvido. Ela se recostou na cadeira, cerrando os dedos e mordendo o lábio. Ótimo, agora tinha que se preocupar com Saxon e Willow.

De pé, ela caminhou pelo escritório, incapaz de ficar parada. *Por favor, fique bem. Por favor, fique bem.*

Agora sabia por que Vander e seus rapazes nunca estavam no escritório. Esperar e ficar sentado era doloroso.

— Gia?

Ace estava na porta. Como sempre, ele estava lindo, mas com o rosto sério.

— Alguma novidade? — ela perguntou.

— Nada ainda.

Ace se acomodou na mesa que usou da última vez, abrindo seu laptop chique, movendo os dedos rapidamente sobre o teclado. Ele ligou um fone de ouvido Bluetooth.

Gia continuou andando, até ver Ace enrijecer.

Saiu apressada e apoiou as mãos contra a mesa.

— O que foi?

Ashley estava olhando de sua mesa, com o rosto preocupado.

— Nada ainda. Acabei de ouvir uma chamada para a emergência. Um homem está sendo transferido do Golden Gate Park para o hospital.

Gia ofegou. *Não.*

— Não se preocupe, não corresponde à descrição do Saxon. Na verdade, parece que pode ser Dennett. — Ace estendeu a mão e segurou dela. — Ele é muito bom no que faz, Gia.

— Ele já levou um tiro antes.

— Sim, em uma zona de guerra. Confie nele para fazer o trabalho.

— Ele está em perigo por ela. Porque eu pedi.

— Tente trabalhar um pouco. Encontre uma distração.

Com um aceno, ela voltou para seu escritório. Se sentou em sua mesa, mas a energia nervosa tornou impossível se concentrar.

Deus, Willow. Era isso. Gia não poderia ter a amiga em sua vida se ela continuasse neste caminho destrutivo.

Todo o trabalho na mesa ficou turvo, então seu celular tocou. Olhou para baixo e viu que era um número restrito.

Ela franziu a testa e atendeu.

— Gia Norcross.

— Estamos com o seu irmão.

A voz robótica fez Gia enrijecer. Isso era impossível. Olhou para fora da porta, para Ace.

— Se você falar com alguém, o Vander morre — a voz continuou.

— Gia, não...

Meu Deus. Era a voz de Vander. Não parecia estressado ou preocupado, apenas aborrecido.

— O que você quer? — ela exigiu. — Quem é você?

Ace tinha grampeado seu telefone, certo? No momento, ele estava em sua própria ligação e não estava demonstrando nenhuma reação por ela receber a ligação.

— Bloqueamos o rastreamento desta chamada — a voz robótica disse. — Somos apenas nós, srta. Norcross. Lembre-se, diga a qualquer um, e nós colocaremos uma bala na cabeça do seu irmão.

— O que você quer?

— Você vai sair do escritório sem ninguém perceber.

— Estou sendo vigiada...

— Faça isso ou seu irmão morre.

Apertou o telefone com os nós dos dedos brancos.

— Tudo bem.

— Vá para a rua e vire a esquina. Haverá um carro esperando. Um Cadillac branco.

— Um Cadillac branco — ela repetiu.

— Encontre-o e entre.

— Se você machucar meu irmão, eu vou machucar você.

A risada robótica era estranha e assustadora.

— Você tem cinco minutos, srta. Norcross. Não se atrase.

A ligação foi encerrada.

Sentiu o medo agitar seu estômago e o gosto de bile na boca. Ela engoliu.

— Foco, Gia — ela sussurrou. Digitou um e-mail rapidamente e acrescentou um atraso de envio de dez minutos. Em seguida desligou o celular e o enfiou no sutiã. Empurrou o aparelho até que fosse o menos perceptível.

Certo, agora precisava sair sem que Ace percebesse ou que Ashley suspeitasse.

Pense, Gia.

Muito bem. A sala de arquivos ficava perto das portas da entrada. Diria a Ashley que tinha que entrar para pegar alguma coisa, então escaparia por ali. Ace tinha acesso às câmeras do prédio, mas com sorte não as estava monitorando agora.

Gia se levantou e respirou fundo. Vander precisava dela.

Saiu da sua sala.

— Preciso de uns documentos da sala de arquivos.

Ashley girou em sua cadeira.

— Eu posso pegar...

— Não. — *Merda, isso foi muito abrupto.* — Estou tentando me manter ocupada. — Tentou sorrir.

Ashley se sentou de novo e assentiu.

— Tudo bem, me avise se precisar de ajuda.

Gia caminhou em velocidade normal em direção à porta da sala de arquivos. Deus, esperava que o nervosismo não estivesse aparecendo. Ace estava olhando para ela?

Alcançou a sala de arquivos e entrou.

Se encostando à parede, respirou fundo mais algumas vezes. Quantos minutos ainda tinha?

Olhou para fora e viu que Ace estava olhando para o laptop. Ashley estava ao telefone.

As mesas de alguns dos funcionários ficavam ali perto. Estavam vazias no momento, o pessoal em reunião ou pegando um café. Um casaco elegante de cor castanho-amarelado de alguém estava apoiado nas costas de uma cadeira.

Gia se abaixou, pegou o casaco e o vestiu.

Amarrando o cinto, esperou que Janine na recepção atendesse a uma ligação, então ela saiu pelas portas da Firelight e virou no corredor.

Seu coração batia forte na garganta e seu estômago estava enjoado. Levantou a gola do casaco e olhou para o chão. Não havia tempo para as escadas, e não tinha ideia de onde ficavam as câmeras do prédio de segurança. Havia câmeras nas escadas? Quem poderia saber?

Apertou o botão do elevador.

Enquanto esperava, pensou que seu coração fosse explodir no peito. A qualquer segundo, achou que Ace surgiria atrás dela.

As portas do elevador se abriram e ela entrou. Apertou o botão para o saguão.

Foi a viagem de elevador mais longa de sua vida.

O pânico parecia um arame farpado ao redor do seu pescoço no momento em que entrou apressada no saguão. Lá fora, dobrou a esquina e, à frente, viu o Cadillac branco parado na rua.

Por favor, fique bem, Vander.

Por um segundo, pensou em Saxon e Willow.

Então a porta do Cadillac se abriu e Conrad Lex saiu.

Ah, merda.

— Onde está o Vander? — questionou.

— Não tenho ideia. — O homem a agarrou e a empurrou na parte de trás do carro. Ele fechou a porta com força.

Gia girou, tentando abrir as portas, mas estavam trancadas.

Droga. Droga. Droga.

Lex entrou no banco do motorista.

— Somos só nós dois agora, Gia.

CAPÍTULO DEZESSEIS

S axon apontou a arma e atirou.

    O capanga de Dennett correu para as árvores. À direita, Vander marchou pela grama. Felizmente, o Golden Gate Park não estava muito cheio hoje. Algumas pessoas ouviram os tiros e correram.

Vander girou, atirou nas árvores e balançou a cabeça.

— Foram embora. Dois caras carregaram o Dennett para fora. Ele foi atingido por um de seus próprios homens.

Saxon tinha zero simpatia.

— Willow — ele gritou.

À sua esquerda, ela apareceu por trás de alguns arbustos. Nervosa, caminhou em direção a eles, passando as mãos na calça jeans.

Saxon a observou. Desgrenhada, mas não machucada.

— Você está bem?

Ela umedeceu os lábios.

Saxon reprimiu suas palavras afiadas. Queria ligar para Gia. Sabia que ela ficaria preocupada.

Willow assentiu.

— Sim, hum, obrigada por ter vindo. Eu agradeço. — Ela lançou um rápido olhar para Vander, depois de volta para Saxon.

— Não fiz isso por você — ele respondeu.

Ela contorceu a boca.

— Certo. Foi pela sua preciosa Gia.

— Pela mulher que ainda está preocupada, apesar de você ser uma vadia. Apesar de você trazer problemas para ela e a colocar em perigo. Então, não comece, Willow.

— É melhor que venha conosco. — Vander parecia preferir outra opção. — Nos dê as joias, vamos te colocar em um lugar seguro e, assim que tudo estiver resolvido, você pode ir embora.

— Você sempre quis que eu fosse embora. — Ela jogou o cabelo para trás. — Para longe de sua irmã.

— Sim, porque você a usa. — O tom de Vander era duro.

— Porque você a magoou — Saxon acrescentou.

— Nenhum de vocês jamais achou que eu fosse boa o suficiente para ela...

— Deus — Saxon estourou. — Não importa o que pensamos, o importante é o que *você* pensa. Você acha que não é digna das coisas, então comete erros, assim outras pessoas te acham um desperdício. E isso perpetua o ciclo.

Ela o encarou.

— São suas escolhas, a sua vida. Todos nós temos que lidar com alguma coisa, Willow. Coisas que tentam nos arrastar para baixo. Não permita. Conserve as pessoas que se importam com você. — Ele olhou para Vander. — Não os arraste para baixo com você. Se você permitir, eles vão te ajudar a se tornar uma pessoa melhor e sempre estarão ao seu lado.

Vander ficou em silêncio por um momento.

— Bom discurso.

— Merda. — Não havia calor na voz de Saxon.

O amigo deu um tapinha em suas costas.

Willow pigarreou e se mexeu, nervosa, e foi quando o humor de Saxon piorou. Ele podia ler sua linguagem corporal com bastante facilidade.

— Tem algo que você não nos contou, Willow?

Ela mordeu o lábio.

— Não estou com as joias.

Vander e Saxon ficaram tensos.

— O quê? — Saxon questionou.

— Um dos idiotas do Dennett, Lex ou algo assim, me encontrou. — Ela passou a mão pela boca. — O cara ficou *exausto*. Eu corri, mas ele pegou as joias.

— Puta merda — Vander grunhiu.

O celular de Saxon tocou.

— Buchanan.

— Saxon.

A voz de Ace gerou um arrepio em sua coluna.

— Gia?

— Sinto muito, cara. Ela me enganou.

Saxon fechou os olhos e colocou o telefone no viva-voz.

— Fale.

— Ela recebeu uma chamada não rastreada. Do Lex.

O filho da puta a atraiu dizendo que estava com o Vander.

Vander grunhiu.

— Eu estou bem aqui.

— E ela acreditou nele? — Saxon perguntou.

— O Lex tinha uma gravação da voz do Vander. Fez parecer que era verdade.

Especialmente para uma irmã amorosa, uma mulher com um coração tão grande que faria qualquer coisa por aqueles que amava.

— A garota foi para a sala de arquivos, roubou o casaco de alguém e saiu. — Ace parecia irritado e um pouco surpreso. — Assim que percebi que ela estava sumida, rastreei seus movimentos nas câmeras de segurança do prédio. Ela entrou em um Cadillac branco e Lex estava dirigindo. Foi quando recebi o e-mail dela.

— E-mail? — Saxon perguntou.

— Ela me enviou um e-mail programado, me contando tudo.

Apesar do medo e da fúria dentro de si, Saxon queria sorrir, mas não conseguiu. Gia estava em perigo.

— Puta merda — ele rugiu. Lex estava com Gia, e o cretino queria machucá-la.

E o idiota também estava com as joias.

O rosto de Willow ficou pálido.

— Gia.

— Liguei para o Rhys — Ace avisou. — Ele está trabalhando nisso. Estou procurando câmeras de trânsito para localizar o Cadillac.

— Se ele machucá-la... — O peito de Saxon estava tão apertado que ele mal conseguia respirar.

— Se recomponha, Buchanan — Vander ordenou.

A voz do seu amigo estava fria como gelo. Saxon podia ver que ele havia entrado no modo de missão: frio, focado e firme como uma rocha.

Tinha que fazer o mesmo. Gia precisava dele.

— Certo, estamos voltando para o escritório — Vander avisou. — Vou ligar para o Hunt no caminho. Vamos encontrar esse idiota e trazer a Gia para casa.

Saxon assentiu.

— Daí você pode esquentar a bunda dela — Vander acrescentou.

Saxon encontrou os olhos azul-escuro de seu melhor amigo, com o peito apertado.

— Conte com isso.

Vander assentiu.

— Só não me conte os detalhes.

Saxon segurou o braço de Willow e a puxou para onde haviam estacionado.

— Vamos.

— Sinto muito. — Sua voz era um sussurro. — Nunca imaginei que ela poderia se machucar.

Ele não tinha tempo para as percepções de Willow.

De volta a Norcross, eles a colocaram em uma sala de espera com sofá, TV e algumas coisas para comer.

Vander foi direto para seu escritório e estava ao telefone, com uma mão no quadril, gritando ordens para alguém.

O telefone de Saxon tocou e ele viu que era Rhys.

— Me diga que você a encontrou.

— Ainda não, Sax. Mas vamos conseguir.

Ele baixou a cabeça.

Não podia perdê-la. Não quando estava percebendo que Gia Norcross o possuía.

Aguente firme, Gia. Vou te encontrar.

LEX A TIROU BRUSCAMENTE DO CARRO.

Estavam em um beco qualquer, em algum lugar na orla de Chinatown. Puxou seu braço, quase fazendo-a tropeçar.

— Pare de me puxar — ela retrucou.

Ele a golpeou com as costas da mão.

Gia piscou, sentindo o gosto de sangue na boca. *Cazzo. Stronzo.*

A essa altura, Ace já teria recebido seu e-mail. Esperava que ele pudesse encontrá-la. Pensou em Saxon. Ele estava bem. Tinha certeza de que ele já teria salvado Willow.

E agora, viria para salvá-la.

A menos que ela se salvasse primeiro.

Lex abriu a porta de um prédio e a puxou para dentro. Ela olhou em volta. Era um escritório vazio. As cortinas estavam fechadas, não havia móveis e as paredes estavam vazias.

Os dedos dele apertaram seu bíceps de forma cruel, e ela estremeceu. O idiota gostava de machucar as pessoas.

Ele a empurrou para o fundo da sala e foi quando ela viu uma mesinha de jogo posta e uma mala no chão. Dentro, viu armas e seu sangue congelou.

— E agora? — questionou.

— Agora, cale a boca.

Ela revirou os olhos.

— Não posso acreditar que seu ego e reputação são tão frágeis que você tem que recorrer a isso.

Ele lhe deu um olhar venenoso.

— Não vou deixar uma princesa mimada arruinar minha carreira.

— Um, não sou uma princesa mimada, na verdade tenho uma carreira. Dois, você é um pistoleiro contratado, e isso *não* é carreira.

Ele colocou algo na mesa.

Uma bolsa de veludo preto.

O pulso de Gia disparou. *Ah, meu Deus.*

Ele abriu e as joias se espalharam pela mesa. Ela ofegou. Eram lindas demais.

— Você está com elas. — Ela viu o diamante rosa.

— Sim. — Ele sorriu. — Sua amiga estúpida correu como um coelho quando me viu. Agora, eu ganho. Estou com as joias e vou vendê-las por uma pequena fortuna. E também tenho você.

O medo tomou conta de Gia, mas ela tentou não demonstrar.

— E quais são seus planos para mim?

— Vou te matar.

Ah, Deus. Gia lutou para manter o rosto inexpressivo.

O sorriso de Lex se alargou.

— Ah, gosto de saber que você está com medo. Vou prolongar isso o máximo que puder. Além do mais, é um bônus saber que seus irmãos estão correndo por aí, com medo pela sua irmãzinha.

Ela ergueu o queixo.

— Você vai cair, Lex. Quer me mate ou não, meus

irmãos e Saxon vão te dividir, membro por membro.

Ouviram um barulho vindo da porta da frente.

— Ótimo, o comprador está aqui.

— Dennett.

— Não é o Dennett.

Alfred Sackler entrou, acompanhado por dois homens inexpressivos e usando ternos. Gia respirou fundo, estremecendo. O olhar de Sackler se moveu sobre ela. Era calculista.

— Sr. Lex — Sackler o cumprimentou.

Lex acenou com a cabeça e com a mão para a mesa de jogo.

Os olhos de Sackler mostraram emoção. Ele se aproximou e tocou as joias suavemente.

Gia notou que ele não prestou atenção extra ao diamante rosa. Nem mesmo o mencionou. Interessante.

— Já combinamos o preço — Sackler disse. — Vou transferir um milhão de dólares para sua conta.

Ah, sim, Sackler não ia falar sobre o diamante inestimável.

— Também quero a mulher — ele continuou. — Vou te pagar por ela também.

O *quê?* Gia estremeceu e olhou feio para ele.

— Você não pode estar falando sério.

— Estou, sim. — Sackler sorriu. — Tenho utilidade para você.

— Ela não está à venda — Lex respondeu. — Tenho planos para ela.

Gia cruzou os braços.

— O mundo está cheio de idiotas. Não estou feliz por estar chamando a atenção de tantos.

Lex se moveu na direção dela, que empurrou o braço dele e o chutou na canela.

Ele cambaleou um passo para trás, com pura raiva em seu rosto.

— Definitivamente, ela não está à venda.

Gia levantou uma sobrancelha.

— Sou o menor dos seus problemas. — Ela virou a cabeça para olhar para Sackler. — Talvez você prefira discutir com o sr. Sackler por que ele está te dando apenas um milhão de dólares, quando há um diamante rosa de valor inestimável naquela bolsa.

A expressão de Sackler não mudou, mas seu olhar ficou gelado. Os dois guardas enrijeceram.

Lex ficou imóvel, com a testa franzida.

— O quê?

— Ela só está tentando causar problemas — Sackler zombou.

— Soube que as joias valiam duzentos e cinquenta mil — Lex comentou.

— As demais, sim, mas não o diamante rosa. — Gia empurrou uma mecha de cabelo atrás da orelha. — Sackler o perdeu em um jogo de pôquer para o Dennett e o quer de volta.

— Vadia — Sackler sussurrou.

Lex ergueu a arma, apontando-a para Sackler.

— Ela está dizendo a verdade. Você mentiu. Tentou me enganar.

— Não foi muito difícil, Lex.

Gia observou com interesse enquanto a mandíbula de Lex se movia e uma veia pulsava em sua têmpora. Ela quase podia ver a fumaça saindo de suas orelhas.

— O negócio está cancelado! — Lex grunhiu. — Saia daqui.

— Acho que não. — Sackler estalou os dedos.

Os dois seguranças abriram fogo. Os tiros foram ensurdecedores dentro do espaço fechado. Gia ergueu o braço e ofegou com um grito agudo.

Ao seu lado, o corpo de Lex estremeceu. Ele caiu no chão, sangrando.

Ai, meu Deus.

Ela inspirou e expirou, sentindo náusea e lutando contra uma onda de tontura. *Ai, meu Deus.*

Sackler caminhou até a mesa e pegou as pedras, jogando-as na bolsa. Em seguida, sorriu para Gia.

— No fim das contas, parece que você vem comigo. — Ele estendeu a mão para tocá-la, mas ela recuou. — Graças a você, consegui um excelente negócio pelas pedras, pelo diamante *e* por você. — Seu sorriso desapareceu. — Agora se mexa.

Ele a empurrou e quando ela chegou à porta, viu um grande Escalade preto estacionado bem na frente do prédio.

— Castle, lide com aquela sujeira. Se livre do corpo.

— Sim, senhor.

O outro segurança circulou o Escalade para chegar ao banco do motorista. Sackler abriu a porta traseira do carro.

— Entre.

Se ela entrasse, morreria. Gia recuou e correu.

Ouviu Sackler gritar. O outro segurança já estava do outro lado do SUV. Ela tinha a vantagem.

Correu pelo beco e virou em outro mais estreito entre dois edifícios.

Estava úmido e o mau-cheiro era forte. À frente, uma cerca de arame bloqueava o caminho.

Olhou para trás.

O capanga de Sackler apareceu correndo.

Merda. Gia tirou os sapatos. *Sinto muito, Manolo.*

Descalça, ela se apoiou na cerca e subiu. A saia dificultou, mas ela passou por cima e então saiu do outro lado, aterrissando com força. Algo atingiu seu pé, mas ela ignorou e olhou para cima.

O bandido de Sackler estava bem em frente a ela, e eles se encararam através da cerca.

Gia se virou e correu.

Ouviu o barulho revelador da cerca quando seu perseguidor a escalou. Correu pelo beco, se esquivando de uma poça. Seu peito queimava

Estava quase na rua...

Alguém agarrou seu ombro e a puxou para trás.

Gia perdeu o equilíbrio e caiu no chão. Seu quadril bateu com força, e ela gritou.

Foi quando algo tocou sua barriga.

Seu corpo estremeceu e seus músculos doeram. *Ai.* Seus dentes bateram juntos quando ela estremeceu.

Arma de choque.

O homem recuou, segurando o dispositivo em uma das mãos. Gia lutou para ficar consciente, mas a cabeça estava enevoada. Ela gemeu.

O bandido a pegou e a jogou por cima do ombro largo. Seu corpo inteiro estava bambo, e ela não conseguia se mexer.

Os momentos se passaram enquanto ele caminhava de volta, manobrando-a por cima da cerca. Logo estavam de volta ao Escalade.

Sackler sorriu.

— Deite-a no banco de trás. Pelo menos, ela não pode causar mais problemas.

Não aposte nisso, idiota. Gia foi jogada no assento e ficou lá, lutando contra as lágrimas. Estava machucada, e ela sabia que isso era ruim.

Sackler e seu homem entraram nos bancos da frente. O motor do Escalade ligou, e eles arrancaram.

Ela não desistiria. Era uma Norcross. E estava apaixonada por Saxon. Queria morar em sua linda casa, fazer amor com ele todos os dias, tomar banho na grande banheira e muito mais.

Continuou tentando se mover até que, finalmente, seus dedos se contraíram.

Sim.

Enfiou a mão por baixo do casaco e dentro do sutiã, onde havia escondido o telefone. Encontrou o botão de liga/desliga e o apertou, mantendo o telefone enterrado no casaco. O aparelho vibrou ao ligar. Com cuidado, ela o puxou, mantendo-o aninhado dentro das lapelas.

Olhando para cima, verificou Sackler. Ele e o segurança a estavam ignorando. Sem dúvida, esperavam que ela estivesse grogue e encolhida de terror.

Hoje não, Sackler.

Moveu os dedos lentamente sobre a tela. Em seguida, enviou uma mensagem para Saxon.

Com Sackler. Me encontre.

CAPÍTULO DEZESSETE

Saxon estava se esforçando para controlar suas emoções. Não ia perdê-la. Ele se recusava.

Tinha que encontrar Gia.

— Consegui algo — Ace gritou. Ele estava operando a parede de telas planas em seu escritório. — Cadillac branco avistado em Chinatown.

Uma notificação de mensagem soou no celular de Saxon, e ele o pegou. Sentiu seu coração se contrair.

— A Gia me enviou uma mensagem.

Vander, Rhys e Easton se aglomeraram em torno dele.

— Droga, o Sackler está com ela. — *Me encontre.* As palavras o atravessaram como uma lança.

— Estou rastreando o celular dela agora. — O rosto de Ace estava sério enquanto suas mãos digitavam no teclado.

Saxon se obrigou a ficar parado e respirar fundo. Sua mulher inteligente e sexy estava ocupada tentando se salvar. Puta merda, ele a amava.

O telefone de Vander tocou.

— É o Hunt. — Levou o telefone ao ouvido. — Fale comigo.

Rhys segurou o braço de Saxon.

— Aguente firme, Sax. Sei como você se sente, e é uma merda.

Ele encontrou o olhar de Rhys. Os olhos escuros eram muito semelhante aos de Gia. Os dois haviam os herdado da mãe. Rhys sofreu com Haven sendo levada – na verdade, ela foi sequestrada várias vezes.

— Nós a encontraremos. — O tom de Easton foi firme e inflexível.

— Ace? — ele o chamou.

— Estou trabalhando nisso.

Vander retrocedeu, seu rosto estava sombrio.

O peito de Saxon se comprimiu.

— O que foi?

— O corpo do Lex foi encontrado jogado em um beco na orla de Chinatown. Foi alvejado de tiros.

Easton praguejou.

— Também houve relatos de um homem carregando uma mulher.

— Ela está viva — Rhys afirmou. — Ela mandou aquela mensagem. Sabemos que ela está viva.

Mas por quanto tempo? Sackler não tinha medo de matar.

O rosto de Rhys endureceu.

— Gia é linda e atraente. Os rumores são de que Sackler gosta de fazer leilões privados com seus amigos para vender mulheres.

Idiota. Saxon fechou as mãos e viu um músculo

pulsar na mandíbula de Vander.

— Ele vai cair — Vander grunhiu.

— Ele nunca foi pego — Rhys disse. — Não há nada que prove os rumores.

— É o suficiente — Vander afirmou.

— Achei! — Ace gritou.

Todos se viraram.

— Onde? — Saxon questionou.

— Em Dogpatch. — Ace se inclinou e bateu na tela. — Parece um armazém.

Saxon estremeceu. Queria entrar em um carro e correr até lá. Mas o soldado nele sabia que precisava de mais informações. Não arriscaria a vida de Gia correndo despreparado e fora de controle.

— Droga, perdi o sinal. — Ace xingou. — O telefone dela está desligado ou foi destruído.

Merda, Sackler deve ter descoberto.

Vander encontrou o olhar de Saxon. Nos olhos azul-escuros de seu melhor amigo, Saxon viu a mesma necessidade de agir.

— Que informações você tem sobre o armazém? — Vander exigiu.

— Estou levantando agora. — Ace se endireitou. — É propriedade de Hanes-Brown Corporation. — Ele digitou no teclado e sorriu. — Que é propriedade da Sackler Enterprises.

— Quero o mapeamento. — Vander se virou. — Preparem-se. Vamos entrar e tirar a Gia de lá.

— Caramba, sim. — Saxon já estava indo para as escadas para ir ao vestiário.

Lá embaixo, eles se prepararam: coletes pretos à

prova de balas, calças cargo. Após retirar do armário de armas, Saxon prendeu sua Heckler & Koch à coxa e, em seguida, pegou seu rifle de assalto M4.

Estou indo, Contessa.

— Queria que o Rome estivesse na cidade — Rhys murmurou.

Saxon também. O homem tinha viajado no fim de semana para trabalhar como guarda-costas em Nova Orleans.

— Liguei para o Ryan — Vander comentou.

Bom. Saxon sentiu uma pontada de alívio. Ben Ryan era um ex-Navy SEAL. Era casado com sua namorada da época do colégio e tinha um contrato de trabalho com a Norcross. Preciso, confiável e bom de luta. Saxon ficou feliz em saber que ele os protegeria.

Totalmente equipado, pressionou um fone de ouvido no ouvido.

— Ace?

— Tudo certo. — A voz de seu amigo era cristalina.

Todos verificaram suas comunicações e se dirigiram aos X6s.

Ryan estava esperando por eles. Apesar de estar fora da Marinha há vários anos, seu cabelo loiro ainda era cortado curto no estilo militar e seu porte firme. Ele já estava equipado.

— Bom te ver, Ben. — Vander apertou a mão do homem.

— Com certeza — Ben respondeu.

— Vamos invadir um armazém em Dogpatch. O filho da puta, com apoio desconhecido, está com a Gia.

Ben assentiu.

Logo, eles se dividiram em dois SUVs. Rhys, Easton e Ben estavam em um. Saxon e Vander, no outro.

Cada segundo da viagem fez os nervos de Saxon ficarem mais tensos. Sua cabeça estava cheia de imagens de Gia. Começando com a adolescente bonita de olhos escuros, até a mulher linda e corada sorrindo para ele enquanto vestia sua camisa.

— Eu a amo.

Vander olhou para ele do banco do motorista.

— Eu sei. Nós vamos tirá-la de lá. Vocês têm anos pela frente para enlouquecerem um ao outro.

— Eu vou me casar com ela. — Assim que pudesse.

Vander ficou em silêncio por um momento.

— Lamento ter ficado chateado quando descobri sobre vocês. Foi uma reação automática de irmão. Se minha irmã tem que estar com alguém, gostaria que fosse com um homem que respeito. Um homem que vai tratá-la bem. Vocês dois são perfeitos um para o outro.

A garganta de Saxon se apertou.

— Obrigado, Vander.

Eles dirigiram para o sul e logo chegaram a Dogpatch, que ficava perto da baía. Observou os armazéns adiante. Vander estacionou e eles desceram, com os rifles nas mãos.

Saxon tinha estado em uma situação semelhante tantas vezes – em missão, com arma na mão, Vander ao seu lado.

— Vou fazê-la feliz. — Sorriu de forma breve. — E deixá-la com raiva, excitada, louca e eufórica.

— Eu sei, irmão. — Vander segurou seu ombro. — Vamos buscá-la.

Eles seguiram para o armazém. Vander murmurou para os outros, que estavam entrando do outro lado.

— Dois alvos na porta — o irmão de Gia falou.

Saxon os viu. Dois homens de terno. Estavam armados – viu a forma protuberante das armas por baixo do paletó.

— Não temos ideia de quantos estão lá dentro, certo? — Vander fez uma careta.

— Vander, tenho um drone no ar — Ace declarou. — Me dê um minuto e eu farei uma varredura de calor.

— Certo.

Merda, isso significava que precisavam esperar pelo drone. Saxon soltou um suspiro. Esperar sempre foi a parte mais difícil de qualquer missão.

Ele esperava que Sackler só tivesse alguns seguranças com ele. E que Gia estivesse mantendo a boca atrevida fechada por enquanto.

— Lex estava com as joias — Vander disse. — E com a Gia.

— E agora ele está morto, e Sackler está com a Gia.

— Então, provavelmente também está com as joias.

Seus olhares se encontraram.

— Tudo que me importa é ela — Saxon disse. — Vamos resgatá-la primeiro. As pedras são secundárias.

Vander ergueu o queixo.

— Isso aí.

Houve um clique em seus fones de ouvido.

— Vander, estamos posicionados do outro lado do armazém — Rhys avisou.

— Conseguem ver a Gia ou Sackler? — Vander perguntou.

— Não. Tudo o que podemos ver no armazém são prateleiras cheias de caixas.

— Certo.

— O Drone está a três minutos — Ace murmurou.

Saxon sabia que Vander havia gastado uma fortuna em pequenos drones de alta tecnologia de nível militar. Ace tratava as porcarias como bebês. Tinham imagens térmicas, câmeras de alta resolução e alguns eram até mesmo equipados com armas.

De repente, houve um tiroteio dentro do armazém.

O coração de Saxon parou. Ele sacou o rifle M4.

Começou a avançar.

— Saxon, — Vander sussurrou.

— *Não* vou esperar. A Gia está lá, e eu vou buscá-la.

Vander praguejou e o seguiu.

CERTO, este armazém era assustador.

Gia fungou. Só havia algumas luzes acesas e a fraca luz do sol filtrada pelas janelas altas. O lugar estava cheio de sombras.

Quando se estava apavorado, se imaginava todos os tipos de coisas ruins na escuridão.

Dito isso, Gia estava bem ciente de que a coisa mais perigosa no local era Sackler, que andava à sua frente.

Como alguém podia ser tão corrupto?

O segurança atrás dela a empurrou, e Gia lhe lançou um olhar feroz por cima do ombro.

Idiota. Murmurou a palavra e o observou franzir o cenho. O idiota havia encontrado seu telefone quando a arrastou para fora do Escalade. Ele o deixou despedaçado na rua.

Caminharam entre duas longas fileiras de prateleiras de metal que iam quase até o teto. Todo o lugar estava cheio de prateleiras com caixas e engradados.

Eles chegaram ao fim da fileira, e uma pequena mesa e cadeiras estavam em um espaço aberto. Havia mais guardas lá também.

Gia engoliu em seco. Saxon e Vander viriam. Os dois poderiam lidar com esses caras de olhos fechados.

Respirando fundo, Gia seguiu Sackler.

Até avistar a cela.

Ela tropeçou e sentiu como se seu peito desabasse. Não era grande – batia na sua cintura e era feita de metal.

Duas mulheres estavam sentadas ali dentro. Gia respirou fundo. Estavam apavoradas. Talvez fossem alguns anos mais jovem que Gia, e era difícil adivinhar suas nacionalidades. Uma tinha a pele clara e cabelos longos e negros, enquanto a outra tinha pele negra e cabelos castanhos. As duas eram extraordinariamente bonitas.

Gia foi tomada pela raiva.

Sackler havia sequestrado essas mulheres. Estava mantendo-as em uma gaiola como animais.

Apertou a mão na coxa, cravando as unhas na pele. Ele seria derrubado. O que quer que acontecesse aqui hoje, Gia jurou libertar essas mulheres e garantir que Sackler fosse detido.

Ele parou na mesa e olhou para Gia.

— Também tenho uma cela para você, adorável Gia.

— Vá se foder.

Os lábios dele se contraíram.

— Você gostaria? Posso fazer você se divertir.

Eca. O estômago de Gia se revoltou. O cretino não ia colocar um dedo nela.

Com uma risada, Sackler virou a bolsa de veludo. Pedras coloridas se espalharam pela mesa.

Ele ergueu o diamante rosa claro.

— Ahh.

Era bonito. Parecia errado estar na mão feia do idiota.

— Sim, tudo funcionou melhor do que eu esperava. Aquele idiota do Dennett aprendeu uma lição, peguei meu diamante de volta e, como bônus adicional...— ele acariciou o cabelo de Gia — peguei você.

Ela balançou a cabeça.

— Acho que vou vomitar.

Seu rosto endureceu, e ele se virou para os seguranças.

— Vão e verifiquem o armazém.

Os homens assentiram e desapareceram nas sombras, e o pulso de Gia disparou.

Sackler a puxou para perto e tentou beijá-la, mas assim que seus lábios tocaram os dela, ela o mordeu.

Com um grunhido, ele a sacudiu.

— Você não vai se safar disso — ela gritou. Argh, parecia uma frase de filme ruim. — Meus irmãos e meu namorado vão te impedir. *Eu* vou te impedir. Vou libertar aquelas mulheres, pegar o diamante e, se tiver sorte, vou ter a chance de atirar em você.

Sackler inclinou a cabeça para trás e riu. Aproveitando a chance, Gia deu um soco em sua barriga.

Ele perdeu o ar e grunhiu de dor e surpresa.

Usando toda a sua força, ela deu uma joelhada no rosto do homem e arrancou o diamante de sua mão.

Com um som estrangulado e agonizante, Sackler caiu de joelhos, segurando a cabeça.

Gia se virou e olhou para as mulheres.

— Eu vou voltar, prometo. — Correu pelas prateleiras.

Segurou o diamante com firmeza, que era surpreendentemente quente ao toque. Examinou prateleiras. *Saída*. Precisava de uma saída.

Em algum lugar, ouviu um berro.

— Encontrem-na!

Merda.

Ouviu as armas disparando e quase tropeçou.

— Viva — Sackler gritou. O tiroteio cessou imediatamente.

Pelo menos seus pés descalços mantiveram seus passos silenciosos. Ela correu para um cruzamento no meio do armazém. Droga, o lugar era um labirinto. Precisava de uma saída. Vamos, vamos.

Virou à esquerda, mas um segundo depois, ouviu alguém descendo uma das fileiras.

Se afastou e se abaixou.

Um segurança passou vociferando por ela. Ouviu o barulho de um rádio.

— Alguém a viu?

— Ainda não.

Gia recuou, se virou e correu na direção oposta. Ela cerrou os dedos no diamante. Fez uma curva.

E se viu cara a cara com um segurança.

Ele franziu o cenho e a alcançou.

Merda. Gia saltou sobre ele.

Ela o pegou de surpresa, e eles caíram. O bandido atingiu o solo primeiro, com o peso de Gia sobre ele, e ela ouviu quando ele perdeu o ar. Bom. Ele estava sem fôlego.

Enfiou o diamante na frente da blusa e rolou para o lado. Envolveu os braços no pescoço dele em um estrangulamento que Vander a havia ensinado diversas vezes. Não precisava de força bruta para sufocar alguém, só tinha que acertar o ponto certo antes que a empurrassem.

O segurança enrijeceu, e Gia colocou todas as suas forças no estrangulamento. Foram os dois segundos mais longos de sua vida, mas finalmente, o cara caiu.

Obrigada, meu Deus.

Ouviu o barulho do rádio dele.

— Sutton, você está aí?

Gia ficou de pé.

— Sutton, responda.

Merda. Ela ouviu passos vindo em sua direção.

Se virando, ela correu e disparou por outro corredor. Então ouviu mais vozes à sua frente. Seu peito travou. *Porcaria.* Estava presa.

Olhou para uma das prateleiras e viu um espaço entre duas caixas. Se espremeu nele, deslizando pelas duas caixas grandes e saiu na próxima fileira. Mas ouviu mais passos em sua direção.

Merda, merda, merda.

— Sutton caiu — alguém gritou. — Ela está por perto.

— Eu quero a mulher e o diamante de volta agora! — Sackler gritou.

Com o coração batendo forte, Gia correu, mas um

bandido apareceu. Quando ele a viu, ergueu a arma e atirou.

Gia se abaixou e se espremeu na próxima prateleira. Por um segundo, ficou presa e amaldiçoou seus quadris curvilíneos, mas então se libertou.

Droga, estavam convergindo para ela. Olhou para as prateleiras. Poderia funcionar? Estava sem outras opções.

Apoiou o pé em uma caixa e a escalou. Subiu por duas prateleiras e se espremeu em um espaço entre um engradado e uma caixa.

Lá embaixo, dois seguranças passaram correndo.

Gia fechou os olhos e tentou acalmar sua respiração. Pensou em Saxon.

Vamos lá, bonitão. Agora seria um excelente momento para um resgate.

CAPÍTULO DEZOITO

Saxon e Vander circundaram o armazém, se aproximando dos guardas na porta da frente.

Ele ouviu Vander murmurar no fone de ouvido para os outros, mas permaneceu focado em entrar.

Tinha que chegar até sua *contessa*. À Gia.

Saltou no primeiro guarda. Com dois golpes violentos, Saxon derrubou o homem. Abaixou o corpo inconsciente do homem no chão.

Vander lutou com o outro. Mesmo que o cara claramente morasse na academia, já que tinha um corpo volumoso e não tinha pescoço, e provavelmente tinha vinte e poucos anos, o irmão de Gia não precisava se esforçar muito.

Com outra cotovelada na cabeça, o homem bateu na parede do armazém e escorregou para o chão.

Saxon e Vander tiraram as armas dos homens, então Vander ergueu a mão e fez um sinal com a mão. Apontou para a porta.

Erguendo a M4, Saxon assentiu. O irmão de Gia abriu a porta e eles entraram em silêncio.

Examinando o interior, Saxon avaliou as prateleiras e as sombras. Esperou, então ouviu gritos em direção ao centro do espaço.

Estou indo, Gia. Fique bem. Ela tinha que estar bem.

Ele e Vander se separaram. Saxon não tinha ideia de quantos guardas havia lá dentro. À distância, ouviu Sackler gritar ordens.

Saxon fez uma pausa e apoiou as costas contra a prateleira.

— Alguém a viu? — uma voz profunda perguntou.

— Só um vislumbre. Atirei nela, mas ela desapareceu.

Saxon memorizou aquela voz. Esse idiota ia se dar mal.

— Teve sangue? — outro homem perguntou.

Saxon ficou tenso.

— Nada.

Ele relaxou um pouco.

— Não posso acreditar que aquela vadia pulou no Sutton.

— Um caiu. — Ouviu o murmúrio baixo de Vander no fone de ouvido.

Vander estava fazendo aquilo que fazia de melhor: usar as sombras e matar os guardas de forma rápida e silenciosa.

Isso significava que Saxon poderia encontrar Gia.

Ele avançou e seguiu para outro corredor. Correu de forma silenciosa, chegando mais perto de onde os guardas estavam agrupados.

De repente, um homem dobrou a esquina. Ele arregalou os olhos.

— Quem é você?

Saxon se chocou contra o homem. O guarda se voltou para ele, que se esquivou e deu um soco no rim do cara.

O guarda gritou, mas Saxon o chutou para as prateleiras.

— Vander. — Era a voz de Ace. — Tem cinco guardas e Sackler lá dentro. Existem duas marcas de calor na extremidade do espaço no que parece uma gaiola. Uma marca menor, no alto.

Essa só podia ser de Gia, já que estavam procurando por ela. Ela estava se escondendo. Saxon deu um soco no guarda novamente, e o bandido caiu de cara no chão. *Garota esperta.*

— Puta merda — Ace grunhiu. — Um Escalade com mais cinco seguranças acaba de chegar.

— Rhys, prossiga — Vander ordenou.

— Estou indo — o irmão dele respondei.

Rhys, Easton e Ben viriam das baias de carga.

— Onde está Gia? — Saxon murmurou.

— Fila central, perto da extremidade da baía de carregamento — Ace respondeu.

Saxon se moveu rapidamente, examinando as prateleiras. Deveria estar aqui em algum lugar.

— Ah, Sr. Buchanan.

Saxon se virou. Sackler estava lá com dois capangas. Os dois estavam com as armas apontadas para ele. Um segurava uma pistola, enquanto o outro estava com uma espingarda.

— Largue a arma — Sackler ordenou.

Saxon jogou o rifle no concreto.

— Quero que você chame a srta. Norcross, caso contrário, meus homens vão atirar em você.

Saxon permaneceu em silêncio.

— Ela está com o meu diamante — Sackler estourou. — Chame-a!

Saxon riu.

— Ela pegou o diamante, derrubou um de seus guardas e você a perdeu?

O rosto de Sackler se contorceu.

— *Chega*. Chame-a.

Um dos guardas disparou a espingarda com um estrondo. A bala atingiu algumas caixas à direita de Saxon.

— Vá se foder, Sackler — ele resmungou.

O homem pegou a espingarda do guarda e caminhou até Saxon. Enfiou o cano no estômago de Saxon.

— Não me teste.

— Ela é cem vezes mais inteligente do que você — falou. — Seu pequeno império, todas as coisas nojentas que você faz, isso termina hoje.

— Não, sr. Buchanan, *você* vai terminar hoje, sangrando aqui no concreto.

— Já usou uma espingarda?

Sackler enrijeceu.

— Achei que não. — Saxon arrancou a arma das mãos do homem e deu um soco no rosto de Sackler.

Ele gritou, com o sangue jorrando do nariz e se espatifou no chão. Saxon carregou a espingarda, girou e atirou contra os guardas.

Os homens caíram em direções diferentes. O que

estava com a arma disparou, mas as balas atingiram uma caixa acima da cabeça de Saxon.

O outro se levantou e puxou uma faca do cinto. Em seguida atacou.

Saxon balançou a espingarda como um bastão. Bateu na cabeça do guarda com um estalo e o homem voou para o lado, caindo em cima de Sackler, que gemia.

— Não se mova — uma voz falou.

Saxon ergueu os olhos. O último guarda apontava uma Glock para a sua cabeça. Seus olhos estavam firmes, experientes.

De repente, uma forma saltou da prateleira acima deles e se chocou contra o homem.

A dupla caiu no chão e a arma do homem voou de suas mãos.

Gia deu um tapa na cabeça dele.

— Ninguém aponta uma arma para o meu homem!

O guarda tentou cobrir a cabeça para se proteger, mas ela não parava de esbofeteá-lo.

— Muito bem, princesa guerreira. — Saxon a puxou para cima. — Acho que ele aprendeu a lição.

— Ele ia atirar em você. — Ela se abaixou e deu mais um tapa.

Deus, ele a amava. Pegou a arma do guarda. Era impossível amá-la mais do que isso porque não havia mais espaço dentro dele. Um soco nocauteou o homem, e então Saxon a arrastou em seus braços e a beijou.

Droga, se sentiu fraco pela onda de alívio. Ela estava bem. Estava viva e em seus braços.

— Estou pensando em te prender.

Ela sorriu para ele.

— Só se você ficar comigo.

— Eu quero meu diamante.

Eles giraram.

Sackler estava de pé, com o nariz inchado, o sangue escorrendo pelo rosto e ensopando a camisa. Apontava uma arma para Gia.

Saxon enrijeceu. Ele era um idiota. Achou que Sackler estava caído e não tinha mais armas. Estava muito distraído de alívio para verificar novamente.

Erro de novato.

— Sei como usar esta, Buchanan — o bandido disse.

Saxon deu um passo na frente de Gia. Ela se colocou para frente para ficar ao lado dele.

Olhou para ela, mas a garota apenas ergueu o queixo, com os olhos desafiadores.

Os sons de luta ecoaram em outras partes do armazém. Vander e os outros estavam ocupados.

— Srta. Norcross, a menos que você queira que seu cérebro se espalhe por cima do seu namorado, sugiro que me dê o que quero.

Com um suspiro, Gia enfiou a mão no decote da camisa e puxou o diamante.

Caramba, era grande. Era de um rosa pálido e havia algo quase sobrenatural nele.

Sackler olhou para a pedra, curvando os lábios.

— Passe para cá.

— Não — Gia disse.

O homem deu um passo à frente e sacudiu a arma.

— Agora!

Saxon ficou tenso, pronto para qualquer coisa.

— Gia.

A vida dela era mais importante para ele do que qualquer pedaço de carbono.

Ela balançou a cabeça.

— Ele não pode...

— Eu te amo — ele disse. — Não dou a mínima para esse diamante.

— Você me ama? — ela perguntou em um sussurro.

— Acho que sempre amei. Desde a primeira vez que você me disse que eu era um esnobe arrogante e sabe-tudo. Acho que você tinha quatorze anos.

Ela mordeu o lábio.

— Tenho certeza de que não disse isso.

— Acho que você me chamou assim na semana passada.

Seu rosto suavizou.

— Eu também te amo, Saxon. Perdidamente. — Ela franziu o cenho. — Mas não posso acreditar que você está me dizendo isso *agora*. Com um bandido apontando uma arma para nós. De todos os momentos.

Saxon sorriu.

— Bem, você não vai se esquecer.

— Seu romance precisa ser melhorado.

— Ah, vou te mostrar o romance.

— Chega! — Sackler rugiu.

ALBERT SACKLER PARECIA MUITO MENOS polido e presunçoso do que antes.

Gia lhe deu um olhar furioso.

— Eu te avisei que o Saxon e meus irmãos fariam você

se arrepender de suas escolhas. Você escolheu ser um idiota.

Tiros ecoaram na parte de trás do armazém. Sackler olhou para lá com nervosismo.

— Agora você tem que lidar com as consequências. Escravizou mulheres seu cretino — ela grunhiu. — Matou pessoas, tudo por sua própria ganância.

— Escravizou mulheres? — O tom de Saxon era afiado como uma lâmina.

— Há duas mulheres em uma gaiola do outro lado do armazém.

Ela sentiu o grande corpo dele ficar tenso e sua voz diminuir de tom.

— É isso que você planejou para a Gia, Sackler? Você ia colocar minha mulher em uma gaiola?

O homem engoliu em seco, então acenou com a arma para eles.

— *Parem de falar*. Me dê o diamante!

A arma disparou e a bala atingiu o concreto a seus pés.

Gia gritou e Saxon a puxou para perto, protegendo-a.

— Você quer o diamante? — ela perguntou. — Então pode ficar com ele. — Ela mirou e usando toda sua força, alimentada por toda a sua raiva, apontou e o jogou como uma bola de beisebol.

A pedra foi direto para Sackler e o acertou entre os olhos. Com um gemido, ele caiu no concreto.

O diamante quicou no chão e rolou para longe.

Sackler fez um som sufocado. A arma caiu de seus dedos.

Saxon se lançou e chutou a arma para longe.

— Ele está desmaiado. — Ele olhou para ela. — Caramba, *Contessa*, sua mira é incrível.

— Joguei softball por anos. — Ela sorriu. — Eu era boa.

Saxon prendeu as mãos de Sackler. Em seguida, amarrou os guardas.

— Você é muito boa. — Ele se levantou, passando por cima do diamante.

— Saxon, o diamante rosa...

— Não ligue para isso. — Ele olhou com atenção para seu corpo e contraiu o rosto. — Algum desse sangue é seu?

Ela passou a mão na camisa manchada.

— Não. Sackler matou o Lex e eu estava perto demais.

Ele a tomou em seus braços.

— Deve ter um pouco do meu sangue em meu nos pés. — Ela olhou para os dedos dos pés descalços e franziu o nariz. — Tive que abandonar meu par favorito de Manolo Blahniks em um beco. Então um bandido me perseguiu e eu pisei em algo.

— Talvez tenha que tomar uma injeção antitetânica ou precisar de pontos, mas parece mais chateada com os sapatos.

— Estou, Saxon. Eram meus favoritos.

— Suspeito que todos sejam seus favoritos. — Ele afastou o cabelo do rosto dela. — Vou comprar mais para você. Eu sou rico, lembra?

Ela puxou sua cabeça para perto.

— Humm, é mesmo.

— Você está segura agora — ele afirmou.

— Sabia que você viria. E a Willow?

— Ela está bem.

— Que bom. — Gia entrelaçou as mãos em seus cabelos.

Ele tomou sua boca com fome. Todas as emoções dentro dela se fundiram em uma necessidade brutal por este homem. Ela estava viva. Ele também.

Isso finalmente estava acabado.

Ele grunhiu em sua boca, entrelaçando a língua com a sua. Gia saltou e envolveu as pernas ao redor da cintura dele, e as mãos dele seguraram sua bunda.

Humm, isso fez tudo valer a pena.

— Deus, meus olhos. — Ouviram o murmúrio profundo de Easton.

— Preciso de alvejante — Rhys respondeu.

Um grunhido soou, que só podia ser de Vander.

— Sorte de vocês dois por esta ser a primeira vez que veem isso.

Com relutância, Gia ergueu a cabeça.

Seus os irmãos estavam em uma fileira – parecendo incrivelmente perigosos de preto, com armas nas mãos.

Vander examinou os destroços ao redor deles e se abaixou para pegar o diamante.

— É bom ver que você está bem, Gia — Easton disse.

— Mesmo que o Saxon estivesse com a língua em sua boca e as mãos na sua bunda — Rhys resmungou.

— Se acostume com isso. — Saxon a colocou no chão. — Vou me casar com ela.

O coração de Gia parou e ela olhou para ele.

— O quê?

— Assim que eu puder. — Ele olhou para Vander. — A Gia disse que havia duas mulheres presas aqui.

Vander apertou os lábios e assentiu.

— Ben está com elas.

Gia se virou para Saxon.

— Você não pode me pedir em casamento agora! Tem que fazer isso de forma romântica. Com uma aliança.

— Não, não estou pedindo, estou comunicando. Você vai se casar comigo. Talvez possamos ir para Vegas para fazer isso mais rápido.

— Vegas — ela resmungou. — De jeito nenhum, Saxon Buchanan. Quero um grande casamento, com um vestido de grife que vai te impressionar.

— Tudo bem. — Ele sorriu para ela.

O olhar em seus olhos fez o coração dela disparar.

— Eu te amo, Gia — ele se declarou.

Ela se derreteu.

— Deus nos ajude, também te amo.

A voz de Ace soou através do fone de ouvido de Saxon e Gia pôde apenas ouvir as palavras.

— Gente, vocês têm companhia.

— O quê? — Vander ficou tenso.

Saxon empurrou Gia para o centro do grupo e todos os homens empunharam suas armas.

— Dez homens entrando no armazém e se movendo rápido — Ace avisou.

— Puta merda — Saxon murmurou.

Gia engoliu em seco. Isso deveria ter acabado.

Dois grupos de cinco homens surgiram em uma fila, em cada extremidade, os aprisionando. Todos seguravam armas.

Os homens não esboçavam qualquer expressão. Alguns deles se afastaram e Kyle Dennett deu um passo à frente. Ele estava com um braço em uma tipoia.

O homem sorriu.

— Sempre vale a pena deixar que outros façam todo o trabalho duro por você. — Ele estendeu a mão ilesa. — Vim pelo diamante.

Droga. Gia murmurou alguns bons palavrões em italiano.

— Se o entregarmos — ela o encarou —, você vai deixar a mim e a Willow em paz.

Saxon a envolveu com um braço.

— Você não está em posição de barganhar, srta. Norcross. A Willow precisa ser punida.

Deus, que idiota.

O olhar de Dennett se voltou para Saxon, depois para Vander.

— Vocês estão em menor número. Se atirarem, alguém vai se machucar.

Vander ergueu o diamante.

Mesmo com pouca luz, havia algo incrível nisso. Gia sentiu que poderia ficar olhando para ele para sempre.

O rosto de Dennett assumiu uma expressão aguda.

— Finalmente.

Droga. Gia não queria que esse idiota colocasse as mãos na gema.

De repente, corpos vestidos de preto desceram das prateleiras acima deles, aterrissando por toda parte.

Gia engoliu um grito.

Os recém-chegados atacaram.

O som de socos e grunhidos, e corpos batendo no

concreto, encheu o ar. Em segundos, os homens de Dennett caíram e foram desarmados.

Um homem alto e musculoso em uma roupa negra, com uma máscara sobre a metade inferior do rosto, deu um passo atrás de Dennett. Ele pressionou a arma na nuca do bandido. Seus olhos dourados brilharam acima da máscara.

Gia estremeceu. Ele tinha fascinantes e assustadores olhos de tigre.

— Quem são vocês? — Dennett gritou. — Eu vou...

Com um movimento rápido, o homem bateu com a coronha da arma na nuca de Dennett. Com um suspiro agudo, ele desmaiou.

Gia olhou ao redor. A equipe de preto havia derrubado todos os homens de Dennett – com rapidez e eficiência.

— Ninguém se mexa. — Ela ouviu uma voz feminina falar.

Gia piscou. Uma dessas pessoas era uma mulher? Ela os analisou com mais cuidado e chegou à conclusão de que três tinham corpos mais delgados e provavelmente mulheres.

— É bom ver você, Lachlan — Vander disse.

O homem de olhos dourados inclinou a cabeça.

— Vander.

— Acho que você está aqui por isso. — Seu irmão ergueu o diamante.

CAPÍTULO DEZENOVE

Os amigos de Vander da Black Ops tinha vindo fazer uma visita.

A equipe Ghost Ops de Saxon era na verdade Black Ops, mas isso sempre foi segredo. O líder alto tirou a máscara do rosto severo. Ele apertou a mão de Vander.

— Você vai simplesmente dar o diamante a eles? — Gia perguntou.

O homem, Lachlan, olhou para ela. Seus olhos eram intensos, avaliadores.

— Sim.

Uma mulher alta e em forma, com cabelo loiro preso em uma trança avançou.

Vander entregou o diamante à mulher.

— É o trabalho deles, Gia.

Ela se endireitou.

— Mas...

— Eles são os mocinhos — seu irmão explicou. — E o diamante está mais seguro com eles.

Gia franziu a testa, mas ficou quieta.

— Presumo que você nos deixará para acabar com a confusão? — Vander perguntou.

Os lábios de Lachlan se moveram no que poderia ter sido um leve sorriso.

— Nunca estivemos aqui.

— Tudo bem. — Vander assentiu. — Ouvi dizer que você ficou noivo.

Agora Lachlan sorriu.

— Se você for a Las Vegas, me ligue. Vamos jantar fora, porque eu não recomendaria a comida da minha noiva.

Alguns de sua equipe riram. A loira bufou.

— Vou contar a ela que você disse isso.

— Ela é uma confeiteira e tanto, então você vai ter que experimentar as sobremesas que ela faz. — Lachlan colocou a máscara de volta no lugar. — Obrigado pela ajuda.

— Você também, Lachlan.

Em segundos, a equipe recuou e foi embora.

Gia piscou.

— Eu acabei de imaginar isso?

— Não. — Saxon apoiou o rosto dela contra seu peito. Era muito bom abraçá-la. — Você acabou de conhecer o Time 52. Não pode contar a ninguém sobre eles.

— O diamante...?

— Possivelmente era do diamante Grande Mesa e provavelmente é perigoso.

— Perigoso? Como um diamante pode ser perigoso?

— Não pergunte, Gia. Está em boas mãos. — Ele passou os dedos em seu cabelo e inclinou seu rosto para cima. — E você também.

Ela sorriu, seu rosto suavizando. Estava péssima. Roupas manchadas e rasgadas, o cabelo um emaranhado selvagem, sem sapatos e sangue seco no rosto. E nunca pareceu mais bonita.

Em algum lugar do armazém, uma porta se abriu.

— Polícia! Ninguém se move.

— Oh-oh — Gia murmurou.

— Hunt, é o Norcross — Vander gritou. — Todas as ameaças estão neutralizadas.

Um segundo depois, o detetive Hunt Morgan caminhou na direção deles. Ele estava usando calça escura, camisa azul com um coldre de ombro e o distintivo preso ao cinto. Vários policiais uniformizados estavam dois passos atrás dele.

Hunt olhou ao redor do espaço e tensionou a mandíbula.

— Puta merda.

— Os bandidos estão incapacitados — Vander disse. — Você deveria me agradecer.

Hunt lançou um olhar furioso para Vander.

— Gia, você está bem?

Ela assentiu.

— Um dos caras da equipe do Vander está com duas mulheres que esse idiota — ela apontou para Sackler, que estava grogue no chão — prendeu em uma gaiola.

Hunt pareceu ainda mais tenso. Acenou para dois policiais. Eles ergueram Sackler, enquanto outros policiais verificavam os seguranças caídos.

— Há também um saco de pedras preciosas — Gia acrescentou.

— Vocês todos têm estado ocupados — Hunt comentou.

Ela sorriu e Saxon negou.

— Certo, bem, se acomodem — Hunt falou. — Preciso do depoimento de todos e fazer meu discurso semanal para o Vander sobre correr por São Francisco, causar estragos e não alertar a polícia sobre o que está acontecendo.

Vander balançou o rifle no ombro.

— Eu lhe devo uma cerveja.

— Você me deve uma cervejaria inteira — Hunt rebateu.

Eles prestaram os depoimentos aos detetives, e os paramédicos verificaram os pés de Gia. Não precisava de pontos e sua vacina antitetânica estava em dia.

As mulheres também foram examinadas e levadas ao hospital. As autoridades iriam encaminhá-las a suas famílias.

O melhor de tudo era que Albert Sackler estava atrás das grades e Hunt havia conseguido mandados de busca para revistar sua casa e outras propriedades.

O que quer que acontecesse, o homem estava ferrado.

— Preciso de um banho — Gia falou.

— Vamos, princesa guerreira. — Depois de acenar para Vander e os outros, e esperar enquanto seus irmãos a abraçavam, eles saíram para o X6.

— Um banho e comida estão reservados para você. — Ele afivelou o cinto de segurança dela, e logo estavam voltando para sua casa.

Ela se virou no assento.

— A propósito, não aceito sua proposta de casamento

277

meia-boca. Faça isso corretamente, Saxon Buchanan. Com uma grande aliança e uma garrafa de champanhe.

Ele sorriu para ela. Sua Gia não tinha vergonha de pedir o que queria.

De volta a sua casa, ele a carregou escada acima.

— Por que me sinto tão esgotada? — Ela apoiou a cabeça em seu ombro.

— Você esteve cheia de adrenalina o dia todo. Estressada a semana toda. É normal se esgotar.

Ele a carregou para o banheiro

Depois começou a preparar o banho, depois a ajudou a tirar suas roupas.

— Saxon, eu posso fazer isso...

— Me deixe cuidar de você, Gia.

Ela assentiu. Ele notou que havia alguns novos hematomas, mas, no geral, ela estava bem. Beijou seu ombro, depois o cotovelo, passou os dedos por seu lado.

— Quero tirar a sujeira e o sangue antes de entrar na banheira — ela murmurou.

— Vá tomar banho, depois entre na banheira. Vou preparar a comida. — E algumas outras coisas.

Ela entrou no chuveiro e mandou um beijo para ele.

Saxon pegou o telefone e, na cozinha, fez uma ligação. Felizmente, o dinheiro podia fazer quase tudo acontecer, e rápido. Em seguida, pegou nozes, pimentões recheados, queijo e biscoitos. Ele os colocou em um prato. Depois, pegou duas taças de champanhe.

A campainha tocou. Ao descer, verificou se Gia estava na banheira e desceu para pegar o que havia pedido.

Logo depois que atendeu a porta, ele pegou uma

garrafa gelada de Moët & Chandon, as taças de champanhe e o prato de petiscos.

Quando entrou no banheiro, ela estava deitada na banheira, o cabelo úmido preso no topo da cabeça e os olhos fechados. Seus belos seios estavam visíveis através das bolhas, e ele se excitou.

Colocou tudo ao lado da banheira e ela abriu um olho.

— Moët, meu favorito.

— Eu sei. — Ele encheu a taça e entregou a ela.

— O que estamos comemorando? — ela perguntou.

— Estarmos vivos. Que você está segura. — Ele encheu sua própria taça e encostou a sua na dela. — O fato de Sackler estar atrás das grades.

— Essas coisas são muito boas.

— Eu te amar mais do que pensei que poderia amar qualquer pessoa.

Ela murmurou seu nome.

— Saxon...

— Nunca amei ninguém antes. Você é tudo para mim, Gia Norcross.

Ela estendeu a mão e puxou a cabeça dele para si. Então o beijou, longa e profundamente.

— Estamos comemorando mais uma coisa — ele declarou.

— Você me comprou um novo par de Manolo Blahniks?

— Não. Estamos comemorando que você vai se casar comigo. — Ele estendeu a mão.

Gia piscou e olhou para o anel.

— Onde você conseguiu isso? Como pode fazer isso tão rápido?

— Eu tenho minhas fontes. — Era um grande diamante rosa em forma de pera, cercado por diamantes brancos menores. — Você vai se casar comigo, Gia.

— Ainda sem pedir. — A emoção brilhou em seus olhos. — Mas você tem a aliança, o champanhe e, acima de tudo, é o homem que amo. — Ela sorriu para ele. — Coloque esse anel no meu dedo, Gostosão.

Saxon sentiu uma onda de felicidade como jamais havia sentido. Largou a taça e champanhe e entrou na banheira.

— Saxon, suas roupas!

A água espirrou e as roupas se agarraram a ele enquanto a montava.

Então ele deslizou o anel em seu dedo.

— Toda minha agora, *Contessa*.

Sorrindo, ela o puxou para perto e o beijou.

— Agora, vou te deixar louco pelo resto da vida.

— GIA, você não está se concentrando.

Não, ela não estava, porque estava esparramada em cima de Saxon nu, com a cabeça voltada para os seus pés e as pernas de cada lado de sua cabeça.

Principalmente, ela não conseguia se concentrar porque sua boca muito inteligente estava entre suas pernas.

Ela gemeu. A mão dele apertou sua bunda e ela se esfregou contra ele.

— Caramba, Saxon...

Ele a penetrou com a língua e chupou o clitóris.

— Você é muito bom nisso — ela gemeu.

Ele mordeu sua coxa.

— Isso é possível?

— *Não*. Não pare.

A risada dele a fez estremecer. Então a mão dele pressionou entre suas omoplatas dela, empurrando-a para baixo.

O olhar de Gia focou em seu pau duro. *Humm*. Ela o envolveu com uma mão e seu olhar se fixou no anel de noivado. Sorrindo, ela colocou a boca sobre a cabeça de seu pênis.

Saxon grunhiu, apertando os dedos em sua pele. Ela o chupou profundamente, sugou e chupou novamente.

Ele soltou um gemido e levou a boca de volta entre as pernas dela, lambendo e chupando com força.

Gia acariciou seu pau, lambendo e esbanjando atenção. Este poderia se tornar seu novo passatempo favorito.

Ele moveu os quadris, conduzindo o pênis mais profundamente em sua boca. Ela gemeu, prendendo as pernas na cabeça dele. Saxon voltou a chupar seu clitóris e ela inclinou a cabeça para trás, soltando a ereção dele.

— Saxon, caramba, sim.

O clímax a atingiu, a deixando tremendo e gritando seu nome. Com o prazer ainda correndo por ela, ele a virou.

Ela se viu deitada de costas. Saxon pegou uma camisinha – com movimentos bruscos e desesperados – apoiou os tornozelos sobre seus ombros e a penetrou.

Ah, caramba, sim.

— Olhos, Gia. Olhe para mim.

Ela encontrou seu olhar. Ele era tão bonito.

Saxon se moveu dentro dela, nunca desviando o olhar. Suas mãos encontraram as dela, empurrando-as para a cama.

O olhar em seus olhos, o amor... Gia gemeu. Havia muito sentimento dentro dela. Muito e nunca o suficiente.

— Você não tem ideia de como é bonita — ele murmurou.

— Saxon.

— Vou te fazer gozar de novo, depois vou gozar bem no fundo da minha condessa.

Ele ganhou velocidade, encontrando um ângulo que fazia vibrar seu clitóris. Logo, ela estava gritando e se inclinado contra ele.

— Goze, Gia.

Com mais um impulso, o clímax a atingiu, bem como as ondas de choque. Ela arqueou as costas.

Saxon não desviou o olhar. Ela sentiu a intensidade dos olhos dele enquanto ela era tomada pelo prazer.

Então suas investidas perderam o ritmo, deixando sua respiração ofegante. Ele soltou um gemido profundo, e seu grande corpo estremeceu quando gozou.

Gia fechou os olhos e passou a mão nas costas úmidas de suor.

— Você está viva? — ele perguntou.

Ela conseguiu murmurar.

Ele riu e ela sentiu a vibração na sua barriga. Saxon beijou seu queixo e saiu de dentro dela. Caminhou até o banheiro e ela se virou para ver. Ficaria feliz só por ficar aqui no futuro próximo.

Enquanto Saxon voltava para a cama, a campainha tocou.

Gia gemeu.

— Seja quem for, vai embora — ele grunhiu.

A campainha tocou de novo. Então, mais uma vez, e Saxon fez um barulho frustrado. Gia riu.

O celular de Saxon tocou na mesa de cabeceira e ele o pegou.

— É o Rhys. — Ele mexeu no telefone e a voz de Rhys soou.

— Atenda a porta — Rhys ordenou. — A minha mulher quer ver a melhor amiga, e nós trouxemos o jantar.

Saxon grunhiu mais uma vez, e Gia deu uma risadinha. Ela pulou para fora da cama, pegou a camisa dele e a vestiu. Procurou por uma legging para usar com a blusa. Enquanto isso, Saxon vestiu jeans e uma camiseta.

Lá embaixo, ele abriu a porta.

Rhys estava lá com uma pilha de caixas de pizza.

— É melhor que sejam do Tony's Pizza — Gia falou.

Haven passou por Saxon e a abraçou.

— Estou bem — Gia assegurou a amiga.

Haven a abraçou com mais força.

Vander apareceu atrás deles.

— Eu trouxe cerveja.

— Eu não bebo cerveja — Gia reclamou. — O Rhys é o meu irmão favorito agora.

— Seu namorado tem uma adega — Vander respondeu. — E o Easton está a caminho. Ele ia parar na Tartine para comprar a sobremesa.

— Aah! Easton é meu irmão favorito — Gia gritou, sorrindo.

Vander puxou seu cabelo.

— O que é isso? — Haven perguntou e segurou a mão de Gia. — Ah, meu Deus, ah, meu Deus.

Gia sorriu para a aliança, depois para Saxon. Não, seu noivo.

— Decidi que Saxon não era tão irritante como sempre acreditei.

Seu noivo sorriu para ela, que sentiu isso em seu coração. Ela planejava fazê-lo sorrir e deixá-lo feliz, sempre que pudesse.

— Como ele fez o pedido? — Haven perguntou.

— Bem, se ignorarmos a declaração enquanto o bandido estava apontando uma arma para nós em um armazém sombrio...

Haven riu.

— Eu estava nua na banheira e ele trouxe um Moët.

— Se estamos discutindo sobre Gia estar nua, preciso de uma cerveja. — Vander se dirigiu para as escadas.

— E eu vou com você — Rhys anunciou.

Vander deu um tapinha nas costas de Saxon.

— Parabéns, irmão.

— Obrigado — seu amigo respondeu.

— Boa sorte — Rhys acrescentou.

— Não é mais meu irmão favorito — Gia retrucou.

Easton apareceu na porta.

— O que eu perdi? — Ele estava segurando uma caixa branca de confeitaria.

— A Gia e o Saxon estão noivos — Haven disse.

Easton sorriu e beijou a irmã, depois apertou a mão do amigo.

— Estou feliz por vocês. — Ele encontrou o olhar de Saxon. — E boa sorte.

Gia fez uma careta.

— Eu não tenho mais um irmão favorito.

Easton tocou o nariz dela e subiu as escadas.

— Vamos — Saxon disse. — Tenho outra garrafa de Moët na geladeira.

Gia sorriu.

— Olha, ele até é bem treinado.

Haven entrelaçou o braço ao de Gia.

— Vou te lembrar disso da próxima vez que ele te irritar.

Eles subiram as escadas.

— Gia, esta casa — Haven sussurrou. — É como se tivesse sido projetada para você.

— Eu sei. — Exatamente como o homem.

CAPÍTULO VINTE

S axon se recostou na cadeira da escrivaninha, com o telefone pressionado no ouvido.

— Sim. Certo. Obrigado, entrarei em contato.

Ele encerrou a ligação e se virou para olhar pela parede de vidro. Estava de volta aos seus casos regulares e, como sempre, a Norcross Security tinha muito trabalho para mantê-los ocupados.

Viu Ace conversando com Rhys e Rome através do escritório da Norcross. Nos dois dias desde que resgataram Gia, Albert Sackler foi acusado de uma série de crimes e seu pequeno império ilegal estava sendo desmantelado. Dennett não tinha sido acusado de nada, mas estava se mantendo quieto.

Gia estava segura.

Ela estava de volta ao trabalho, com a aliança dele no dedo e atrevida como sempre.

Jantaram com os pais dela na noite anterior. Ele sorriu. A sra. Norcross chorou... depois começou a perguntar quando poderia esperar seu primeiro neto.

Vander apareceu na porta e deu um sorriso leve a Saxon.

— Você parece um rei cujo reino é exatamente como gosta.

Saxon apoiou as mãos atrás da cabeça.

— Isso mesmo. Ei, você está disponível para ajudar a Gia a se mudar para minha casa neste fim de semana?

Vander ergueu uma sobrancelha.

— Saxon Buchanan está totalmente fora do mercado.

— Acho que sempre estive, só levei um tempo para perceber.

— Posso ajudá-la com a mudança. Vou chamar o Easton, Rhys e nosso pai também. Essa mulher tem sapatos e roupas suficientes para nos ocupar o dia todo.

E Saxon tinha um armário para ela preencher.

— A única pessoa com uma quantidade de roupas semelhante a ela é você, com todos os seus ternos elegantes.

Saxon mostrou o dedo para o seu melhor amigo.

— Recebi a notícia de que o Dennett decidiu se mudar para uma cidade diferente — Vander comentou.

Saxon apoiou o braço na mesa.

— Como você soube disso?

— Easton colocou pressão comercial sobre ele, e eu conversei com algumas pessoas. Dennett descobriu que suas oportunidades em San Francisco estavam diminuindo rapidamente.

O idiota realmente se deu mal ao ir contra a família Norcross.

— Gostaria de saber onde o diamante está agora — Saxon comentou.

Vander deu de ombros.

— Trancado em algum lugar seguro em Nevada. Espero que possamos ficar sem drama por um tempo.

Saxon ouviu o bater de saltos e ergueu os olhos. Sua noiva caminhou pelo escritório da Norcross. Era um pouco desconfortável sentir seu pau notar a garota quando seu melhor amigo está de pé bem ao seu lado.

Ela usava saia preta justa, com uma blusa vermelha de seda. Seu cabelo estava preso, com apenas alguns fios escapando.

Gia estava bem-vestida, elegante e profissional, até que ele viu seus sapatos. Eram sapatos de salto alto muito sexy com a sola vermelha, o que lhe deu algumas ideias proibidas para menores.

Vander balançou a cabeça.

— Dominado.

Saxon sorriu.

— Sim, e não estou reclamando. — Ele a absorveu. Ah, sim, ele planejava transar com ela mais tarde, com ela usando aqueles sapatos.

— Eu conheço esse olhar. — Vander fez uma careta. — Vou sair daqui.

— Oi, é o meu irmão favorito. — Gia beijou a bochecha de Vander.

— Por que sou seu favorito hoje?

— A vida é boa, então vocês todos são os favoritos hoje.

Balançando a cabeça, Vander puxou uma mecha solta do cabelo dela, depois se dirigiu para seu escritório.

— Olá, amor da minha vida — Gia o cumprimentou.

Saxon sorriu.

— Olá, *Contessa*. A que devo este prazer?

Ela caminhou mais perto.

— Só queria ver meu homem.

Quando ela chegou perto o suficiente, ele se virou e a prendeu contra a mesa. Ela segurou seus antebraços e ele se inclinou cobrindo a boca de Gia com a sua.

Ela gemeu de prazer, um som que ele adorava ouvir. O beijo demorou um pouco, e ele ouviu alguém assobiar do lado de fora do escritório.

Saxon apoiou a testa contra a dela.

— Droga, queria que as paredes não fossem de vidro, porque então eu poderia levantar essa saia sexy e transar com você na minha mesa.

— As paredes do meu escritório não são de vidro — ela murmurou.

Seu pênis latejava. Imagens do que ele poderia fazer com ela na mesa o bombardearam.

Ela sorriu.

— Me visite perto do final do dia, gostosão.

— Vou adicionar isso à minha agenda.

Ela acariciou sua camisa.

— Você tem tempo para o almoço?

— Claro.

Rome apareceu na porta, seu rosto composto como sempre.

— Gente, vocês têm visita.

Saxon se virou e sentiu Gia enrijecer.

Rome deu um passo para trás para mostrar Willow parada do lado de fora da sala de Saxon.

Droga. Ela usava jeans e camisa simples. Seu cabelo

estava preso em um rabo de cavalo. Não parecia exausta ou drogada, apenas pálida e cansada.

Saxon se moveu.

— Vou me livrar dela.

Gia colocou a mão em seu braço.

— Não, está tudo bem.

— É meu trabalho protegê-la, *Contessa*. De qualquer coisa que possa te machucar.

Seu rosto se aqueceu.

— Eu sei. Quero falar com ela, e saber que você está aqui me dá forças para isso.

Ele suspirou.

— Está bem, mas vou ficar.

Ela revirou os olhos.

Willow entrou no escritório, inquieta.

— Oi.

— Oi — Gia respondeu.

Willow mexeu no cabelo.

— Vim pedir desculpas. Por tudo.

Gia olhou para ela por um segundo.

— Tudo bem.

— Estou em um programa de reabilitação, eu... — Ela olhou para os dois. — Quero fazer escolhas melhores.

A boca de Gia suavizou.

— Fico feliz, Willow.

Os ombros da mulher cederam.

— Você desistiu de mim.

Com um suspiro, Gia se aproximou da amiga. Saxon segurou sua mão e a apertou. Ela sorriu para ele antes de olhar para a amiga.

— Willow, você já me fez promessas antes. Depois de

tudo o que aconteceu, vai ter que me mostrar que mudou, não só falar. Mas acredito em você, sempre acreditei.

— Ninguém mais acreditou. — Willow se endireitou.

— Isso não é desculpa, só estou dizendo. Obrigada, a vocês dois, por me ajudarem. Lamento que você tenha sido arrastada para essa confusão e por eu ter te colocado em perigo.

Gia assentiu e abraçou a amiga.

Saxon não estava disposto a confiar em Willow ainda, mas lhe daria uma chance.

Eles teriam que esperar para ver.

— Ah, olhe para esse anel. — Willow sorriu. — Sempre soube que vocês dois acabariam juntos. Parabéns.

Gia sorriu.

— Obrigada, Will.

— Tudo bem, é melhor eu ir. — Com um aceno nervoso, Willow saiu.

Saxon puxou Gia em seus braços.

— Tudo bem?

— Quero que ela consiga — Gia falou. — Que ela encontre a felicidade, como eu encontrei.

— Isso depende dela. Você não pode buscar no seu lugar. — Ele beijou o topo da cabeça de Gia. — Minha garota tem um coração tão grande e delicado.

Ela ergueu os olhos.

— E é todo seu.

— Que tal almoçar em casa? — ele perguntou. — E uma rapidinha na mesa do corredor?

O calor cintilou em seus olhos e ela se moveu contra ele, propositalmente tocando seu pênis.

— Gosto da ideia.

Ele se inclinou para perto, seu peito cheio de amor por sua mulher.

— Gia?

— Sim?

— Não esqueça de ficar com os sapatos de salto.

COLOCANDO um brinco de diamante na orelha, Gia correu para o quarto de Saxon.

— Sinto muito, sei que estamos atrasados.

Não, espere, não o quarto de Saxon, o quarto *deles*. Um arrepio de excitação percorreu seu corpo.

Eles estavam oficialmente morando juntos. Ela havia se mudado no fim de semana anterior.

Gia olhou de soslaio para o armário. Aah, tão lindo. Todas as suas roupas estavam penduradas lá e pareciam lindas.

— Vamos embora — Saxon resmungou. — Não tenho certeza se podemos chegar atrasados para nossa própria festa.

Ele estava de pé ao lado da cama, usando um lindo terno azul. Ah, hum. Ela olhou para ele - do topo da cabeça com cabelos loiro escuro aos sapatos brilhantes. Todo seu.

Ele olhou para cima.

— Puta merda

Ele olhou para ela, com fome em seus olhos. Não importava que eles tivessem feito amor no chuveiro há uma hora.

Ela sorriu e fez uma pose.

— Gostou do vestido?

Era minúsculo, preto, com rendas em lugares estratégicos e muito brilho prateado. E seus sapatos prateados Badgley Mischka a deixavam sexy.

— Gosto do vestido, mas gosto ainda mais do corpo sexy nele.

— Bem, você pode me mostrar o quanto depois, porque estamos atrasados. E eu prometi que pegaríamos o Easton em seu escritório no caminho.

Haven havia organizado uma pequena celebração de noivado para eles na ONE65. Seus pais viriam, assim como a equipe de RP da Firelight e os caras da Norcross.

Saxon se aproximou dela e segurou seus quadris.

— Não — ela protestou. — Não se distraia e não me atrapalhe.

— Eu fico distraído sempre que olho para você.

Ela sorriu.

— E não seja fofo agora também. Vamos embora, ou o Easton vai ficar no escritório, trabalhando a noite toda. Ele trabalha muito.

— Ele precisa de uma mulher.

Gia bufou.

— Elas ficam intimidadas pelo grande Easton Norcross ou o bajulam com cifrões nos olhos.

— Verdade.

Eles seguiram para o prédio onde ficava o escritório de Easton, e a segurança os deixou entrar no elevador.

O andar da Norcross Inc. estava vazio, exceto por vozes altas vindas do escritório de Easton.

— Muito bem, sr. Mandão, estou indo para casa agora.

A voz de Harlow. *Oh-oh.*

— Tem um encontro? — Easton perguntou.

— Não é da sua conta.

Harlow saiu do escritório de Easton, com o rosto vermelho e um sorriso nos lábios. Então ela avistou Gia e Saxon.

— Ah, oi.

— Olá de novo. — Gia sorriu. — Estamos aqui para buscar o Easton.

— Que bom. Eu estava preocupada de ter que acertá-lo com um grampeador para que eu pudesse fugir.

— Bem, que tal o distrairmos para que você possa escapar? — Gia piscou.

Harlow sorriu e abriu a boca para responder, assim que seu celular tocou. Ela o pegou. O que quer que estivesse na mensagem não era bom. Seu sorriso se desfez e toda a cor sumiu de seu rosto.

Gia franziu a testa.

— Harlow? Está tudo bem?

Ela ergueu a cabeça depressa e abriu um sorriso falso no lugar.

— Sim. Tudo bem.

Gia olhou para Saxon. Ele estava carrancudo. Não estava tudo bem.

Harlow olhou para o telefone mais uma vez e seu peito apertou.

— Hum, é melhor eu ir andando. Tenham uma boa noite. — Ela começou a enfiar as coisas na bolsa.

Gia foi em direção ao escritório de Easton. Quando olhou para trás, viu os ombros de Harlow caírem, e pensou ter visto o brilho de lágrimas nos olhos da mulher.

Ela parecia muito abatida e sozinha.

Easton estava atrás da mesa, com o horizonte da cidade como pano de fundo enquanto vestia o paletó.

— Oi — ele os cumprimentou.

Seu irmão era tão bonito, e trabalhava muito.

— Dia agitado ganhando zilhões? — ela perguntou.

Ele sorriu.

— Sempre.

— Bem, hora de tomar uma bebida — Saxon falou.

— Que bom. Tive muitas reuniões hoje, então eu mereço.

Gia franziu a testa.

— Você parou para almoçar?

— Minha assistente dragão me forçou a comer um sanduíche. Se bem me lembro, ela ameaçou me bater com o teclado se eu não comesse.

— Por falar em Harlow, ela acabou de receber uma mensagem. — Gia mordeu o lábio. — Pareceu muito chateada.

Easton ficou imóvel.

— O quê?

— Agora mesmo, ela...

Seu irmão passou por ela como um furacão. Gia levantou uma sobrancelha e viu Saxon tentando esconder um sorriso.

— O que foi? — ela perguntou.

Ele balançou a cabeça.

Gia se virou e alcançou a porta.

Easton prendeu Harlow contra a mesa.

— O que há de errado? — ele questionou.

— Nada.

— Carlson...

— Você pode resmungar o quanto quiser, sr. Ameaçador. Não vou dizer.

— Sr. Ameaçador? Esse não é um dos seus melhores.

Harlow soltou um suspiro.

— Eu sei. Foi um longo dia, porque meu chefe exigente é um workaholic.

Easton ergueu a mão, como se quisesse tocá-la, mas depois a baixou.

— Me diga, Harlow. Eu posso ajudar.

— Ninguém pode. — A voz de Harlow era suave, marcada por algo triste. Então ela empurrou Easton para trás. — Tenho que ir. — Pegou o casaco e a bolsa. — Tenha um ótimo fim de semana. — A moça quase saiu correndo do escritório.

Easton ficou olhando para ela, franzindo a testa.

Humm. Gia mordeu o lábio. Queria esfregar as mãos.

Harlow não se intimidava com seu irmão, nem ficava pasma. E ele tinha aquele olhar, aquele que dizia que ele queria algo.

Easton nunca deixou nada impedi-lo de conseguir o que queria.

Saxon segurou seu ombro.

— Sem intromissão, Gia Gabriella — ele sussurrou.

Ela sorriu para seu noivo.

— Quem, eu?

Ele suspirou.

— Saxon? — Easton o chamou. — Quero que você analise os antecedentes da Harlow. Veja se encontra algo preocupante.

Gia enrijeceu.

— Easton, tenho certeza de que ela não ficaria feliz com isso.

— Não me importo. Se ela estiver com problemas...

— Deixa comigo — Saxon respondeu.

— Homens. — Gia jogou as mãos para o alto.

Saxon passou um braço ao redor dela.

— Vamos pegar um pouco de champanhe, *Contessa*.

— Sei quando você está tentando me distrair, Saxon Buchanan.

Ele sorriu para ela.

Droga, ele era muito bonito e sabia disso.

— Você é a mulher mais inteligente e sexy que conheço, Gia Norcross. E logo se tornará Gia Buchanan.

Ela ofegou.

— Ah, Deus, Gia Buchanan.

Ele abaixou a cabeça.

— Você gosta disso?

— Sim — ela sussurrou.

— Eu também. — Sua boca cobriu a dela.

E então havia apenas Gia e Saxon.

Eles estavam seguros. Estavam felizes e apaixonados.

Gia sabia que eles brigariam, se reconciliariam, ririam, se amariam e teriam um ao outro. Para sempre.

ESPERO que tenham gostado da história de Gia e Saxon!

A série Norcross Security continuará em *O Especialista*, com a história de Easton e Harlow. Em breve!

Não perca! Para mais romances cheios de ação em inglês, confira minhas outras séries. Para atualizações sobre novos lançamentos, livros gratuitos e outras coisas divertidas, se inscreva na minha lista VIP de discussão e ganhe seu box gratuito (em inglês) contendo três romances cheios de ação.

Visite aqui para começar: www.annahackett.com

Would you like a FREE BOX SET of my books?

TRECHO DE O ESPECIALISTA

O homem era um tirano.

Harlow Carlson resmungou baixinho enquanto saía do Uber e corria pela calçada.

São Francisco estava envolto na escuridão. Eram quase nove horas da noite e lá estava ela, voltando para o escritório.

Porque seu chefe era um controlador viciado em trabalho que nunca dormia.

Acrescentou arrogante, exigente e mandão aos defeitos de personalidade de Easton Norcross.

Harlow era sua assistente executiva há duas semanas. O homem tinha um cérebro de aço e nunca parava. Provavelmente, era por isso que era *zilionário*.

Ela fungou. Geralmente trabalhava para as Indústrias Tenneson, uma subsidiária da Norcross Inc. e amava sua chefe, Meredith Webster. Quando a assistente de Easton, a sra. Skilton, saiu de licença devido ao nascimento de seu neto, a mulher imponente escolheu Harlow para substituí-la.

— O Easton precisa de alguém que possa acompanhá-lo. Alguém inteligente e forte. — A mulher mais velha de cabelos grisalhos revirou os olhos. — E que não vá se atirar nele.

— Como se eu fosse fazer isso — Harlow murmurou. O homem podia ser um gostosão de terno, mas normalmente, ela só queria enfiar o salto alto do seu sapato no olho dele.

Se aproximou da porta da frente do prédio de escritórios. A Norcross Inc. ocupava dois dos andares superiores, com vistas incríveis da cidade e da baía de São Francisco.

Harlow tirou o cartão de acesso da bolsa Roger Vivier vermelha. Ela a comprou em um pequeno brechó que descobriu na Chestnut Street. A peça a fazia sorrir cada vez que a segurava, e combinava perfeitamente com seu vestidinho vermelho.

A mensagem de Easton dizendo para que ela voltasse

ao escritório e encontrasse o documento que faltava para uma reunião pela manhã interrompeu seu encontro.

Passou o cartão. O leitor fez um zumbido e a porta de vidro se abriu.

Foi o encontro mais chato que já teve, então seu chefe arrogante fez um favor, mas não admitiria isso. Seus saltos bateram no chão de mármore.

Ela e Michael tinham tanta química quanto um par de esponjas úmidas. Harlow suspirou. Fazia tanto tempo que nenhum homem ficava perto de suas partes femininas que ela sofreu mais tempo que deveria durante o jantar.

Nota para mim mesma: nada de encontros às cegas marcados pela mãe.

Harlow tirou o casaco. O segurança se levantou.

— Boa noite, srta. Carlson.

Ela jogou o casaco sobre o braço.

— Olá, Joe.

Os olhos do homem mais velho se arregalaram.

— Você está muito bonita hoje.

Ela sorriu.

— Obrigada. — Seu vestido vermelho tinha mangas compridas, um decote em V profundo e abraçava suas curvas. Também era curto.

— O que a traz de volta esta noite? — Joe perguntou.

— Eu estava em um encontro antes de o Grande Mestre estalar os dedos.

Os lábios de Joe se contraíram.

— Ele trabalha até muito tarde. Não o deixe te prender por muito tempo.

— Pode deixar. — As portas do elevador se fecharam.

Uma coisa que ela aprendeu: não podia baixar a cabeça para Easton Norcross ou ele a atropelaria. O homem irradiava vibrações de "estou no comando" a cada segundo do dia.

Sempre acreditou que seu pai tinha aquela mesma aura, mas Charles Carlson não estava no mesmo nível de Easton.

Pensar em seu pai fez seu estômago embrulhar.

Há dois dias, ele havia deixado uma mensagem preocupante e enigmática.

Seu pai era um empresário de sucesso que, embora estivesse aposentado, ainda se mantinha ocupado com alguns projetos de investimento. Sua mãe costumava sair para almoçar com as amigas, participava de retiros de ioga e participava de muitos conselhos de caridade. Eleanor Carlson nunca conheceu uma instituição de caridade que não quisesse apoiar.

Aquela preocupação de Harlow cresceu. Algo estava acontecendo com o pai. Ele deixou uma mensagem dizendo estar com alguns problemas, mas para ela não se preocupar. Ele não parecia normal.

Desde então, não conseguiu localizá-lo. Ele não retornou suas mensagens, e sua mãe disse que ele estava trabalhando até tarde. Harlow teve a sensação de que ele a estava evitando.

Charles Carlson esperava que as filhas frequentassem a faculdade, tivessem carreiras fantásticas e se casassem com homens socialmente aceitáveis.

Até agora, ele estava excepcionalmente desapontado. Nem Harlow nem a irmã mais nova, Scarlett, estavam perto de se casar.

Harlow havia sofrido para se formar na faculdade de direito, antes de perceber que queria ser assistente executiva. Ela adorava organizar, resolver problemas, fazer malabarismos e encontrar soluções eficazes e eficientes. Ela prosperava com isso e alimentava sua alma.

Organizava as coisas em sua família desde que se lembrava. Quando adolescente, ajudou seu pai com o trabalho na época do ensino médio. E sua irmã era dez anos mais nova que Harlow, então ajudou muito a mãe quando o bebê nasceu.

Quando disse ao pai pela primeira vez que não exerceria a advocacia, ele enlouqueceu.

— Nenhuma das minhas filhas vai ser uma simples assistente.

Harlow bufou. Ela sabia muito bem que bons assistentes mantinham o mundo dos negócios funcionando. Inclusive o de seu pai.

O elevador diminuiu a velocidade, e ela endireitou os ombros. Sabia que uma assistente executiva brilhante valia seu peso em ouro. Era bem paga e isso ajudava em seu objetivo final: comprar sua própria casa.

Teve uma pequena sensação de vertigem. Harlow queria ter uma linda casa em São Francisco só para ela. Queria reformá-la. Decorá-la. Ela era viciada em programa de reformas. Tinha uma necessidade urgente de derrubar algumas paredes e destruir alguns banheiros.

Sorriu para si mesma.

Era tão boa em seu trabalho que ganhou o prêmio duvidoso de trabalhar para Easton.

As portas do elevador se abriram. O andar do escritório principal estava com as luzes baixas. Afastando a preocupação com o pai, ela avançou. Em algum momento, o encontraria.

O tapete abafou o som de seus passos. Havia luzes acesas no escritório de Easton.

Passou por sua mesa. Estava exatamente como ela havia deixado várias horas antes. Quase limpa, com algumas coisas bastante organizadas.

Parou na porta.

Contra sua vontade, sua barriga apertou. O homem podia ser um tirano, mas ela era mulher o suficiente para admitir que era de dar água na boca.

Especialmente assim.

Normalmente, Easton usava ternos perfeitamente ajustados. Estava sempre sob pressão, lindo e intimidante.

Agora, ele estava relaxado. Ou tão relaxado quanto conseguia.

O paletó escuro estava pendurado nas costas da cadeira executiva. Ainda estava com a camisa branca que usou hoje, mas agora as mangas estavam dobradas e os dois primeiros botões, abertos. Tudo isso revelava as tatuagens que normalmente ficavam escondidas.

O pulso de Harlow acelerou e sua boca ficou seca de repente. Havia desenhos pretos intrincados em seus antebraços musculosos e uma sugestão de mais em seu peito.

Ah, não. Não. Não. *Não*. Ela não ia ficar pensando nisso.

Por enquanto, Easton Norcross era seu chefe. Ela não podia, *nem iria* nutrir qualquer atração por ele.

Ela não fez barulho, mas ele ergueu a cabeça. Os instintos foram aperfeiçoados pelo tempo que passou no exército.

Harlow ergueu o queixo. Teria sido muito bom se o universo tivesse feito seu rosto menos lindo. A herança ítalo-americana estava estampada em suas feições. Ele era um pouco rude para ser estritamente bonito. Uma mandíbula forte, bem barbeada pela manhã, estava agora coberta por uma sombra escura. Seus olhos eram de um azul-cobalto profundo e seu cabelo preto era um pouco mais longo do que o que se esperaria de um empresário de sucesso.

Aquele olhar penetrante vagou sobre ela, então voltou para seu rosto.

— Um pouco exagerado para o escritório, srta. Carlson.

Ignorando o sotaque profundo, Harlow entrou e largou o casaco e a bolsa em uma das cadeiras em frente à mesa de Easton.

— Eu não deveria estar no escritório — disse, de forma brusca. — Deveria estar terminando meu encontro, mas sou funcionária de um *workaholic*.

As sobrancelhas escuras baixaram.

— Encontro?

— Sim, você sabe, homem, mulher e jantar.

Seu olhar desviou para as pernas dela.

— E um pouco mais do que jantar, se esse vestido servir de referência.

— Não há nada de errado com meu vestido. — Ela caminhou ao redor da mesa. Não ia deixá-lo intimidá-la.

— E meu encontro não é da sua conta. — Começou a examinar a mesa em busca de arquivos perdidos. — Deixei esses relatórios na sua mesa. O que você fez com eles?

Ele a olhou. Ela sentiu o cheiro do seu perfume: nítido e sexy, com um tom picante.

Droga. Concentre-se, Harlow.

Não havia arquivos na mesa, apenas um chefe gostoso encostado nela.

— Srta. Carlson. — Ele envolveu os dedos em seu braço.

O calor de seu toque a percorreu. Ela prendeu a respiração.

— Qualquer pessoa que trabalhe para mim, é da minha conta.

Easton observou os olhos verdes azulados de Harlow cintilarem.

Ela não recuou. Não, uma coisa que ele aprendeu sobre Harlow Carlson desde que ela se tornou a ruína de sua existência, foi que ela raramente fazia o esperado.

A mulher se inclinou para mais perto, vasculhando os papéis em sua mesa.

— Você pode pensar que está no comando do mundo, sr. Norcross, mas não está.

Puta merda. Easton finalmente confrontou o fato de que toda vez que essa mulher o chamava de sr. Norcross, ele ficava excitado.

Sua roupa era a personificação da fantasia de qualquer homem. As lindas curvas estavam cobertas por um vestido vermelho, o cabelo loiro sedoso estava preso no alto da cabeça e alguns fios escapavam para provocar a linha esguia de seu pescoço.

— Estou no comando da minha bolha — ele falou.

Ela se mexeu.

— Você não está no comando das pessoas.

Ele se recostou na cadeira, sem pensar muito no porquê trocar farpas com Harlow despertava algo dentro dele.

Desde que deixou o Exército, Easton se lançou nos negócios. Isso lhe deu um propósito.

E manteve as memórias sombrias sob controle.

Ele trabalhava muito, se divertia quando tinha tempo e se esforçava para controlar seu mundo.

— Estou encarregado de muitas pessoas — rebateu. — Você parece ser a única que tem problemas com as minhas ordens.

Ela sorriu.

— É por isso que você me mantém por perto.

— Vou te dispensar e te enviar de volta para Meredith assim que eu encontrar uma substituta competente.

Harlow fez um barulho despreocupado. Claro, ele ameaçava demiti-la várias vezes ao dia desde que começou a trabalhar lá. Nada abalava a mulher.

Exceto a mensagem que ela recebeu há dois dias. Ela ficou pálida, chateada e se recusou a contar o que estava acontecendo.

Isso o estava corroendo. Ele descobriria. Sempre conseguia o que queria.

Embora ela estivesse bem e deliciosa esta noite naquele vestido vermelho. Fez uma careta. Odiava que ela o usasse para algum idiota.

— Deixei os arquivos bem aqui. — Ela deu um tapa

na mesa e semicerrou o olhar. — Você os tirou daqui para implicar comigo?

Ele ergueu uma sobrancelha.

— Sim, eu queria sua companhia maravilhosa às... — ele olhou para o Rolex — nove e vinte e cinco da noite.

Ela pigarreou e se moveu para o aparador elegante contra a parede. Sua forma curvilínea era recortada pelas luzes de São Francisco através das janelas que iam do chão ao teto. Ela se inclinou sobre o aparador, o vestido marcando a bunda.

Easton cerrou as mãos ao redor da caneta e seu pau duro pulsou.

Ela *trabalhava* para ele. Mesmo que fosse apenas temporário, ela estava fora dos limites.

Além disso, ela o deixava louco. Faria o mesmo na cama.

Ou curvada sobre a mesa.

Merda.

— Aqui. — Ela ergueu um arquivo triunfante.

— A equipe da limpeza estava aqui quando saí para jantar — ele falou.

Harlow deu um tapa no peito... o que o fez notar seus seios.

Puta merda. Se controle, Norcross.

— Você parou de trabalhar para comer? — ela perguntou. — É um milagre.

Ele a olhou. Era uma espertinha de marca maior. Pegou o arquivo de suas mãos.

— Lamento ter precisado te ligar. — Não era verdade.

Ela suspirou.

— Tudo bem. O encontro foi um fracasso mesmo. — Ela circulou a mesa e pegou seu casaco e bolsa. — Certo, boa sorte com a reunião. — Ela estremeceu. — Eu não acordaria às quatro e meia da manhã por nada, nem para ganhar milhões de dólares.

— Dezenas de milhões de dólares.

Ela revirou seus lindos olhos verdes azulados. Ainda não havia decidido se eram azuis ou verdes, já que pareciam mudar de cor.

A cabeça de Easton se encheu de algumas maneiras pelas quais ele felizmente a acordaria tão cedo. Segurou a borda da mesa. Tinha que manter esse desejo incendiário sob controle.

— Muito bem, *sr. Ataque Cardíaco Esperando para Acontecer*, estou indo embora.

Ele se levantou.

— Como você vai voltar para casa?

— Uber.

— Não.

— Sim — ela respondeu.

— Não.

Ela se virou e colocou as mãos nos quadris.

— Uso Uber há anos. Também sou adulta há anos. Isso significa que tomo minhas próprias decisões.

— Estou saindo agora. Vou te deixar em casa.

Ela respirou fundo.

— Não.

Easton pegou o paletó e o vestiu. Ele olhou para cima e a viu olhando para seu peito. Enquanto ela estava distraída, pegou o casaco e o estendeu para ela.

Ela lhe deu um olhar descontente, depois se virou e o vestiu.

— Você é mandão demais.

— Sim.

— Você nem se arrepende.

Ele fez uma pausa.

— Não é verdade. — Ele se aproximou e o perfume dela o atingiu. Era uma mistura de algo almiscarado e sexy, com um tom que era Harlow pura. — Vou te deixar em casa. Te arrastei até aqui, é o mínimo que posso fazer.

— Tudo bem. Mas só porque amo o seu carro. — Eles se dirigiram para o elevador.

Foram para o estacionamento, e ele a conduziu até o Aston Martin Superleggera cinza metálico. Quando ele abriu a porta, ela se sentou, mostrando boa parte da perna comprida.

Olhou para o teto de concreto e rezou por uma pausa. Em seguida, deu a volta no carro e entrou. Deu partida no motor.

Ele olhou ao redor. Ela estava se aconchegando no assento, acariciando o couro.

Soltando uma respiração profunda, ele a imaginou acariciando outras coisas. Se xingou e arrancou para fora do estacionamento subterrâneo.

— Você sabe onde moro? — ela perguntou.

— Sim.

— Claro que sabe. O *Louco Controlador Norcross* não deixa nada ao acaso.

Suas mãos flexionaram no volante.

— Gosto de controle. É melhor que o caos.

Ela fez um barulho grosseiro.

— Você não pode controlar tudo, sr. Norcross. A vida não funciona assim.

— Easton. Acho que você deveria começar a me chamar de Easton quando for me repreender.

Ele sentiu que ela o estava olhando.

— Tudo bem. Easton.

— E já passei por muitas situações descontroladas... pessoas morreram. — Merda, por que havia dito isso? Ele olhou para frente.

Ela ficou em silêncio por um momento.

— Você está falando sobre o Exército?

Easton assentiu, em seguida, respirou fundo.

— Sei que não estou mais em uma zona de guerra.

— Sabe? — ela perguntou baixinho.

Ele virou uma esquina e foi para Haight-Asbury, onde ficava o apartamento de Harlow.

— Sim — respondeu. — Mas se você pode controlar seu ambiente, é melhor. Mais seguro. É provável que forneça os resultados que você deseja.

Chocando-o, ela estendeu a mão e tocou sua coxa.

— Você não precisa estar "ligado" o tempo todo, Easton.

O toque foi elétrico. Suas mãos flexionaram no volante. Mas ela estava errada: ele precisava. Não sabia como desligar.

Estacionou na rua dela.

— Pode me deixar na esquina — ela disse.

— Vou te acompanhar até sua porta.

— Não vai, não. — Seu queixo se ergueu. — Vou te ajudar a afrouxar esse controle. Me deixe na esquina.

Easton fez uma careta. *Que se dane*. Ele a deixaria e a seguiria até ela entrar.

Norcross Security
O Investigador
O Mediador
O Especialista

OUTRAS OBRAS

The Protector

Billionaire Heists

Stealing from Mr. Rich

Blackmailing Mr. Bossman

Hacking Mr. CEO

Team 52

Mission: Her Protection

Mission: Her Rescue

Mission: Her Security

Mission: Her Defense

Mission: Her Safety

Mission: Her Freedom

Mission: Her Shield

Mission: Her Justice

Also Available as Audiobooks!

Treasure Hunter Security

Undiscovered

Uncharted

Unexplored

Unfathomed

Untraveled

Unmapped

Unidentified

Undetected

Also Available as Audiobooks!

Galactic Kings

Overlord

Emperor

Captain of the Guard

Eon Warriors

Edge of Eon

Touch of Eon

Heart of Eon

Kiss of Eon

Mark of Eon

Claim of Eon

Storm of Eon

Soul of Eon

King of Eon

Also Available as Audiobooks!

Galactic Gladiators: House of Rone

Sentinel

Defender

Centurion

Paladin

Guard

Weapons Master

Also Available as Audiobooks!

Galactic Gladiators

Gladiator

Warrior

Hero

Protector

Champion

Barbarian

Beast

Rogue

Guardian

Cyborg

Imperator

Hunter

Also Available as Audiobooks!

Hell Squad

Marcus

Cruz

Gabe

Reed

Roth

Noah

Shaw

Holmes

Niko

Finn

Devlin

Theron

Hemi

Ash

Levi

Manu

Griff

Dom

Survivors

Tane

Also Available as Audiobooks!

The Anomaly Series

Time Thief

Mind Raider

Soul Stealer

Salvation

Anomaly Series Box Set

The Phoenix Adventures

Among Galactic Ruins

At Star's End

In the Devil's Nebula

On a Rogue Planet

Beneath a Trojan Moon

Beyond Galaxy's Edge

On a Cyborg Planet

Return to Dark Earth

On a Barbarian World

Lost in Barbarian Space

Through Uncharted Space

Crashed on an Ice World

Perma Series

Winter Fusion

A Galactic Holiday

Warriors of the Wind

Tempest

Storm & Seduction

Fury & Darkness

Standalone Titles

Savage Dragon

Hunter's Surrender

One Night with the Wolf

For more information visit www.annahackett.com

SOBRE A AUTOR

Sou autora bestseller do USA Today, apaixonada por romances contemporâneos e de ficção científica *agitados e cheio de emoções*. Adoro escrever sobre pessoas superando probabilidades imbatíveis e alcançando objetivos aparentemente impossíveis. Gosto de acreditar que é possível que todos nós façamos o mesmo.

Moro na Austrália com meu mocinho da vida real e dois filhos jovens muito ocupados.

Para datas de lançamento, informações de bastidores, livros gratuitos e outras coisas divertidas, se inscreva para receber novidades aqui:

Site oficial: www.annahackett.com